U0909501

骨人的女儿

Boneman's Daughters

[美]特德·德克尔（Ted Dekker）著　　李馨萌 译

为了救女儿，你愿意杀死无辜的人吗？
为了被承认、被爱，人究竟会走多远？

骨人的女儿
Boneman's Daughters

第一章 Chapter 1

莱恩 · 埃文斯的世界在那一天永远地改变了，而那天刚开始的时候，跟他在炎热沙漠里度过的其他日子没有任何区别。

他在进行一场急行军。

在军队里,他们管这叫“重新部署”。更换驻地,变更单位,变换职衔，而这一切都在短时间内发生。因为上级说“跳”，你就跳了，上级说“准备战斗”，你就跳起来，子弹上膛，向上级命令的地点进发。不管你是刷盘子的勤务兵，还是在战争的轨道上高速运转的中尉，你都属于国防部、五角大楼，在军令的链条上。

军官莱恩 · 埃文斯临时被指派到一个陆军的联合反间谍作战小组，这个小组由陆海空三军的情报专家组成。作为一个作战单位，他们对来自间谍卫星、情报人员、电子系统和军事情报机关的情报数据进行增删编辑，数据信息从情报谱系的每一个角落而来，再通过他们过滤之后直接提供出去。像上级常说的那样，一条线从头到尾。

大部分时候，确认和评估情报就像用望远镜看一块电路板，又像用喇叭开罐头，不过古往今来的情报分析就像这样，是一个探索发现的过程。

莱恩是一位分析师，从海军借调过来为陆军服务，他阅读报告，核查证据，然后写出更多的报告交五角大楼审阅。他的工作就好比过筛子一样，到头来他只是战争这块游戏图版上的一个小棋子而已，大概情况就是这样。

就在这一天，情况改变了。

先进的战争理论、战术、地形图、数字、百分比——这些过去曾经是莱恩看待世界的方式，甚至在他决定进入海军发展之前也是这样。职业生涯的最近两年使他认识到，当初选择会计专业可能更明智些，但他并不是那种会去抱怨或者重新考虑自己十六年来生活轨迹的人，尤其是在离他最后一次入境参战期结束只有三个月的时候。

其实，公正地说，莱恩在军队的职位相比其他人而言，已经很让人羡慕了。他不用挖战壕或者和步兵一起冲锋，大部分时间都在办公桌前，查阅命令，检查二十个部下的工作，对来自于大多数人难以想象的四面八方的每一条信息进行拦截和解码。每天像潮水一般涌到他办公室的卫星照片、电子讯号、UAV 影像以及实地调查报告，对于那些无法从远处观察世界的人来说，足以把他们埋起来。当其他人纠缠于细枝末节的时候，莱恩却能对整体形势进行观察，发现隐蔽的敌人，找出他们的行为模式和趋向。

可是今天，上级决定让莱恩转移到他所在战区的另一个地点去近距离观察形势。在一次对费卢杰以东十英里的一个小村子进行袭击的过程中，军队发现了一些信息，可能是隐藏的情报。莱恩还是不太明白，为什么将军要他亲自去那个地堡探查，尤其是那个地区尚未对未知威胁进行评估。不过莱恩不是一个会去质疑上级命令的人，他也许会对情报提出质疑，但不会质疑上级的决定。

此刻是早晨八点钟，阴凉地的温度已经超过了 37 度。

莱恩一把推开情报室的门，正好碰上了贾米尔。贾米尔 21 岁，像莱恩当年一样，是能把干草穿进针眼的好手。

“长官，他们和护送队在外面等您。”

“告诉他们我马上到，你拿到准备交给米歇尔将军的关于伊朗越过边界的报告了吗？”

“按说好的昨天晚上拿到了。”

莱恩点点头，“忙你的吧。”

莱恩察看着这个两百平方米的房间，这是一间金属活动房，里面的电子装置和通讯机位足能让一个老百姓惊讶得一连眨上一分钟眼睛。只要是发生在中东的事情，都会经过这间屋子。这时候，十来个士兵坐在电脑跟前，看着显示器上不停滚动的数据。激光打印机不断发出嗡嗡声，这种声音自从莱恩成年起就一直在他耳边回响。

加斯勒中尉走过来，拍拍莱恩的肩。“我们有一批情报要从南部过来，你确定不想让我去吗？”

将军让莱恩来选择去还是不去，可莱恩已经在隔壁办公室的桌前待得太久了，时不时去沙漠一天，可以让他头脑清醒，否则他的脑子就成浆糊了。

“这对我有好处。有掩护吗？”

“有。”

莱恩转过身，“那我日落之前回来。”

“小心一点。”

莱恩离开了屋子，没把这句话放在心上，结果噩运缠身。

悍马装甲车在莱恩脚下隆隆地开着，他们在通向费卢杰的 10 号公路上全速行驶，而莱恩已经有十分钟没说话了。

“离岔路口还有三公里。”驾驶员——一个来自弗吉尼亚的下士说，“长官，您到那边没问题吧？”

莱恩活动了一下身上的防弹背心，蹭了蹭他左边胸口一处痒痒的地方。“还好，空气会不错。”

旁边的中士托尼·桑蒂纳斯格格地笑着。“你觉得这不好吗，长官？那就试试坐在这个火炉里待八个小时，每小时走五英里吧。欢迎加入陆军。”

莱恩擦了擦眉毛上的汗珠。“光想想就很够呛了。”

他们跟在一辆领路的悍马车后面，后面还跟着一辆，一小时能走一百二十多公里。快速移动的目标很难被击中，在公路上，速度就意味着安全。这也把装甲车变成了一个全速行驶的火炉，从超过48度的灼热空气中呼啸而过。经过加固的窗户只留了一个缝使空气流通，外面的热空气被高速带起来会变得更热。

莱恩的目光越过中士，看着外面的沙漠，热浪从悍马车两边的地面上升腾起来。

一辆大型拖车带着五个大油罐从他们身边隆隆驶过，它是从约旦的安曼向巴格达进发。

“托尼，你是第一次到那边吗？”

“是的，长官。”中士紧张地看了莱恩一眼。他的尖鼻子上布满雀斑，人瘦瘦的，看起来还不到二十一岁。

“你家在哪儿？”莱恩问。

驾驶员回过头来插话：“引导车就要驶上岔路口了，尘土很大，抓紧了，路上会很颠簸。”

引导车离开了主路，车速仍然很快，车轮卷起了滚滚尘土。路边的沙土上，一辆烧毁的大型运输车的残骸倒在一边，上面有阿拉伯文标记。眼前没有人烟，那个目标村落，围绕一口深水井建起来的那些土房子，在他们北面二十多公里远。

中士松开手里的M-16冲锋枪，检查了弹夹和保险，眼睛却还盯着沙漠，虽然那里什么也没有。可是美军在这里学到的一点是，在这块不毛之地匆忙经过的时候，没事也会变成有事。

驾驶员全速驶过拐角，和引导车保持一定距离，以免被尘土遮挡视线。轮胎摩擦地面的隆隆声掩盖了装甲车机械运转的声音，除此之外，四周一片寂静。

“我在宾夕法尼亚州长大。”托尼回答说，“不过我现在住在南卡罗来纳州。”

“结婚了？”

“是的，长官。”

“想她吗？”

托尼掏出一张照片给莱恩看，“她叫贝蒂。”他说。

照片上是个长相一般的金发姑娘，略胖，长发的发型也不时髦。她的鼻子有点大，笑容里露出的牙齿好像矫正过，仔细端详还是觉得长得很一般，甚至有点难看，

中士又往莱恩眼前递过去一张照片，是个新生儿，咧开没长牙的嘴笑着。莱恩扫了中士一眼，红头发的中士一脸自豪的样子。

“可爱吧？”

莱恩眼前这些片断的信息已经足以让他那训练有素的精明头脑反映出中士的家庭状况。托尼在一个小镇上长大，没准是在矿上，这样和他年龄差不多的女孩子也许只有二十来个，里面可能也就两三个对他感兴

趣。放弃了青春期对好莱坞甜妞杰西卡·奥尔芭的幻想，托尼遇到了贝蒂。贝蒂虽然既不漂亮也没钱一直给牙齿做矫正，不过她人好，而且更重要的是，和托尼心心相印。渴望爱情的托尼很快说服自己，贝蒂是最合适的人选，当然他也很爱她。

他们先有了孩子，然后结了婚。

现在托尼成了一位自豪的父亲，深爱着自己的妻子和孩子，分离让他更深地想念他们，更加爱他们。

“这孩子像个洋娃娃。”莱恩说，他并没有表现得很热情，还是很理性的样子，不过他心里突然有了一种共鸣，又或者是别的什么感情？

莱恩坐在悍马车后座上，随着车在沙子路上微微起伏，他突然意识到他在和中士有共鸣的时候，自己突然有一丝内疚感。

莱恩感到内疚，是因为很久以前，他离开了自己的孩子和妻子。莱恩曾经考虑过自己离开她们很长一段时间是不是合适，事实上上他也不能确定自己是暂时离开，还是不想再回去了，至少他和妻子赛琳是分开了。

贝森妮是另一种情况。莱恩和赛琳之间达成了默契，不可避免地分开了，莱恩当然爱着贝森妮，可现实情况迫使他除了想念她做不了什么。

其实也不能算迫使，而是莱恩在军队服役的现实情况，使他只能一直想念自己的女儿，而女儿也因此埋怨他。

莱恩意识到中士的手一直伸着，在等着莱恩把妻子的照片还给他，于是他把照片放在中士手里，说：“挺好看的。”

“你有孩子吗？”

“有，和你一样，是个女孩。不过她要大一些，今年十六岁了，她叫贝森妮。”

“啊，是吗？”托尼小心地把两张照片放进钱包里，“都这么大了啊。”

“是啊。”

不像托尼只想着家里的老婆孩子，莱恩要考虑的很多，并不是他不在意赛琳和贝森妮，从某种角度来说莱恩特别想念她们，可是他必须要做出牺牲。

对于莱恩来说，他在十年前就做出了牺牲，当时他决定接受一个在沙特阿拉伯的职位，但妻子不愿意陪他去。莱恩非常出色，在那里他的工作救了很多人的命，但却无人知晓。

莱恩曾经回到圣安东尼奥，他们那时候住在那儿，可是莱恩马上发现，无论他和赛琳怎么努力，他们都不能像当初一样融洽。赛琳没法理解莱恩的世界，莱恩对社交也不感兴趣。不过莱恩还是在圣安东尼奥工作了两年，然后接受了一个新的海外职位，这回是在土耳其。

莱恩坐船向伊拉克进发的时候，他跟赛琳的关系仅靠彼此对婚姻和家庭的承诺在维系着。如果莱恩不能跟妻子亲近，陪在她身边，那他至少也得负起做丈夫的责任，保护她。

说实在的，莱恩也并不太想赛琳，可贝森妮就不一样了……

这个想法让莱恩迟疑了一阵子。

“长官，离开妻子和女儿你觉得值得吗？”

“这要看情况。你有任务要完成，对吧？那么任务第一，人放在第二位，其他都得往后排。”

中士从满是尘土的窗户往外看。“知道吗，我从没想过这会给她们带来多大的伤害，”他摇着头，“有了孩子，一切都不一样了，天哪，我想她。”

“你回去的时候，她就会在那儿等着你的。”

没有像年轻的中士一样，在那一刻只是热切地盼望着回家和老婆孩子在一起，莱恩开始内疚起来。

然后莱恩又一次告诉自己，他确实爱自己的妻子和女儿，而且是用一种更加特别的方式在爱她们。爱并不是热情洋溢的话语，或者撕心裂肺的情感，而是不仅对她们，而且是对国家、对世界始终如一地忠诚。对于这种正义的召唤来说，和她们分离也是一种可以接受的牺牲了。

不过，在这儿碰到像托尼这样的人，满心期待着回家和长相一般的妻子在一起，这触动了莱恩内心深处的内疚感。

“托尼，我知道这很难，但是你今天放弃的东西，总有一天会重新得到。你必须相信这一点，不光是我们要付出代价。”

“为什么付出代价，长官？”

“为了自由。”

“这就是我们在这里做的吗？”

莱恩有点想让中士去反思一下自己的忠诚，不过他觉得托尼并没有太大问题，只不过是个摇摆不定的年轻人而已。

莱恩还是问了，他又动了一下防弹服，蹭了蹭刚才发痒的地方，上一次他穿全套的作战装备还是在一个月以前。“在内战的时候有多少士兵会去问同样的问题？在独立战争的时候呢？”

“我是顺着越南战争那条线来思考的。”托尼说。

“当然，越南战争也算，不过你在树林里的时候，是很难看到整片森林的全貌的。将来某一天，历史会来告诉我们这里发生了什么，到那时你就不用在心里嘀咕自己的任务了。明白了吗？”

“是的，长官，明白了，不过恕我直言，这还是很难哪。”

轰!

“真倒霉！”一直盯着先导车车轮印的司机一脚踩在制动器上，“倒霉，遭到攻击了！”

前面的路不知是被先导车卷起的尘土，还是被爆炸掀起的尘土给盖住了，莱恩也不能确定。不过可以确定的是爆炸声，要么是便携式火箭炮，要么是反坦克地雷——莱恩没有战场作战经验，分不出哪个是哪个。

驾驶员嚷着，“这是火箭炮，火箭炮，准备战斗。“

轰!

这回是在他们身后。

“隐蔽，隐蔽！”托尼吼道，“我们成靶子啦！”

他们无疑是受到了攻击，驾驶员狠踩了一脚油门。“抓住了，我们要冲过去。”

悍马车向前冲进硝烟当中，莱恩不由自主地把身子蜷在前座后面，不过他的眼睛仍然盯着前面，尘土和硝烟正向空中升腾。

驾驶员打开无线电，另一只手把车往右转，“一号车，这里是三号车。发生了什么事？”

无线电噼啪作响。

“糟糕。”驾驶员又开始呼叫，“一号车……这里是三号车。听到了吗？”

还是没有先导车和后车的消息。

前面的尘土散去了一些，他们发现前面一缕黑烟冲上天空，橘红色的火光在空中闪烁。

“糟糕！”

悍马车向右急转，然后又紧接着向左做了一个 U 形转弯绕过火光。莱恩紧紧抓着门把手，以免倒在中士身上，而中士正贴着他那边的窗户。大部分车辆在做这样的急转弯的时候都可能会翻倒，而这辆军用车里装着差不多半吨重的武器，不会轻易倾覆。

奇怪的是不同的人在面临突发的灾难性事件的时候，想法都各不相同。莱恩会倾向于退回去进行冷静的计算，在他的情报训练中那很管用。他不知道怎样使他们摆脱现实的危机，不过他能比大部分人更好地分析这次袭击。

一、敌人在向他们开火，用的是肩扛式火箭炮和机枪，机枪子弹像空气锤一样砰砰地打在装甲车上。

二、先导和断后的那两辆车很可能都被击中了。

三、无线电联系中断很可能意味着……

驾驶员身边的玻璃爆裂开来，血喷在另一边的窗户上。悍马车偏离了大路，开到一条沟上，撞上了远端的路堤。

四、莱恩乘坐的第三辆车的驾驶员在袭击中丧生，悍马车开到了一条沟上，随时都可能被火箭弹攻击。

莱恩身边一片寂静，只有过热的发动机在嗡嗡作响。

莱恩冲到前座，抓起无线电耳机，迅速对着话筒说：“这是前往费卢杰的一号车，我们遭到了猛烈的攻击，有反坦克武器和轻武器。所有车辆都坏了，我重复一遍，所有车辆都坏了，完毕。”

过了一小会儿，接线员熟悉的声音平静而又迅速答复说：“坚持住，我们很快就派出附近的空中支援和救援直升机，预计十七分钟后到达。你们的情况怎样？完毕。”

“估计其他人员已阵亡，我坐的悍马车开进了沟里，在公路往北四公里处，那儿肯定能看到黑烟的。”

“收到，坚持住。”

莱恩突然想到他还不清楚托尼的情况，他转过身，发现托尼从座位上滑了下来，一只手还抓着 M-16 机枪，另一只手伸向顶棚。他的身上看不到血迹，可能是弹片造成的隐蔽伤，又或者是爆炸的冲击力击昏了他。

“中士！”莱恩拍了托尼的脸几下，没有反应，接着从他手里拿过枪。从车厢缝里透出来的火光使莱恩到了崩溃的边缘，他深吸了一口气。

这没有什么，只不过是另一个任务而已，一点一点开始做吧。

虽然这个特殊任务跟笔和电脑都没关系，还是需要一步一个脚印地去做。

莱恩从驾驶员的尸体上迈过去，从控制台上拿过无线电收发机，推开车门，一骨碌滚到了沙地上，离开了那个活动棺材。他又冲回悍马车，抓住中士的腰带把他拖了出来，中士摔在地上，呻吟了一声。

四周安静下来，枪声停止了，他们的目的现在很简单，保持安静，保持隐蔽，保存有生力量，活下来，观察形势，等待直升机来临。对于他们俩来说，空中支援是唯一能让他们得救的方式，汽车残骸上冒起的黑烟从很远的地方都能看得到。

“我们在哪儿？”托尼醒了。

“我们被击中了。”莱恩小声说，扫视了一下四周看看有没有敌人，好像没有。敌人善于袭击和撤退，知道当阿帕奇直升机出现的时候，任何袭击或逃跑的努力都会失败。武装分子有本事在沙漠中隐蔽（比如躲在沙子下面）和袭击三辆悍马车，当然也能及时撤离去准备下一次战斗。

“增援就要到了。”莱恩说，他转过身去。

一个黑色的东西，好像是一把大锤子，又像是枪托，砸在了莱恩额头上。疼痛一直顺着他的脊背传下去，莱恩努力想抓住什么东西。

他又挨了一下，而这时他精于计算的头脑还在想，是不是子弹击中了他的头，而不是锤子或者枪托。

第二章 Chapter 2

贝森妮·埃文斯查了一下她的Hotmail邮箱，想找找有没有她三个月前签约在特里普顿的模特经纪人的回音。她以前做的那些工作都很琐碎——多数是给服装目录作模特，牌子从Stylewear到Sears；两个电视广告，其中一个是在金吉姆广告里客串，另一个是在Severe唇膏公司的珠光唇膏广告里扮演一个高中女生，那牌子可实在不怎么样。

而这一次是一个封面，Youth Nation服装杂志的封面，如果她得到这个机会，就像她的经纪人史蒂夫·巴顿保证过的那样，五百多万收到杂志的读者会看到她的形象。

"在吗？"帕蒂问。

贝森妮把听筒换到另一边。"别挂，你能想象我这些日子碰到的麻烦事吗？"

"就好像所有的顶级时尚杂志都把机会抛给你，想把你拉过去。"

"得啦。"

"说实在的，你知道这事是什么样的，你把事情做成了，他们就开始给你寄免费的东西了，就好像足球运动员得到了免费的球鞋，差不多就这么回事。"

"帕蒂，我是个模特，一百万份杂志里面出镜的一千个人里的一个而已。咱们又不是在谈安吉丽娜·朱莉。"

“你以为她是从哪儿起步的？贝森妮，你得给我好好讲讲，我还是不能相信这是怎么回事，你可要出大名了！”

贝森妮的手在鼠标上停住了。出名？这个词听起来怪怪的。贝森妮的妈妈总催她去上模特培训班，要为了出名做准备，可贝森妮从来没同意过。拜托，她才 16 岁！

出名。

贝森妮甚至都不确定这个词到底是什么意思了，她只是按照妈妈规划好的路去走，发挥自己的特长，因为她长得漂亮，笑容迷人，看起来像 18 岁，虽然还没那么大。

“别这么说。”贝森妮说。

“不管怎么样吧，人人都知道你就要出大名了。”

“别说了，帕蒂，说正经的，我想当个医生，而不是当明星。”

突然，贝森妮收住了话头，她看到收件箱收到一封新邮件，来自得克萨斯州奥斯汀特里普顿经纪公司的史蒂夫 · 巴顿。

帕蒂觉察出了贝森妮的停顿。“怎么？你得到这个机会了，对吧？”

“等一下。”

贝森妮双击打开邮件，很快地浏览起来。

贝森妮：

亲爱的，恭喜你，你得到这个机会了！他们想让你三个星期之后去纽约拍照片，去一星期，按之前说好的给两万美元。你会成为 Youth Nation 今年秋季的海报女郎，而这仅仅是个开始，给我回电。

史蒂夫

贝森妮不敢相信地眨着眼睛，确认这事对她来说就算定了，她的脸激动得发烫。也许放弃明星梦是仓促了点，她差点把手机给扔了。

“你得到这个机会了吗？”手机那边的帕蒂还在问。

贝森妮无法抑制自己的激动之情，兴奋地尖叫起来。虽然她不喜欢像小孩子一样握紧拳头蹦蹦跳跳，可那一刻她还是那样做了，像个小孩子一样尖叫着。

帕蒂在电话那边也尖叫起来，“我就知道，我就知道，我早就知道会这样的！给我念念那封信吧。”

贝森妮回到座位上，有点上气不接下气，心里还有点不好意思（还好没人看到），她给帕蒂念了信。

“嗯哼，真是个让人吃惊的开始啊，我以前是怎么跟你说的来着？”

“是不是什么事都让你吃惊得不行？”

“对啦，现在就是这样。我也要和你一起去。”

“去纽约？”

“不然还能是哪儿呢，百老汇？”

可是贝森妮也开始意识到这次去纽约做封面女郎可能带来的麻烦事。对于新生来说,现在已经是八月下旬了,学校下星期就开学。开了学，她得去做啦啦队队长，规定很明白，队长每次训练都得去，卡特教练可不是那种能为她们去拍杂志封面通融的人。

“今年什么时候开校友会来着？”贝森妮问。

电话那边没吭声。

“九月的第二个星期？”

“我觉得这可不太好。”帕蒂很清楚这个活动的重要性，可是去见见大世面，要比穿着迷你裙领着这么多拉拉队员加油重要多了——虽然这是个意外之喜。

“别管校友会了，你就要出名了。”

很显然是这样。

“我过一会儿再打给你。”

“等等，等一下！你要去哪儿？”

“我要去跟我妈妈说一声。”

贝森妮挂断电话，三步并作两步跑下楼梯，在楼梯下面绕着扶手转了一圈，朝厨房跑过去。她只穿着袜子，滑到妈妈面前停了下来，她妈妈正在打电话。

“妈妈。”

她妈妈挥挥手，示意她不要说话，然后继续打电话。

“我得到那个机会啦！”

她妈妈突然伸出手指指着她的脸，瞪着她，好像在说：“闭嘴，没看我正在打电话吗？”

“我当然看到了，你不知道你女儿有比你现在聊的事情更重要的事要说吗？”

当然，贝森妮并没有那么说，她抱着胳膊，回瞪着她妈妈，之前她是很不喜欢这么做的。

“他们要把他放出来吗？他才关了两年。”赛琳走到厨房的另一头，避开贝森妮瞪视的目光。贝森妮走到对面等着，毫不在乎她妈妈瞪了她一眼。

“那些证据呢？他们可不能因为一个技术性问题就把他给放了，是你抓住的那家伙。”

贝森妮的妈妈在跟地方检察官伯顿 · 韦尔什说话，那是她复杂关系网上的一个有趣的链条。赛琳怎样周旋在这些达官贵人之间，一直让女儿贝森妮感到很有意思，她真该当个政客。

赛琳在地方检察官对骨人案的调查期间已经见过他了，那时骨人从贝森妮所在的高中圣米歇尔学校绑架了一个女孩，当时赛琳在学校的家长会委员。

贝森妮又滑到了右边，这样她妈妈看得到她。

“这对你意味着什么呢？”妈妈问了一句话又转过身去，贝森妮几乎到了忍耐的极限。

她妈妈的声音又柔和了起来，“伯特，事情会好起来的，不要让他们逼你让步。”停了一下又说，“不好意思，我得走了，我女儿好像觉得天要塌了。”她偷偷笑了一小下，“我会的，再见。”

赛琳很快地挂断了电话，上下挥舞着手机。“我告诉过你多少次，不要在我打电话的时候闯进来，你知道这样有多无礼吗？

“我得到那个机会了。”

“我不管你得到了什么，你不是一个人住在这间房子里，我们俩一起住，也就是说你要尊重我的空间，我花钱让你住，我们都知道这有多贵。告诉你，下回你再这么捣乱，我就不给你零用钱了。听到了吗？”

贝森妮觉得自己的脸在发烧，妈妈有时候像小孩子一样赌气，这种情况自从近几年爸爸到伊拉克打仗以来，变得更糟糕了，遇到这种情况贝森妮都不能肯定她妈妈到底在怪谁更多一些。

“说够了没？”

“我不知道，你呢？”

这太过分了，贝森妮已经不想跟眼前这个自称是她妈妈的人，讲讲很可能是她这辈子最重要的消息了。

“你有没有忘记什么事情啊？”贝森妮问。

“什么？”

“在你说的我们这个家，你是家长，我是孩子，所以你要像个家长的样子。”

贝森妮的妈妈眨着眼睛，不过她通常在表示震惊的时候才会眨眼，尽管她很少被真的吓到。这就像角色扮演一样，是使赛琳慢慢变成另一个人。

“你怎么敢这么跟我说话，我是你妈妈！”

贝森妮觉得嗓子里像堵了一块东西，“我还是你女儿呢。”

她们面对面一言不发，赛琳撇着嘴，而贝森妮在试图抑制自己马上放弃的想法。

妈妈就在眼前，可是从来没有为她着想过，她总是在外面和男人们有着千丝万缕的联系，每天都在怨天尤人，因为离四十岁又近了一步。

爸爸不是个自私的人，贝森妮并不清楚她爸爸离开了她们母女俩，直到她长大以后，才一点一点地明白了这个情况。她爸爸对赛琳的不安于室和贝森妮对父亲的渴望都一无所知，而贝森妮把妈妈的自私看得比爸爸的忽视更要严重。

而此时妈妈完全不像个母亲的样子，这让贝森妮到了崩溃的边缘。

赛琳终于把手机放在了餐台上，不再瞪着她了。“什么事这么着急，你这个自恋的小家伙？”

“算了。”贝森妮转身走出厨房，泪水模糊了双眼。这种时候用恨字来形容她的感受也并不算错，她恨自己的妈妈这个样子，恨爸爸没有在旁边帮她摆脱她妈妈的坏脾气。

“怎么，你这就要走掉啦？”赛琳气冲冲地紧接着说：“回来。”

贝森妮没有停下脚步。

“好啦，对不起，这是你想要听到的吗？你知道我们俩都挺难的，你以为做个单身妈妈容易吗？你爸爸扔下我们不管啦。如果我做不到时时都完美，你就谅解一下吧。”

又在演戏了，妈妈很擅长在什么时候说什么话。可是贝森妮受不了妈妈总是念叨着自己被爸爸抛弃了，尤其是她还找别的男人。如果说她爸爸不在有什么影响的话，那就是给她妈妈提供了便利条件。

是贝森妮，而不是妈妈，被抛弃了。

赛琳突然在她后面抽了一口气问道：“你得到那个拍封面的机会了？”

贝森妮停住了脚步。

“你得到那个拍 Youth Nation 封面的机会了，对吧？”妈妈那冷冷的语气不见了。贝森妮深呼吸了一下，忍住怒气。

“对。”

她妈妈的脚不停地点着木地板，“宝贝，我真为你感到自豪。”

赛琳把手放在贝森妮肩上，可是贝森妮后退了一步，“别这么叫我，你知道我不喜欢这样。”

“哦，别这样。”赛琳拥抱贝森妮。

贝森妮的爸爸在她小时候总叫她宝贝，可是在爸爸离开的这些年里，根本就没有关心过她，所以她不喜欢这个称呼。而妈妈在这种时候用这个词简直是糟糕，像是故意的一样。

赛琳放开拥抱，她的眼睛闪着光，显然是抱得太紧了有点疼，“为什么不跟我说？你什么时候知道的？这个消息太棒了！”

贝森妮没理会这些问题。

“他们给多少钱？”

“两万，他们想让我三个星期以后去纽约拍照片。”

她妈妈眼神里满是惊讶，“我真为你感到自豪。”

虽然她妈妈的表情很怪异，贝森妮确认她是这么想的，这也就是为什么贝森妮还是要和她妈妈在一起的原因。

“那你真觉得我应该去，对吧？”

“你在开玩笑吗？多好的事啊！别担心，我会一直和你在一起。我们一起去纽约，这样我们就有钱了。你可不能浪费这个机会。”

“那我没准就去不了校友会了。”

贝森妮看到妈妈的眼睛在转动，妈妈一点都不会错过机会，她说，“别担心，我去跟教练说。”她转过身朝着厨房，“你就听我的吧，贝森妮，我们抓住机会打对了牌，就能得到全世界，这比你那个爸爸的出息大多了。”

有那么一阵子贝森妮会反感妈妈说爸爸的坏话，不过她已经忘了当时的感觉了。她也许不能同意妈妈这几年的所作所为，可是她自己又在想，如果爸爸不是这样，而是关心她的成长，生活又会是什么样子，也许这对他们三个人都是最好的。

贝森妮的思绪又回到了妈妈刚才接的电话上，“那位伯特 · 韦尔什说什么了？”

她妈妈回头看了一眼，好像在犹豫要不要说，不过还是说了。

“关于那个骨人要被释放的一些传言。”

第三章 Chapter 3

一个声音在莱恩的耳边回荡，好像一个演讲者在嗡嗡响的人群中说话一样，只能勉强听得到。

“醒醒……醒醒……”

莱恩眼前出现了海浪拍岸的样子，而他和弟弟皮特拿着滑板正准备冲进浪里去。皮特大概十年前出车祸死了，难道真的有这么久了吗？

也许自己是死了吧。

“醒醒，醒醒！”

什么东西打了莱恩的脸一下，疼痛使他离开了嗡嗡响的人群，来到了一个黑乎乎的地方。

“醒醒！”

莱恩又挨了一下，眼前的黑暗也不见了，面前出现了一片红色，他听到了自己的呻吟声。

“嗯？怎么，你要醒过来了吗？”

莱恩突然想起了之前的交火，这像一颗炸弹一样使他轰然惊醒。悍马车被击中了……他活了下来……中士也幸免于难……他被打中，失去了知觉。。

他还活着，面对着有浓重阿拉伯口音的人。

“睁开眼睛。”

莱恩的眼睛眨了几下，睁开后，眼前是一间灯光昏暗的屋子。细节向他的头脑中涌来，简单的事实可以组成一幅画面，但现在没必要匆忙做出判断，差劲的情报比敌人的子弹带来的伤亡还要大。

水泥墙，旧木门，没有窗户，右边是一张堆着一摞纸的金属桌子，莱恩坐在一把椅子上，双手被绑在身后，头顶上挂着一个昏暗的灯泡，上面还罩着一个绿色的金属灯罩，莱恩正对面的墙上挂着一块空白的软木黑板。

三个穿着脏乎乎的棕黄色衣服的阿拉伯人站在房间里，其中两个靠着墙，怀里抱着 AK-47 步枪。第三个人好像就是刚才说话的那个，他走到莱恩跟前，一只手放在手枪枪套上，另一只手耷拉在身边。

看来，他是被那三个貌似武装人员或者恐怖分子的人俘虏了，从这间屋子没有窗户上看，他可能是被关在一栋楼的深处，或者是在一间地下室。

莱恩动了一下胳膊，在还没摸到手腕上锁链的时候先听到了锁链的声音，他停了下来。要说他不害怕那是假的，不过他绝不能被恐惧击倒。

他活了下来，这比其他人要强多了，可是真的是这样吗？他们也许会折磨他，逼他说出情报；或者他们会利用他进行政治讹诈，最终杀掉他。

那个刚才打了莱恩的人凑近他，近得足以让他用头撞倒，显然这人有勇无谋。莱恩的块头还是可以的，大概有 170 斤重，身高一米八，在海军服役让他的身体保持强壮，不过他从来没有打过人，也没被人打过。

“能听到我说话吗？”

那个人呼出的气里有股怪味，像大部分中东地区的人一样，他对清洁卫生要比典型的西方人还要看重——即便是在沙漠里，莱恩还能闻到他身上的肥皂味。

莱恩想说话，可是他干渴的喉咙说不出话来，他清了清嗓子，又试着说：“能。”

“好。”那个人又凑近了点，他的鼻子离莱恩只有几厘米远，他留着胡子，带着红格子头巾，这让他很容易马上被归进极端分子的行列里去。

“你可以叫我卡立德，在我知道你的真名以前，我会叫你肯特。你们美国人都是些超人，对不对？”

他身后的其中一个人用阿拉伯语说，“那我们就是超人的死对头莱克斯 · 卢瑟喽。”另一个人笑起来。

如果他们不知道莱恩的名字或军阶，他们也就不会知道他的阿拉伯语说的还不错。

卡立德，很明显也不是他的真名，转过身背着手说，“你可能想知道其他人的情况，他们死了。我们在直升机到来之前把你从那儿带了过来，现在只有你一个人和我们在一起，我们会酌情对待你的。你觉得很烦吗？”

莱恩直率地回答：“是的。”

“很好，那我不介意告诉你，我们会集中精力让你变得更烦的，看你好像也不怎么怕的样子。”

那个人说着一口标准的英语，而且没有一丝英式口音，说明他很可能是在美国的常青藤盟校学习过，没准是哈佛大学或者斯坦福大学。他受过的教育倒没什么奇怪，可是这样的人才却参与了费卢杰城外一次普通的袭击，这件事情本身很不寻常。

这只能说明，他们的任务并不是一次简单的袭击。

卡立德的脸上掠过一丝嘲弄的笑容。“肯特，你是做什么工作的，嗯？情报军官？特种部队？嗯？为什么你脸上没有害怕的表情？没准你是个傻瓜，不知道我们怎样去击退侵略我们土地的刽子手。”

莱恩发现那个人有点要鼓励他说话的样子，尽管他知道那人企图左右他。

“肯特，你被留在这儿是有目的的，我们要把你作为一个典型传达给全世界，要做到这一点，我们就需要摧毁你的心理防线。因为我们的任务十分关键，我们会用尽一切办法摧毁你，如果你像你看上去那样聪明的话，你就会知道我们已经开始这样做了。知道吗？”

“是的。”

“好，这个暗堡在地下9米深，你们的间谍设备是远远不能发现任何来来往往的部署的。谁也不会发现你，也没人会听到你的叫声，你会宁愿我们当初把你坐的那辆悍马车炸掉，是吗？”

“我是这么想过来着。”

“那好，你可以说的比‘是的’更多一些。肯特，能跟我说说你为什么来到我们国家吗？”

莱恩犹豫了，思考着该怎么说。他可以拒绝回答，但他肯定会马上被打断骨头，被电击，或者被无数沙漠中常用的刑罚折磨。又或者他可以想办法先把他们搪塞住。莱恩选择了后一种做法。

“我是在服从命令。”他说。

“对，我知道你是在服从命令，我也是。到了最后，我们谁做的更好更有意义吗？能挽救人的生命吗？还是自由会获胜？”

“我不知道。”

那个人来回走着，还是背着手，像二战老电影里的审问者一样。

“那我来帮你弄明白一些事情。比如说这会儿你是上帝，这完全是你和你的子民之间的事情。”那人指着外墙说，“你能从上帝的角度考虑问题吗？”

“是的。”

“我信上帝。”

“你也相信上帝爱他的子民，所有的子民？”

“是的。”

“那好，试着告诉我，如果上帝往下一瞧，看到你们彼此在打仗，他会有什么感觉？”

“如果上帝有感觉的话，肯定会很讨厌战争。”

“肯特，如果你是上帝的话，你会怎么想？请你设身处地地想想。”

莱恩扫了一眼这间屋子，唯一的出口就是那扇木门，但这让他有点沮丧，因为他被手铐固定住了，没办法挣脱开。他只有头脑是自由的，他得让头脑保持灵敏。

“拜托，集中精力。”

莱恩回过头看着卡立德。“我想我会觉得不安。”

“为什么？为什么你会觉得不安？因为你的子民正在自相残杀？”

“是的。”但是莱恩并没有对卡立德的观点有什么情感上的共鸣。

“那么，你和我一样，至少对这场战争有点悲哀吧。”

“是的，但是也和你一样，我对自己要效忠的对象有责任。”

“你对谁效忠，对人，不是对上帝？”

“上帝最近并没有下命令。”莱恩说。

“那么如果上帝下了命令，你是会照上帝说的做，还是遵从人给你下的命令？”

莱恩没说话，他知道那人想往哪儿引，不过他的手段没什么用。

“你挺实在的，我喜欢。我们就看看你有多实在。”卡立德朝门旁边的那个人点了点头，那人拉开门闩，和门外的人悄声说了点什么，就走进黑暗中的过道里去了。

“可能得花几天功夫，这取决于你，不过最后你会和我们用同样的方式看待问题的。”

那个人回来了，拿着一个摄相机盒子和一个三脚架，他插上门，开始支摄相机。

“我们要给你拍些镜头，这样我们就能告诉世界今天在这里发生的事情，希望你不要反对。我们除了事实不需要别的东西，我们也不在乎你的军衔和号码，我们拍完照你会告诉我们的。我们对你心里的想法更感兴趣，如果你仍然信仰上帝的话。”

莱恩身上升起了一丝凉意。他在职业生涯中看到过几百个讯问的例子，看起来好像很相像，但这次他感觉有很大的区别，从卡立德说的话就能看出来。

他看着卡立德，卡立德在笑着。“你手里美军士兵谴责战争的镜头不够吗？”

“我们当然有足够的镜头，而且我们也不需要从你这儿得到更多的镜头。”

那要干什么？

紧接着是一阵令人不安的寂静，那个士兵小心地支起了三脚架，把松下摄像机放在上面，放进一盘录像带，然后插上一根延长线。

“我们的汽油足够发动机用三天的，如果需要更长时间的话，我们还会再灌，但是我担心要用光的不是汽油。”卡立德扫了那个士兵一眼，那人正在看着镜头。“装好了吗？”

那个人点了点头。

“打开吧。”

红灯亮了，说明摄像机开始工作了。

卡立德穿过房间走到桌子跟前，拿起一摞纸和一把大头针，来到软木黑板跟前。他开始把那些 14 寸照片整齐地在黑板上钉成一排。

照片上是倒塌的建筑物和爆炸炸出来的混凝土块，是在地面上拍的，有些照片有点模糊，好像是匆忙拍下来的。

莱恩见过很多战争的场面，对更糟糕的情景也视而不见了，但是这些照片里展现了令他不安的东西。

然后莱恩发现了：在大块的混凝土当中，混着几乎难以辨认的扭曲的残肢，是被倒塌的建筑物压碎的。

卡立德继续平静地把更多的照片钉在墙上，一次一张，最后在墙上钉了十二张，排成两排，每排六张。后面的八张是特写照片，拍的是一条满是尘土的胳膊从几块大水泥块中间伸出来。一只瘦小的手，可能是个十岁孩子的手，压在石头下面。三张照片上都有这条胳膊，从肘部断开，耷拉着，上面都是土，不过没有血迹。

莱恩现在看清楚了瓦砾堆裂缝中间的残肢，都是孩子们的，都是得仔细看才能看得到，然后那些残肢好像被放大了一样，好像那些倒塌的建筑物都不存在一样。莱恩的胃开始难受起来。

卡立德转过身走到一边。“肯特，你认得这些吗？”

他认得吗？不，不认得。

“肯特先生？”

“唔……不，不认得。”

“你当然不认得，你看到的照片都是从高空拍的，在那儿，你们带来的间接伤害都对公众隐藏得很好。”

卡立德深吸了一口气，他的嘴唇在发抖。

“可是我，却认得这些照片，因为它们就是我拍的。如果你仔细看的话，第三张照片左下角就有我女儿的胳膊，旁边的两张也是我女儿索菲的，边上是我儿子的腿。”

卡立德的眼睛不易察觉地眯缝了一下，然后走到了右边。“你们的炸弹从天上落下来，炸掉那栋楼的时候，他们一个七岁，一个九岁。我正准备把妻子和孩子们转移到旁边那栋楼里去，他们就在那一天都死了。他们的骨头被折断压碎了，我真是没法想象他们得有多疼。”

莱恩不知道该如何回应卡立德的悲痛。

“肯特，我要让你和这个骨人造成的恶果待一会儿，我想让你看看我的孩子。他们是上帝的子民，就这样肢体破碎地躺在地上，我要让你去感受他们的痛苦，就像上帝一样。这之后我会回来，咱们再开始下一步，好吧？”

自从莱恩醒过来，他第一次感到不知所措。

卡立德低下头，走出了屋子，其他人也跟着他出去了。莱恩一个人坐在那儿，呆呆地盯着摄像机一闪一闪的红光，还有那些自己一手造成的间接伤害。

第四章 Chapter 4

瑞奇·瓦伦丁在仔细地看着助理局长莫特·克雷柯充血的灰眼睛，他翘着二郎腿，慢慢摇晃着脚。助理局长的大方脑袋上留着小平头，让他显得像弗兰肯斯坦。

房间里的谈话结束了。如果辩护律师最近提交法庭的辩护文件得到司法审查的支持，菲尔·施威策，又称骨人，很可能从现在开始的两周之内就会获释，所有人的注意力都会集中在把他送进监狱的地方检察官身上。

伯顿·韦尔什，现任奥斯汀的地方检察官，两年前他曾因那次对骨人的起诉而大受吹捧。他正坐在窗台上看着他们，他一只手叉着腰，另一只手支在下巴上，好像在思考着什么。

韦尔什可能是要玩儿完了，但瑞奇当时是联邦调查局对本案的首席调查员，她要比地方检察官在对骨人的逮捕和定罪上负更大的责任。如果局长桌上文件夹里的文件是事实的话，就需要进行更多的司法审查工作。

“怎么样？”韦尔什问。

“这么说，”克雷柯扫了他们一眼，“我们遇到麻烦了。”

虽然没有直接负责这项调查，莫特·克雷柯对这个案件的失察也是不能免责的，更不用说大家都清楚是他最开始把这个案子移送给伯

特 · 韦尔什的，他们两个人的关系要追溯到得克萨斯大学法学院时期。

此刻在这间屋子里，坐着这三位执法人士，他们既可能把一个无辜的人送进监狱，也可能会让一个善于隐藏踪迹的连环杀手，继续夺走不知多少受害者的生命。

“你不会真的相信那些废话吧，”韦尔什边说边用粗壮的指头戳着墙，“那个人罪孽深重，所以我们会起诉他，所以他要坐牢。”

韦尔什穿过屋子，走到瑞奇跟前，居高临下地说，“你主要负责了调查工作，他劣迹斑斑。”

瑞奇被韦尔什的居高临下弄得很不舒服，立刻站了起来。韦尔什穿着一件合身的蓝西装，显得身材很匀称，他有一米九那么高，显得很有力量。瑞奇身高不过一米五七，在韦尔什身边，她觉得自己简直就像只小老鼠一样。

瑞奇朝韦尔什刚才待的窗户边走过去，“你和我一样清楚，最后一个受害者的血液样本和证据相吻合，从而让这个案子结了案。”

克雷柯把胳膊支在桌子上。“他们说那是设计出来的，辩护律师认为他们能证明这跟血液样本是同一个，那么我们的证据就站不住脚了。像我刚才说的那样，我们碰到麻烦了。”

“就算这个证据被他们否定了，”韦尔什坐在瑞奇刚才的椅子上说，“怎么说施威策都罪责难逃。”

瑞奇点点头。“很可能是这样。但是在上诉庭可并不对我们有利。一罪不再审，他不能因为同一个罪名被起诉两次，除非我们能再找到一个受害者与本案有关。”

“法律上的问题我明白，”韦尔什回嘴道，“但是如果你认为我会坐视他再夺去一个人的生命，那你就错了。这件事传出去的话，整座城市都会疯掉的。”

骨人，是瑞奇给他起的绰号，因为他用折断骨头而不损伤外面的皮肤的办法杀死受害者。他杀死了七个人，都是在得克萨斯州过着平静的生活的普通人。受害者的分布从厄尔巴索到奥斯汀，而在奥斯汀，骨人杀死了最后两个受害者后被捕。

如果他们抓住的确实是骨人的话。

“我不是说我们抓错了人，”瑞奇说，“我只是指出我们面对的挑战。”

韦尔什说出了他真正的担心。“莫特，不用说这对我个人意味着什么了吧。”

“我们都在这个案子下了很大力气，”莫特回答，“但这并不能改变瑞奇提到的挑战。”

“别这么高人一等，”韦尔什吸了一口气，“还有比骨人和他的受害者更重要的事情。我在管理一座城市，这座城市不能再让这样一个案子制造更多的恐慌气氛了。媒体会对数以百万计关心时事的市民进行耸人听闻的报道，下一步的话，学校会关闭，人们会躲在家里，就像在华盛顿人们碰到连环杀人案的时候一样。

“我还以为是市长在管理本市呢，”瑞奇说，“他知道这事了吗？”

韦尔什瞪了瑞奇一眼。

“小心点，瑞奇。”

“他当然知道了，而且全力支持我。”

“支持什么？”

“别这么天真了，我们必须把这事压下去。为了我们自己，为了这座城市，为了代表几百万人的公正，而不仅仅是为了一个人。”

瑞奇不确定她是不是明白了韦尔什的意思，她以前总觉得韦尔什像头公牛一样，会把闯入他的领地的所有东西踩在脚下，可是她从没认定韦尔什是那种执法犯法的人。

瑞奇的上司莫特靠在椅子上，偷偷地瞥了她一眼。“我不认为我们中间有谁反对谨慎对待这件事，”他小心翼翼地说，“我们在每一件案子里都要花费两千小时的人力把罪犯送进监狱，我们绝不会就这样让他逃脱的。但是我们现在面临证据问题，这让我们的处境变得困难起来，我们不能对这一点视而不见。”

韦尔什重重地拍了椅子的扶手一下。“那就给我找来更多的证据！”

瑞奇想着要不要问问他什么叫“找来”，但她还是没吭声。

“一定得有点东西让我们把这事办成铁案，比如被实验室漏掉的血液样本，我们之前剩下的 DNA 证据，随便什么东西！”

莫特摊摊手，“瑞奇？”

瑞奇的大脑在快速地过着两年前这个案子的细节。

骨人的第一个受害者是在得克萨斯州的厄尔巴索发现的。经过一番艰难的搜寻，十七岁的苏珊·卡特，在一个周二晚上出去买牛奶的时候失踪，最终在一个废弃的谷仓里被找到了。警方马上请求联邦调查局协助，瑞奇就被派到本案担任联邦调查员。

苏珊浑身青紫、筋断骨折的尸体被放在地上，周围是一圈蜡烛，那个情景在瑞奇的梦里出现了一年之久。尽管苏珊已经失踪了一个星期，但从血液积滞、浮肿状况和尸体分解情况等尸检证据上看，苏珊的死距离她被发现还不到三十六个小时。从达拉斯调查处过来的证据调查组发现了一些模糊的迹象，揭示出苏珊在和绑架者待在一起的四天里的痛苦经历。

凶手费了很大的劲去折断受害者的骨头，一次折断一根，这样就不会弄伤皮肤，好像是从苏珊的手指头开始，在几天里慢慢到折断她更大的骨头。现场唯一的血迹是绳索磨破了她的手腕和脚踝留下的。

没有性侵犯的迹像。没有头发，没有纤维，也没有指纹。

调查员提取了门前停过的一辆车的轮胎印迹，还有靴子的痕迹，很明显作案人没有试图去消除那些痕迹。那根麻绳就是很普通的那种，就像栓帐篷的那种绳子，只是用来捆住身体的。

之后的实验室分析告诉他们，从轮胎位置和轮胎印迹的深度来看，他们发现的痕迹很可能是一辆福特 F-150 留下的，但是这里有一半人都开这样的卡车。那双十三号靴子的痕迹上说明它是 Brahma 牌的，这种牌子的靴子在得克萨斯就和野草一样到处都是。

他们认为这是一个男性杀手，体重150到180斤，穿着Brahma牌靴子，开一辆福特 F-150 卡车。这些线索对破案有帮助，但作用不大。从前在得克萨斯，人人都穿靴子，开卡车，知道《迪克西》怎么唱。

虽然还没有弄清楚凶手的动机，瑞奇还是首先指出他们遇到的是罗马传统的钉十字架刑的变种，当罗马士兵执刑时，他们会折断受刑人的骨头，加速他们的死亡。

无论如何，办案人员明白他们要找的是一个精神极度失常的人，那个人可能通过没有明确原因的暴行来实现某种正义，或者得到某种变态的满足。动机呢？他进行这种仪式性的杀戮，报复的可能性要比追求快感更大些。凶手在暴力犯罪缉捕计划里并没有案底，而且他的案情在动机研究方面是全新的。没有性侵犯，但很残忍；没有血迹，但很暴力。这是一次精心策划的谋杀，像这类案件，却没有明显的动机，在网上也无法搜索到。

三十九天之后，骨人的第二个受害者在得克萨斯州卢博克市被发现了，在第一个受害者的东北方大约 480 公里远，这回尸体是在一座公寓楼里。看来凶手是在流窜当中，难道他是一个有着变态心理或者反社会情绪的旅行推销员？

海瑟 · 纽兰德是第二个被害的女孩，她十三岁。这回没有轮胎印或者靴子印了，不过杀人手法和上回一样。现在办案人员碰到的是一个流窜的连环杀手。

这件事被媒体报道出来，恐慌情绪开始蔓延——一个被称作“骨人”的杀手正在得克萨斯逍遥法外。

两个月之后，第三个受害者在卢博克东南 150 英里的得克萨斯州艾柏林市被发现。媒体上刊登了那位名叫艾琳 · 荣德斯的受害者的照片，尸体的骨头被折断了。一天之内，骨人案件就传遍了全国，而恐惧在得克萨斯州扎下了根。

已经有三个女孩遇害，路线沿着得克萨斯州的大城市向东延伸。从电视屏幕上看，这系列案件像是精心策划的黑色瘟疫一样，在系统地向东传播。一个邪恶的魔鬼，逃过了联邦调查局的追捕，在残害得克萨斯州的无辜孩童。

当然这种说法有点夸大，不过在瑞奇看来，也没有太夸张。

第四个受害者在沃思堡附近的曼斯菲尔德被发现，而第五个在往南的韦科。

最后两个受害者在得克萨斯的奥斯汀，她们分别是 19 岁的店员布兰迪 · 路易斯，她在 71 号公路和蜂巢路的交汇处拐角的一家咖啡店工作，14 岁的高一学生琳达 · 欧文，她上的是圣米歇尔天主教学校。

奥斯汀的反应在预料之中：愤怒、恐惧，呼吁市长、州长、联邦调查局、警方，希望有人出来做点事，无论做什么都好，只要能结束这场疯狂的杀戮。

瑞奇现在站在克雷柯的办公室，而思绪转回了过去，她在想地方检察官以前有没有竭尽全力，或者做得更多，拿他们在琳达·欧文头发上发现的一滴血来找出他们怀疑的那个人。

瑞奇曾经系统地还原了这个案件，正如她在联邦调查局工作十年以来办的那十几起案子一样。她已经在局里有了一个响亮的名声，一个积极上进的调查员，从不知道什么是放弃。

可是骨人案却让瑞奇精疲力尽。韦尔什说得对，他们是有一整套证据指向菲尔·施威策，可是只有血液样本是决定性的。只有血液才能证明他是作案者，而这滴血液又只在最后一个受害人身上发现，可现在这个样本的证据力受到了挑战。

施威策最初进入瑞奇的视线，是在警方接到邻居投诉他在韦科的活动房屋散发出臭味的时候。警方在那儿发现了一个四十七岁的男人，一个人住在一间有很多猫的房子里，他勒死了其中六只。这虽然令人不安，但是毫无疑问和骨人没什么联系。

施威策开着一辆1978年出厂的福特F-150，轮胎是普利司通牌的，这倒是和他们在骨人作案的其中三个现场的发现相吻合，瑞奇对这一点更感兴趣。而施威策穿着十三号的靴子，跟作案人在犯罪现场留下的尺码一致，这已经足以让他成为联邦调查局嫌疑名单的头号对象了。

在对施威策的移动房屋进行彻底搜查的时候，调查员发现他狂热地热爱《圣经》，而且有很多他一年前去世的妈妈的照片，这些都跟联邦调查局暴力犯罪缉捕计划中对骨人的心理分析档案一致。

可是过了一年，他们还是没有菲尔·施威策作案的直接证据，让事情更加复杂化的是，施威策一直拒绝在讯问中与警方合作。瑞奇说服了本地执法部门放弃对他进行虐待动物的起诉，而实施二十四小时监控。

在琳达·欧文遇害的那天，对施威策的监控失败了，原因不明。警方的工作太稀松了，一个侦查员忘记监视摄像系统了。不过当一滴血液从受害者头发上找到的时候，法律上的合理根据迫使施威策让联邦调查局提取了他的血液样本。

六个小时以后，血液样本对上了，菲尔·施威策的血液样本和受害人身上找到的那滴血液相吻合。

他们找到了骨人。

四个月之后，陪审团认定菲尔·施威策一级谋杀罪成立，判处他死刑。

“有什么想法吗？”克雷柯问，把瑞奇从回想中拉了过来。

瑞奇摇摇头，“除了那滴血。”

这可不是韦尔什想听的，“别这样，你可不能跟我说——”

“剩下的就都是间接证据了，你也清楚这一点。”瑞奇大声说，她忍无可忍地爆发了。

地方检察官站起来，背着手走到对面墙边的橡木书架跟前。“我们抓住了一个逍遥法外的连环杀手，这之后类似的案件就再没有发生，全世界都知道我们没抓错人。”他转过身来看着另外两个人。“现在你们又要跟我说，我们找不到证据将他绳之以法？”

“你是检察官，你来告诉我们吧。”克雷柯说。

“我要说的是，我需要证据，两周内就要。”

“伯特，我们已经结案了。”

“那就重新启动侦查，重点集中在另外那几个杀人案上。我需要足够的证据说服法官，在我们重新进行侦查的时候，把施威策作为嫌疑人继续羁押。你们是联邦调查局嘛，那这就是一个联邦案件了。不错，他们提起了上诉，那我们就再找点东西说服法官中止上诉程序。”

从常理来看，地方检察官的建议很有用，可是他们都知道法律程序并不必然沿着常理而行，地方检察官的想法不实际。

瑞奇问了一个他们谁都不想面对的问题，“如果我们真的抓错了人怎么办？”

“我们没抓错。”

“而更糟糕的是，如果那滴血真的是哪个办案人员滴上去的怎么办？施威策的律师暗示他们可能会提起损害赔偿诉讼。”

地方检察官的坚定眼神已经说明了一切。“哼，我们才不会让这种情况发生。”

“我认为我们都明白现实情况，”克雷柯说，“瑞奇，重开案件调查吧。”

Chapter 5 第五章

卡立德把莱恩和摄像机跟十二张残肢的照片留在一起的决定，对他们两个人都没好处。

对卡立德来说，那些照片让他很痛苦。

而对于莱恩来说，卡立德是要让他好好想想，让他去猜个谜。他要把正在形成的图形上再加上一系列字符串，当他遇到彼此互不相干的信息时，他训练自己的头脑去谨慎小心地处理数据。

屋里开着摄像机的目的很明显，是要把莱恩的每一个反应拍下来，实时传送给卡立德面前的监视器。另外，摄像机是要让莱恩处在被看守的状态下。像其他器官一样，头脑只能在感到疲劳之前运转，而持续看守就是要加速疲劳的进程，这是卡立德那边显而易见的目的所在。

不那么明显的目的是那边孩子们的残肢照片，它们的神秘感和他们所展示的恐惧，可以降低莱恩的思考能力。

或许卡立德并不知道莱恩的具体职务是什么，可是他取得了一个小小的胜利，因为莱恩不由自主地把注意力集中在解这个谜上面。

卡立德策划这次绑架行动有什么特殊目的吗？除了指出美国军事轰炸伊拉克，和造成的那些不幸的间接伤害之间显而易见的联系之外，卡立德没得到什么东西。除了用这些照片扰乱莱恩的心神，不管这些照片是多么的可怕，卡立德应该还有其他目的。

这说明莱恩漏掉了什么东西。卡立德还有更多的诡计，他在用一种破坏性的手段操纵莱恩。还有更多的意义，多得多。

莱恩双手还在背后铐着，他弯了一下腰，在思考答案。他把每一个细节都考虑过了，每一个可能性都想到了，每一个蛛丝马迹都探究了，可还是找不到答案。

除非没有答案，莱恩的头脑中又出现了一个新的可能性。

莱恩头上的灯光闪了一下，除此之外这间屋子里唯一活动的东西就是那盏摄像机上的红灯了，另外，莱恩自己也时不时活动一下身体，让四肢保持血液流通。

一个小时过去了，然后是两个小时，三个小时，莱恩开始对时间失去概念了，这也是卡立德计划的一部分吧。

大多数人在过了一段时间之后，会放弃那些解不开的谜语。那些买了《神秘岛》游戏的人，大概在玩了二十到三十分钟还没解开一个谜的时候，就会感到厌烦，然后去打开作弊页面。

最好的解码专家能花上几天甚至几个星期时间，去解一个谜题，还能够保持注意力集中，可是莱恩面对的这个谜题有一个因素打破了他头脑中的平衡。他看着那些开始扰乱自己神志的形象，不是因为它们的神秘，而是因为其中蕴涵的残酷。虽然莱恩不是一个容易感情用事的人，可他还是发现自己反应过度了。

莱恩越去仔细看那些死去的孩子们，越觉得自己被他们的悲惨遭遇所吸引。不像他来到沙漠之后一眼扫过的那些类似照片。

莱恩不再去想卡立德让他一个人看这些照片的目的，而开始像自己想象中的法医学专家一样，分析照片里每个残肢里的谜团。

那栋楼房是怎样倒塌的？是由于邻近地点被攻击，还是被炮弹直接击中？受害者是在混凝土块落下之前就摔到底层了吗？哪些骨头先被砸断的？人体能承受多大的伤害？一个人在死于内出血之前，能够承受多少骨骼被折断？这些孩子存活了多长时间才丧生？

莱恩很清楚卡立德是要让他精疲力尽，卡立德这一点是做到了。但是后面一定还有更多的折磨。

从某种程度上来说，莱恩还醒着，没有意识到他要睡着了。他的背和右肩突然开始疼起来，他试着侧到左边来缓解疼痛。摄像机还闪着红光，照片还挂在墙上，莱恩的尿弄湿了自己的作战裤。

其他的一切都没变。

莱恩又在椅子上坐了很长时间之后，门闩终于啪嗒响了一下，门被推开了。卡立德拿着一瓶依云矿泉水和几块蛋糕走进来，关上身后的门，用黑眼睛温和地看着莱恩，朝他走了过去。

卡立德什么也没说，只是打开了矿泉水瓶，放到莱恩嘴边，喂他喝水。莱恩大口大口地把水喝光，他很奇怪自己怎么这么渴。

卡立德拿开空瓶子，把它放在桌子上的蛋糕旁边。“角落里有个桶，我给你打开锁链，你去方便方便，再活动一下筋骨。如果你要逃跑的话，我就给你大腿上来一枪。听见了吗？”

莱恩眨了眨眼。

卡立德把莱恩的椅子转过来，给他打开锁链，扶他站了起来。莱恩的关节火烧火燎的，他花了半分钟时间才能活动。莱恩蹒跚着走到角落里的一个桶和一卷卫生纸跟前，他扫了一眼自己的牢房，可是没发现什么新东西，还是那把椅子，那张桌子，那个摄像机和那些照片。

莱恩方便之后，又回到椅子跟前，他发现铁链上的锁是玛斯特牌的。

“活动一下吧，让你的血液流通流通。我是要让你感到精疲力尽，但不是就这么让你疼得精疲力尽。”

莱恩的脑子又开始转了，卡立德一说话，总是让他费尽心思去猜，海军情报部应该用这样的人才是。

“好了，请你……”卡立德指了指椅子，“坐下吧。”

三十秒钟之后，莱恩又重新被拴在了椅子上，他看着卡立德。短暂的解脱似乎对他不利，重新戴上锁链之后，一股绝望的情绪涌了上来，而如果没有自由在提醒的话，这种感觉还没那么强烈。

这些都是卡立德预料之中的，而且很有效。

“从你的制服上看，你是个军官，”卡立德说，“这倒没什么。你对自己的情绪有很强的控制力，你不会轻易表达感情，甚至会压抑自己的感情。更糟糕的是，你对于我想影响你的情绪这一点并不让步，而你可能还感到自豪。你不知道这只能对你不利。”

这也是预料中的。

卡立德嘴边划过一丝同情的微笑。“你是情报官，对吧？陆军参谋部二部？我就是猜猜。告诉我，你怎样判断我用来摧毁你心理防线的方法的效果？”

这会儿跟他兜兜圈子没坏处，莱恩说，“你还是不错的，有时候有预见性，同时又不那么正统，不过我觉得你还是不太了解我。我们俩都清楚我已经死了，对我来说什么都无所谓了。不错，快点死当然很好，不过你应该不会这样做吧，所以我也没有别的选择，只能任你折磨，也许是几小时，几天或者几星期，然后死去。”

“真能算计啊，我觉得阿拉伯人要比美国人更有激情些。在你那个完美世界里是不是每件事都这么有意义啊？那你就在这儿给我们这些可怜的阿拉伯人讲讲吧。”

莱恩觉得反驳也于事无补。

卡立德垂下肩膀，皱起了眉头。“那好，你不给我机会，我们就要开始自己的计划了。不过在我告诉你我要做什么之前，你必须知道一点，就是很多人都说我疯了。我要做的事情，就连我们自己的弟兄都会惊呼不人道，但是你让我别无选择。”

“就像我刚才说的那样，我已经死了。”莱恩说。

“是的，”卡立德看着那些照片，“他们也一样，被撒旦亲手杀死了，反正你也不在乎谁是撒旦，你又不信上帝。”

卡立德斜着眼盯着莱恩，莱恩马上发现他神色变了，看来他改变了主意。

“你知道你们在我们国家打仗，杀了多少妇女和儿童吗？你对那个恶魔撒旦在我们国家杀死了多少万无辜百姓有概念吗？”

莱恩心里闪过一个念头，可是他又弄不清楚究竟是什么。

“他们都死了，他们是被你们的炸弹和导弹冷酷无情地屠杀的——你们杀那些孩子们的时候，当然不会觉得痛苦，因为离得太远了，你们不会理解他们爸爸妈妈的哭泣，还有上帝的悲悯！”

卡立德愤懑地倾诉着。

“那现在……”卡立德停了一下，深吸了一口气，闭上眼睛。“你要帮我把我们的痛苦带给你们国家所有的父母。”

莱恩瞪大了眼睛。

“这回明白了吗？”

卡立德回过身指着照片。“如果撒旦在你们国家任何城市的街上杀死了几个孩子，几百万人都会觉得恐慌。泰德 · 邦迪才杀了几个妇女，媒体就嚷嚷着，邪恶，邪恶，邪恶。你们那个马路杀手在首都的街上打死几个人，整个国家都愤愤不平！”

卡立德眯起了眼睛。“可是撒旦来到了这儿，毫无怜悯之情地杀死了成千上万妇女和儿童。我告诉自己，我得把这成千上万变成一个人，如果他们能看到一例死亡，他们就会理解我们的痛苦。”

“这是在发疯。”莱恩说。

卡立德哼了一声。“把他带进来！”

门开了，一个光着膀子的男孩走了进来，他大概有十七岁，有点迷惑的表情，又有点好奇。

“艾哈迈德，”卡立德对男孩笑了一下，“过来，艾哈迈德。”

男孩试探地朝卡立德走过去，看到卡立德前面的莱恩，他睁大了眼。

卡立德把手放在男孩肩上，对莱恩说：“别担心，他一句英语都不会说，这很好，因为如果他知道我要用我儿子被杀死的方式那样杀掉他，也就是要压碎他的骨头，场面可就有的瞧了。”

莱恩感到一阵厌恶。

“我没有房子倒在他身上，所以我准备用锤子砸断他的骨头，或者说的更准确些，是你要去砸断他的骨头。你要去杀掉他，就像一年前的今天杀死我的妻子和孩子一样。当时没人哭，因为没人看到这些，所以你要再做一次，这回我们要拍下来。”

莱恩当然不能去杀人，他们怎么能强迫他去杀人呢？但是他的头脑又开始工作了。

“别这么荒唐。”他只能这样说。

“你能救这个孩子，我们谁都不希望他这么死掉，”卡立德说，“你戴着结婚戒指，那告诉我们你的妻子和孩子住在哪儿，在你的国家有些朋友在等着我的招呼。他们会去你家，杀死你的妻子和孩子，用摄像机拍下来，这样全世界就会知道一个人失去孩子是多么痛苦。对着摄像机告诉我们，让我们去杀你的孩子，我就会饶了这个男孩。”

有那么几秒钟，莱恩的头脑没法正常思考，到底要让他做什么？他们当然……卡立德当然不会……

莱恩渐渐意识到自己不是这间屋子里唯一要去死的人，他们要击垮他，是要用苟且偷生的负罪感和对自己的厌恶感去摧毁他的意志。

莱恩那么轻易地做出了决定，连他自己都觉得诧异，就好像头脑里有堵铜墙铁壁一样，除了他坚忍的意志力之外，把其他东西都挡在了外面。如果卡立德没在吓唬人的话，不管看起来有多残忍，他只能让这个男孩死去，没有别的替代方法。

“你这样只能让他们更恨你。”莱恩说。

“我不这么觉得，美国人一旦理解了一个人的痛苦，他们就能够去原谅他。问题是他们不理解我们的痛苦。”

卡立德没在吓唬人，对吧？这人真打算这么做了。

“我要让你和艾哈迈德一起待六个小时，然后我会回来杀掉他，除非你愿意牺牲你自己孩子的命来换。然后……”

一滴眼泪从艾哈迈德眼睛里流出来，顺着脸流了下去。

“然后我会再带来一个，是个叫米丽娅的女孩。你们都杀了成千上万的人了，不过我求你不要让我再杀哪怕一个人。”

第六章 *Chapter 6*

奥斯汀城里的 Trulucks 牛排海鲜酒店里的气氛让贝森妮有了成功的感觉，那里的银质餐具和葡萄酒杯叮叮当当地响着，达官贵人们在小声谈论着他们一天的成绩，规划着未来。而在贝森妮同意拍 Youth Nation 封面照片的两天之后，地方检察官伯特·韦尔什过来和她妈妈住在一起，更加深了她的这种感觉。

可问题是，贝森妮认定这不是她要过的日子。

贝森妮四下张望，侍者们穿着白色的围裙，托着一摞摞装着烤龙虾尾和蟹腿肉的盘子，在顾客中间穿梭，一位钢琴师给灯光朦胧的酒店大厅里增加了音乐声。

“干一杯？”地方检察官举杯笑道。

贝森妮的妈妈举起了酒杯，贝森妮也跟着举杯，也不在乎杯里只是饮料。

“为我们未来的 Youth Nation 封面女郎干杯。”地方检察官说。

“为最好的女儿干杯。”赛琳笑意盈盈地接着说。

贝森妮的妈妈在这种环境中当然是如鱼得水。贝森妮礼貌地笑笑，“谢谢。”

他们碰了杯，啜饮了一口葡萄酒。

“我得说，我这方面还有点经验，而且我承认，我会注意那些注定要成功的人。你，年轻的女士，就是这样一个人，从你今天晚上走进来的时候我就看出来了。”

该如何接这个话茬？

地方检察官在她回答之前又接着说，“有其母必有其女。”

她妈妈的眼睛里闪耀着自豪的光彩。“谢谢你，伯特。”

这其实是贝森妮第一次跟地方检察官见面，对他的名字还并不熟悉。她妈妈可没那么矜持，瞎子才看不出他们之间的火花呢。难道他们不在乎，这间餐厅里这会儿很可能有一半人都认识地方检察官，而且在猜为什么他跟一位已婚妇女和她的女儿坐在一起，并且关系暧昧？

“谢谢您。”贝森妮说。

他们在上菜之前聊了聊即将到来的纽约之行和模特业，贝森妮感到很惊讶的是，地方检察官伯特——他坚持让贝森妮叫他名字——伯特 · 韦尔什在得克萨斯大学法学院上学的时候，也做过一次模特，而他被要求拍内衣秀照片的时候，他放弃了。

说实话，贝森妮不确定该拿这个人怎么办才好，伯特当然长得很端正，身材匀称，下巴也刮得很干净，可是不知为什么，贝森妮觉得他有点令人反感。也许他那种自以为是的态度对她妈妈来说正合适，但她可不买账。

他们是来庆祝的，当赛琳建议她们接受地方检察官的邀请去吃晚饭的时候，贝森妮同意了。很明显妈妈和伯特之间有点什么事，也许是该见见总跟妈妈在电话里聊天的这位男士了。

但是跟伯特待了半个小时以后，她开始后悔让伯特也和她们在一起了，对她妈妈来说当然没问题，妈妈需要有人爱，显然爸爸做不到这一点，不过这并不意味着妈妈觉得合适的人，贝森妮也得喜欢。

事实上，跟伯特在这种奢华的气氛里坐在一起，让贝森妮觉得很不舒服。在这儿富人们吃吃喝喝，浪费钱财，可是在贝森妮的世界里，女孩们宁可忍受肉体上的痛苦，也不愿忍受精神上的痛苦。

有那么一两次，贝森妮恨不得用刀片割自己。她当然明白原因：最好能控制住你给予自己的痛苦，这样痛苦就会离你而去。

贝森妮眨了眨眼睛，她妈妈和韦尔什在干杯的时候，她却在想着刀片，这可真是讽刺。贝森妮决定让他们把注意力转到自己这儿来。

“我决定这次之后就不再当模特了。”贝森妮说，然后她往后一靠，准备看看他们俩怎么反应。

妈妈不以为然地摆了摆手，“哦，别傻了。”

“为什么你会这么说呢？”伯特转动着杯里的红酒问。

“我只是觉得我没法忍受人们随之而来的那些浅薄看法，人们真的了解模特业吗？”

“宝贝，你这是什么意思啊？这不是结婚，而是份工作，一份能让你走向表演，甚至好莱坞的工作……这不过是个开始而已。你的经纪人给你打电话都说什么了？是不是光顾着笑了？”

地方检察官朝赛琳点点杯子致意。“你妈妈说的对，这可能是远大前程的开始。像你这么大的年纪就拍封面照片，这可真了不起。”

“好莱坞明星也就那么回事。我在学校里走着，他们就已经像看动物园的猴子一样看我了，他们一点都不了解我。”

贝森妮的妈妈惊讶得张大了嘴。“你怎么能这么不知好歹？那个学校的每一个女孩都会梦想着要和你现在一样呢。难道你因为没和每个人搞好关系，就要放弃出名的机会？”

这回她更像个妈妈了，贝森妮必须承认她还没完全下定决心放弃模特生涯，但是她刚才说的至少大部分是她的真实想法。

“我就是说说而已……”贝森妮拿起自己盘子里的面包，“这让我有点烦。”

赛琳对伯特赔笑着说：“贝森妮16岁了，要成年了，开始思考哲学问题了。好好的日子她总是觉得不对劲，什么都没意义。不过这并不意味着她不喜欢在橄榄球比赛的时候，对着一千来号男生大跳拉拉队舞蹈，对吧？”

伯特挑了一下眉毛，他好像对谈话的走向很感兴趣。

“妈妈，是你教给我的，不是吗？不择手段去得到一切可能的东西。我只是决定用你的办法去试着做一些事情，但并不意味着我喜欢这样做，或者一辈子都要这么做。”

“嗨，嗨，”伯特的眼睛亮了起来，贝森妮觉得伯特的笑更像是被她的话吸引了，而不是感到窘迫。“你很聪明嘛。”

“为什么？去做个封面女郎？我觉得你也会和我一样想的。”

“不，对于16岁的年龄来说，很聪明。”

贝森妮的妈妈说，“要我说呀，太没有自知之明啦。”

贝森妮决定再过分一点，她有意给妈妈和伯特之间的关系捣捣乱。

“上帝知道我爱你，妈妈，而且我会学会你要教我的东西。但是不要指望我去过和你一样的生活，从一个舞会跳到另一个舞会，从一个男人转向另一个男人，用这些社交闹剧来填补你灵魂深处的空虚感。”

赛琳和地方检察官伯特坐在那儿惊讶得说不出话来，贝森妮仿佛抛出了一个重磅炸弹，不过妈妈很快就恢复了过来，这是她一直以来所擅长的。

她轻笑了一下，举起杯。“贝森妮，你这么想我很难过，不过别把你寻找人生意义的过程赖到我头上，我可不是那个离开的人。”

讲的好！贝森妮很讨厌妈妈拿爸爸当挡箭牌，但她不知道怎样回答才好。

“贝森妮从没有原谅过他，”赛琳对伯特说，“很抱歉让你听到了这些——”

“不用感到抱歉，我觉得我应该知道，”伯特双手交叉起来支着下巴说，“我们都有自己的麻烦事要面对，所以，贝森妮，跟我讲讲吧，有一位海军情报官父亲是什么样的？”

贝森妮很讨厌这个问题，心想是不是告诉他自己不想找咨询顾问，尤其是那个人还跟她妈妈有关系。她也不想找个爸爸，如果伯特明白的话。

贝森妮想了想，觉得还是把话说清楚的好。

“我不想找个爸爸，如果你是这个意思的话。”

“不，不是，我不是这个意思。我是说有一个做海军情报官的爸爸感觉怎么样？”

“什么意思？你在审问我吗？”

伯特哈哈大笑，贝森妮的妈妈也笑了，缓和了紧张气氛。“我想这是我在做的事情吧。你说得对，你应该像我当年一样，放弃模特工作，去朝法律或者政治方向发展。”伯特举起酒杯，“为你干杯。”

过了一会儿，贝森妮的妈妈又回到了这个话题，“贝森妮，跟伯特说说，这是什么样的？”

“其实我也不清楚，我不记得自己还有个做海军情报官的爸爸。我想过我该觉得难过才是，但我真的不知道有爸爸是什么样的感觉。莱恩从来不回家，他对我来说就像一座雕像，像我家墙角里的一架 ATM 机。”

“哦，这倒是个有趣的说法。”贝森妮的妈妈说。

“你对他没有归属感吗？”

“也许我没说清楚，我不喜欢莱恩，甚至讨厌他。像我刚才说的那样，我曾经感觉到内疚，但我现在意识到我爸爸很久以前就背弃了我们，最糟糕的是，他还意识不到这一点。我相信他在自己的领域里很出色，但是我没法把他想成我爸爸，我也不介意妈妈再去找个老公。”

好吧，这是你们想听的吗？这回他们没有笑。

侍者走过来，在他们的盘子旁边放上热黄油和螃蟹叉子。

“先生，今天还满意吗？”

“不错，罗伯特，谢谢。”

侍者点点头，“您的餐上齐了。”然后离开了。

“您就一点儿都不担心人们会看到您在公共场合这样吗？”贝森妮问。

“哪样？和一位母亲跟她的女儿一起吃饭吗？”

“哦，很可能有一半侍者已经知道你们的关系了，老远就能看得出来。”

“贝森妮。”妈妈的脸红了，斥责道。

“你不这么认为吗？”

“你也许是对的。”伯特说，“我说过你该考虑从事法律职业嘛。”

“骗子太多。”

“希望你眼前没有。”

贝森妮没有回应他的言外之意，但是既然她在澄清一件事情，那么她就要说清楚。

“韦尔什先生，我不了解你，但是如果我妈妈爱你的话，我也没什么问题，你不需要我的同意。”

“是不需要，不过我很感激你的坦率和认可。”

“别客气。”

“你真的只有十六岁吗？”

贝森妮挑了挑眉毛，“你不会知道的，在我们这样一个幸福的小家庭里，我只知道我是十四岁或者十八岁，还是收养的。”

贝森妮的妈妈格格笑起来。

“还有，检察官阁下，我喜欢这个家，非常喜欢。”

一辆装着裂开的阿拉斯加皇帝蟹腿和三只大龙虾的小车，被推到他们的餐桌跟前。

贝森妮还是不知道自己到底喜不喜欢地方检察官伯顿 · 韦尔什先生，不过她比十分钟以前更喜欢他了。

Chapter 7 第七章

那个男孩坐在莱恩对面的椅子上，很久之前他就不哭了，圆眼睛盯着墙。抓他的人把他的双手绑在后面，脚踝用尼龙鱼线拴在凳腿上。汗水把男孩脸上刚才的泪痕都冲掉了。

摄像机还闪着红光，从男孩肩膀上面，还能看得到卡立德的那些照片。

这就是当时的情况。

但这并不是真实的情况，因为真实的情况在他们心中，在卡立德心中，在男孩心中，在莱恩心中。

首先，莱恩知道他不能崩溃，如果卡立德掌控了他的思维，卡立德让他做什么，他就会做什么，他的妻子和女儿可能就活不了。

卡立德摧毁莱恩意志的企图已经很明显了，什么样的人会站在一边，看着无辜的人被杀害而无动于衷？这样的恐怖情景带来的压力最终会击垮他。

可是，唯一挽救穆斯塔法的办法，是牺牲自己的妻子和孩子。

这种情况和战争的相同点就是，二者都是不可避免的。卡立德说的对，在战争中，无辜的受害者会因为要在更重要的战争中取胜而被杀。为了屠龙，你得杀掉挡路的几只兔子。你可能会说那些人不是真正的无辜者，可是最后他们都是人子人妻，他们还是无辜的。

像穆斯塔法一样无辜。

对莱恩来说，他面前被绑在椅子上的那个阿拉伯男孩，和被落在建筑物上炮弹碎片杀死的无辜者之间，唯一的不同之处就是，一个是面对面的，而另一个是远距离的。

卡立德是要让这件事变成莱恩自己的事，然后通过他的摄像机，传达给世界。

这是一个解不开的谜题，不过莱恩很久以前就明白，每一种密码都能被破解，每一种游戏都能打通关，甚至那些看起来不可能的事情也是一样。莱恩在这个目标上面花了毕生精力，而且已经挽救了上千条人命，这很少有人能做得到，或者愿意去做。莱恩心里清楚这一点。

而且他知道，要打破这个设计，唯一的希望就是切断自己的感情，这样他就能集中精力应付自己所面临的挑战。而在穆斯塔法就坐在椅子上哭泣的时候，这么做当然十分困难，但是莱恩已经在很大程度上做到了。

这时候卡立德在桌子上放的闹钟的滴答的响声不停地在提醒着他们，时间快到了。

莱恩扫了一眼那个白色的小闹钟，看到已经过了三个小时，还有三个小时。

“要发生什么事呢？”在很多次之后，男孩又一次用阿拉伯语问。

莱恩面无表情地看着他。如果男孩知道了他会说自己的语言，就会继续像开始的半个小时那样，乞求一个说法，要找他妈妈，或者解释说他只是按他爸爸说的出去买点吃的。

这些信息都没什么用，只能削弱莱恩守住自己意志的决心。

莱恩闭上眼睛，又一次集中精神，像之前进行过的那样，逐句分析这个挑战的方方面面。

一、卡立德的全部企图就是要让人们相信，如果在一个经过剪辑的视频里面，一个美军军官请求用他的妻子和孩子的生命来救伊拉克儿童的生命，其中的一些儿童已经被倒塌的建筑物砸死了，那么美国公众就会愤怒地大声疾呼，要求停止这种对儿童的残忍杀戮，而不顾自己站在哪一边。莱恩觉得他想的有道理，尤其是如果那段视频包括他的妻子和孩子被杀的情形，他们会对恐怖分子充满仇恨，但是他的真实想法会被抹去。

二、卡立德为了完成自己的任务，必须强迫一个美国军人在这样的威胁面前，去做出一个请求。

三、这种企图实际上是假定，莱恩确实像在意自己的妻子和孩子一样，在意那些伊拉克孩子的生命。

四、这需要他的参与。如果他被砍头或者杀死的话，对卡立德没有好处，一个死人是没办法在视频里提出请求的。

五、这需要一台摄像机，就是他们面前的那台。

六、这还取决于他是否在意他妻子的生命。

莱恩停下来又考虑了一下这个问题，他已经想过两次了，事实上，他也不知道自己是不是对这个女人比对美国人民的感情更深，或者是对于穆斯塔法，尤其是穆斯塔法之后还有个叫米丽娅的女孩。

莱恩头脑里形成的这六个最初的担心，他现在又重新开始考虑一些更直接的解决方式。

最直接的解决方式是改变卡立德的主意，这很困难，但是在这场智慧的较量当中，莱恩也能打几张自己的牌，或者最起码拖延一下，他当然会去试试的。

他还可以试图逃跑，这个可能性也不大，不过他考虑了十几种可能性，都得靠碰运气，而他又不是一个完全的乐观主义者。

他还可以通过自杀，或者被杀来试着摆脱这种情况，也许企图逃跑可以做到这一点。这需要灵感和运气，不过如果需要的话他会这样做的。

莱恩还可以就把赛琳交出来。

又一次，他的思绪冷冷地叫停。

莱恩想起了十八年前和赛琳的婚礼，赛琳那时候刚从高中毕业一年，她大摇大摆地走进欧迪办公的电脑部，请莱恩帮她挑选一个笔记本电脑，好在广告代理公司上班用。后来她发现这份工作是一个电话销售骗局，就在两周之后离开了公司。

他们在欧迪办公擦出的火花后来让他们坠入爱河，四个月之后结了婚。必须承认，这是莱恩犯过的最大的错误。

在几周之内，莱恩就发现他的妻子不是一般的贪心，很快就失去了新鲜感，也许生个孩子会好些。可是，在赛琳十八岁的时候有过一次糟糕的堕胎，无法生育，她坚持要收养一个。莱恩同意了，可能这是他在十八年的婚姻当中，做过的最好的决定之一。

贝森妮在一年之后进入了他们的生活，莱恩把她当成自己的亲生骨肉来看待。

无论什么原因，莱恩都绝不能让贝森妮面对危险。也许莱恩是在贝森妮最需要的时候离开了她，但他还是贝森妮的父亲，他还像父亲爱孩子一样爱着她。作为一个父亲，怎么能抛弃自己的女儿呢？

可是赛琳。

不，不行，他绝不能自己活下来。

但是问题又来了，谁说他必须自己活下来的？如果卡立德同意的话，放弃赛琳，能救贝森妮和穆斯塔法呢？

但是不行，他不能那么做。

那该怎么办？

莱恩不能再浪费时间去考虑那些无法实现的可能性了，他得把精力集中在那些可行的解决方式上，可是他做不到。

莱恩脑子里突然产生了一个新的想法，一个孩子究竟有什么价值？

他睁开眼仔细地看着穆斯塔法，穆斯塔法也在看着他，黑色的头发乱糟糟的，鬓角上像桃子一样长了点茸毛。穆斯塔法穿着一条褪色的棕色短裤，很可能是他仅有的几件衣服之一。

穆斯塔法身上的绿色T恤上有一个阿诺德·施瓦辛格带着墨镜的形象，下面是“终结者”三个字。

莱恩闭上眼睛，不再看穆斯塔法。他的生命比这个男孩的生命还要重要吗？人命怎么可能去衡量价值呢？

卡立德做这些，是因为他失去了一个像穆斯塔法这样的孩子，他相信唯一能够救更多孩子的办法就是牺牲这个孩子，他相信这是上帝的旨意。

现在卡立德要让莱恩来扮演上帝的角色，如果确实由上帝来做这样的选择，他会怎么做呢？牺牲一个孩子吗？

要救穆斯塔法。

莱恩的思绪在翻滚，他觉得一阵头晕，眼前发黑。如果根本没有办法取胜怎么办？

莱恩的心突然怦怦跳起来，呼吸也变得粗重，这是惊慌袭来的表现。莱恩深深地用鼻子吸气，再慢慢呼出来。这可不好，他得控制住自己，保持头脑清醒，去考虑最可行的办法。

逃跑。

自杀。

六个小时时限到了。过了四分钟，门开了，卡立德和一开始的那两个人走了进来，他们手里拿着一卷毛巾，大概有十几条，还有一把大锤。

莱恩的情绪又一次暗淡下来，他感觉血液循环加快，眼前一阵发黑。

慢慢地，莱恩又回过神来了。

男孩一边哭一边在说着什么。莱恩的脑子里不停地出现逃跑、自杀，如果可能的话，就按这个顺序来。

“做个交易吧。”莱恩说。

“我已经提供了一个交换条件，我只考虑那个。”

“我说了我的交易和你的不一样吗？”

卡立德慢慢地活动着他的脖子，“肯特，别自作聪明，到现在你应该已经考虑过每一种可能的结果了，唯一可行的就是按我说的做，我只有这一个交换条件。”

“那我答应你的条件，把我妻子的名字和地址给你。”

卡立德扬起眉毛，“真的吗？为了救这个孩子？”

“这不是你想要达到的目的吗？”

莱恩当然会给卡立德一个假地址，那个地址并不存在，是在圣安东尼奥的一条街上，而那条街上的街区只有1200号。赛琳和贝森妮在莱恩上一次乘船出发到伊拉克的时候，已经搬到奥斯汀了，莱恩可不希望卡立德找到那儿去。

“不，我说了，是妻子和孩子，不是只有妻子。”

莱恩没有想到卡立德会这么说，他犹豫了一下，然后明白自己犯了大错，这样卡立德就知道他确实有孩子。

卡立德笑了，“谢谢，我想过你有个孩子，两个我都要。”

“如果我给你一个地址，你就能找到她们呢？”

卡立德走到男孩身后，撕下一条绝缘胶带，粘在男孩颤抖的嘴唇上，看着莱恩。

“我想过让你听到他尖叫的声音，可是我听不得这个。”

“我把地址给你！”莱恩忍不住了，大声说道。

“肯特，很感性嘛，这很好，因为我要的不仅仅是你妻子和女儿的名字和地址。你是有个女儿，对吧？”

“关你屁事。”莱恩的手指开始颤抖。

“好了，”卡立德朝那两个蹲在男孩两边的人点了点头。“我要你面对摄像机，说出你的真实姓名和军衔，然后求我杀掉你的妻子和女儿来救这个男孩的命。我要让全世界都看到。”

“我会给你她们的名字和——”

“肯特，你的真名又是什么？”

莱恩的情绪又一次暗淡下来，开始不由自主地发抖，他没有努力去控制自己，而让卡立德一直说话。

“好吧，你赢了，你这头猪，我是弗兰克 · 巴恩斯上尉。”

“地址呢？”

“休斯敦路 1400 号。”

“城市？”

“得克萨斯州圣安东尼奥市。”

卡立德从兜里拿出一个对讲机，朝着对讲机讲了地址。

那两个人强迫男孩跪在金属椅子旁边，把他的胳膊放在椅背上。

莱恩觉得一阵恶心，他脑子里飞快地想着接下来的选择。

这个时候逃跑已经不可能了。

自杀太费时间，如果他确实能做到的话。

对讲机噼啪响了几下，才过了几秒钟，他们就已经核实了。

一个声音用阿拉伯语说，“这个地址不存在。”

“行行好，再给我一点时间！”莱恩情不自禁地大声说。

“瞧瞧！我要你瞧瞧你都做了什么！你不能像你们国家的那些人一样逃避现实！看看你这样做会产生什么后果！”

“求求你了。”

卡立德对他的人使了个眼色，“砸断他的骨头。”

莱恩觉得自己脑子里的那根弦绷断了，一下子松弛下来，像幕布跌落在舞台上一样。

拴莱恩的锁链只给他十五厘米的活动空间，不过他顾不得了，他得做点什么，什么都行。他用尽全力向前冲去，一边大叫着企图阻止他们。

莱恩的身体才刚离开椅子，锁链就把他拉了回去。

他听到那个男孩呜呜地叫着，而紧接着他听到了一个声音。

那是一声折断骨头的闷响，再冷酷的人也不可能无动于衷。

那声闷响让莱恩眼前一黑，失去了知觉。

莱恩恢复知觉的时候，在昏暗的灯光下，他第一眼瞧见的，是那个男孩穆斯塔法坐过的那把金属椅子，现在那把椅子空着。莱恩往左右看看，周围没有人。

那这一切都是他的想象？他心里闪过一丝宽慰，然后紧接着开始理性分析。

不，他听到了那声闷响，卡立德只是把男孩移走了。男孩是什么样的惨状，莱恩不敢去想。

莱恩心中充满了悔恨，为那个男孩穆斯塔法，更为他自己的女儿，贝森妮。

莱恩现在几乎能肯定的是，在这次痛苦经历的最后，贝森妮要么会失去生命，要么会失去父亲，而让莱恩自己感到奇怪的是，他为后一种可能性也感到痛苦。不是因为他怕死，实际上他算是已经死了，而是因为他意识到贝森妮已经没爸爸了。

他已经抛弃贝森妮了。

上帝啊，他在想什么呢？

那么赛琳呢？对，还有他的妻子！如果自己不能和她在一起爱着她，又怎么能因为她对爱的渴望而去责备她呢？

莱恩现在只能自杀了，他没有别的选择，只能用自杀来结束这场疯狂。这是唯一的办法，来拯救他的家人和更多的像穆斯塔法一样的孩子，而穆斯塔法已经在他面前，被那个叫卡立德的刽子手杀害了。

莱恩又发现了一点变化，他的胳膊……

莱恩往下一瞧，惊讶地睁大了眼睛。他们把他的胳膊用毛巾紧紧地绑在了椅子两边，他开始以为他们是要砸断他的骨头。

紧接着莱恩就看到了他们把他的腿也和椅子绑在了一起，这样他就动不了了，这个办法很原始，可是很有效，他的手腕也不会被锁链弄伤。

他们对莱恩实施了自杀监视。

莱恩心里乱成一团，卡立德已经猜到了莱恩的想法，他把莱恩束缚住，让他没有办法用死来逃避。

莱恩后面响起了一声轻轻的呜咽，他扭过头，眼前的景象让他毛骨悚然。首先是穆斯塔法扭曲的伤痕累累的尸体，就在他椅子后面的地板上。

然后是墙角里一个十来岁的女孩，她的四肢被绑在一起，一双棕色的大眼睛在看着莱恩。

这是米丽娅。

上帝啊。上帝，饶恕我吧……

Chapter 8 第八章

瑞奇 · 瓦伦丁慢慢地在两张桌子之间踱着，她曾经在那两张桌子上，仔细整理过骨人案的大量报告和照片。骨人档案分为七个专题，每个案件是一个专题，按照调查顺序排列。在桌子后面的墙上，一大张得克萨斯地图正面对着她，显示出骨人从厄尔巴索到奥斯汀的作案路线。

自从克雷柯让她重新回到两年前侦查的这个案件中以来，四天已经过去了，而瑞奇花了两天时间走来走去，把手沿着桌子移动，检查每一份数据，每一份现场调查报告，每一张照片，想找到他们先前漏掉的一点蛛丝马迹。

瑞奇的任务很简单：使施威策继续被羁押，因为他们都知道施威策就是骨人。保住地方检察官的面子，防止一个凶手继续行凶。

当然，首先要从那些证据里拿出点新东西来。

可证据并不合作。

瑞奇在这个案件中的搭档马克 · 雷斯纳，斜靠在离瑞奇左边几米远的桌边，他的白衬衣袖子卷了起来，手里拿着一枝铅笔轻磕着手心，一边瞧着瑞奇。

他平静地说，“母狮子在追踪猎物了。”

瑞奇转过头看着马克，马克在微笑。“是吗？我觉得我这会儿更像条蛇。”

“现在有点像了。”

“像蛇一样从这一堆黏糊糊的东西上蜿蜒地爬过去。”

“等一等，瑞奇，我们都查了好多次了，桌子上面没什么新东西。”

瑞奇转过身看着窗外，这栋楼有三层，外面是一栋砖砌的大楼，隔断了城市的夜色。瑞奇的影子映在玻璃上，黑头发和夜色融为一体，只剩下一张长着棕色眼睛的面孔和她面面相觑。

想到骨人的命运掌握在这个三十五岁的娇小女人手里……真是神奇。

“可以关上百叶窗吗？”

马克走到窗前，把白色的百叶窗放了下来。

还不仅仅是骨人的命运，如果骨人重新出现的话，还有其他被害者的命运；如果施威策被释放的话，还有地方检察官的命运。另外，还有市民们，如果他们意识到使得克萨斯陷入恐慌的杀手已经被释放的话。

“马克，我想你说的对，”瑞奇重新把注意力转回到档案堆上。“这儿没什么新东西。”她走到桌子尽头，拿起一份标着“血液检验报告”的材料，又往回走，一边用手指弹着材料。

“我只是在想……”瑞奇没再往下说。

瑞奇已经想了一下午了，但是她不想太关注那一点，因为她的任务是找到新的证据，而不是把旧的改头换面。

“血液样本？”马克看着材料问，“血液样本在三个不同的实验室的检验中都得到了证实。”

“我知道，施威策的血液，两个样本看来是从同一个原始样本中产生的。”

“但这个结果并不确凿无误。”

“在我们想来是这样，但是错误的几率已经很小了，我们都知道法官会允许提交新的证据，并且宣告审判无效。

“可是……”马克仍然心怀期待。

瑞奇深吸了一口气，走到房间中央，眼睛还一直盯着桌子。她停住脚步，把血液报告往前伸，然后松开手。

牛皮纸文件扑的一声落在了地板上。

瑞奇背着手，朝桌子那边点点头，“你看到什么了？”

马克走过来看着那堆材料，还有那幅地图，都是骨人案件在联邦调查局的材料。

“你是说施威策不是骨人吗？”马克说，“我知道看起来什么样，可是——”

“不，马克，就告诉我你看到了什么，你怎么看待桌子上的材料？”

“它们非常详细地记录了骨人在七桩谋杀案里的所作所为。犯罪现场调查报告，实验室检验报告，被收集和分析的证据，证人证言，行为分析报告，还有照片。还要我往下说吗？”

“从这些材料里你能够发现骨人。”

“我是能够发现骨人。”

“那么你能发现施威策吗？就从桌上那些材料里，你发现施威策了吗？”

“我觉得我发现他了。”

“哦，马克，我不确定我有没有发现他，”瑞奇走到右边，抱起胳膊，“在事情发生两年之后退一步看，如果我把血液检验报告抽出来的话，我还是没办法肯定，桌子上的材料里的那个凶手，就是我们抓起来的人。”

“哦，这一点已经被证实了，凶杀案不再发生了。”

“如果你知道他们把你做的案子安到别人头上，你不会停止作案吗？”

“如果我是一个连环杀手的话，我不会停下来的。你知道像骨人这样的凶手，是以杀人游戏为乐的，他会情不自禁地寻找机会，去展示自己的杀人手法，尤其是在公众以为抓到了他，放下心来的时候。”

“可能是这样，但是心理分析只是一种经过训练的猜测，对于罪犯而言只是假设而已。还有另一种可能性，也就是骨人并不以杀戮为乐，也许他更聪明些，已经杀了七个人，这个数字在某种意义上意味着完结，于是他就脱身了。又或者他还在杀人，但是却把尸体埋起来了，等待有一天重新被发现。”

“也有可能，但是有这么多证据——”

“把血液检验报告拿出去……”瑞奇走到桌子跟前，拿起一大摞文件扔到地板上，“把那些心理分析的胡言乱语拿出去，现在你又看到了什么？”

“瑞奇，这不是个新案子，我们在血液报告出来之前，就已经认定是他了。”

“回答我的问题，拿走了心理分析和血液检测报告，你现在还能从桌上的材料认定是施威策吗？

“他是白人，体重170斤，穿十三号的鞋子——这些都是我们所知的骨人的数据。

“还有几十万美国人也是这样的。”

“他并没有否认杀人。”

“也没承认。”

“那些死猫——”

“不是死人。”

“没有不在犯罪现场的证据。”

“也没有他弯下腰查看尸体的照片。”

马克皱起了眉头，不过他的蓝眼睛闪着光。在骨人案件发生很长时间以前，马克这个从密西西比州来的金发侦查员曾经跟瑞奇约会过，不过他们认为恋爱关系只能让他们的同事关系变得更加复杂，于是马克跟他家乡拜洛希的一个褐发美女格特鲁德结了婚。

瑞奇在过去十年里谈过十来次恋爱，但是像马克说的那样，没多少男人能强到和一个“刨根问底的侦查员”打交道的地步。瑞奇是公认地女强人，不是她不想好好谈恋爱，而是她不是那种一直黏着男人，直到追到手为止的类型。

她同样不是个好情人。

“你不会是把照片买到手了吧？”马克说。

“我就是说说，”瑞奇朝他走过去，转过身面对着桌子，双臂交叉着，“我们并不一定是在探究菲尔 · 施威策，可能是，也可能不是。”

“你是从陪审团的角度在考量吗？”

“这取决于律师的辩护，不过我觉得法官会这么考量的。”

“所以你认为我们抓错了人，地方检察官会去找市长让你走人的。”

“马克，我没说我们确实抓错了人，我是说如果没有血液证据的话，我们不能确定就是他。而且如果我们不确定骨人已经被抓住的话，那我们就得考虑他还在逍遥法外这个事实。”

马克没吭声。

“如果他是那个凶手的话，我们还是有很多工作要做。”

马克走到自己的桌边坐下来，“瑞奇，我不知道，我觉得你在这事上的判断是错的，我觉得别人会同意我的看法，除非我们再找到一具尸体。”

“你想冒这个险吗？再增加一名受害者？”

“好啦，瑞奇，我当然不想了。不过可别告诉我你想把这个结论抛给克雷柯，你知道他跟地方检察官的关系有多铁，他们会因为这个念头狠狠训你一顿的。”

“我还不知道下一步做什么呢。”

“别这么干，上帝作证，如果你这样，我可不帮你。”

瑞奇盯着马克看了一会儿，然后回到自己的座位上，从办公桌角落里拿过挎包，朝门口走去。

“马克，你有一点说对了，桌子上没有新东西，都在地上呢。”

Chapter 9 第九章

“在你逃出来，被直升飞机发现之前，我还想去牢房看看呢。”

莱恩的思绪又回到了梦境一样的救援行动，炎热的沙漠，直升机的灯光，以及当时他不敢相信自己幸存下来的心情。

“上校，再给你拿点水？来瓶可乐？”

莱恩看着联合特遣部队派来询问情况的心理学家，他见过这人一次，是个灰发医生，厚厚的眼镜片后面有双和善的蓝眼睛，还有善解人意的笑容。

医生看着莱恩的手，莱恩拿着他面前桌子上的一个麦克风。他的右手在发抖，就像一个老年人帕金森发作的时候那样。莱恩看着那只手，不想让它发抖，但是没用。于是莱恩把双手收回来，放在桌子下面的腿上。

“上校？”

这位心理学家名叫纽曼，是美国陆军的一位心理健康专家。莱恩获救已经七天了，每一天心情都比以前更明朗，但是他脑子里还在嗡嗡响着，手也还是会抖。

“嗯？”

纽曼扫了莱恩旁边的女人一眼，那是一位顾问科员，叫朱莉·斯图亚特，从上个星期在巴格达的第28战地医院的时候，每天去看他两次。以前莱恩只是自己清楚沙漠里发生的一切，而今天，一切都要改变了，他终于要把这些说出来了。

“你还要点水吗？”

“嗯，好的，谢谢。”

纽曼朝房间后面的一个宪兵点了点头，这间屋子空荡荡的，只有两张相对摆着的桌子，窗玻璃上装着百叶窗，外面是炎热而又安静的伊拉克。

有时候他们看着莱恩，他好像有点摇摆不定，不过莱恩先前说服了他们，他们也觉得莱恩的状态已经很好了。后面的七天是他们来找莱恩，然后离开，不过这天早晨莱恩醒来，觉得状态上佳，已经能够恢复工作了。

他得通过这次情况询问和心理状态评估，如果不再手抖的话，就证明他状态良好，然后就可以重回工作岗位。

一只手从莱恩肩膀上方伸过来，在他面前放了一瓶水。

“谢谢。”莱恩说，不过他没去动那瓶水。

“我知道这很困难，”纽曼说，“不过我们现在从你这儿得到的越多，上面以后就要求的就越少，我确信你明白这一点。”

“是的。”

“还有一点很重要，就是我们要了解这次事件的方方面面，这样我们才能对你进行正确的评估。”

“好的，没问题，请问吧。”

“好，”纽曼看了看朱莉正在录入文字的笔记本电脑，“记到哪儿了？”

“叫米丽娅的那个女孩。”朱莉说。她的眼神越过电脑屏幕，遇到莱恩的眼神，又马上垂下来。

纽曼又回到面前的黄色笔记本上，用钢笔画了一条线。“对，这样我就明白了，那时候摄像机还在拍你吗？”

“是的。”

“那些残缺不全的孩子的照片还挂在墙上……”

“间接伤害。”莱恩纠正说。

“那些孩子被卡立德等同于在伊拉克的间接伤害。妇女和儿童。”

“对，他的孩子。”

“对。”

纽曼抬起头，从眼镜片后面看着莱恩。“那个叫穆斯塔法的男孩已经死了，就在你身后的地板上，他被用类似的手法杀死了，也就是说他的骨头被砸碎了。”

“是的。”

“米丽娅被绑在墙角。”

“是的。”

“那时你在认真考虑自杀，那是唯一能够挽救受害者又不让卡立德他们得逞的办法。”

莱恩犹豫了，他在想自己承认这一点，会不会降低他们对自己心理状态的评估，但是他的脑子里又在嗡嗡响了，他知道最好的办法，就是尽可能平静地告诉他们发生了什么。

“是的。”

“但是他们把你的胳膊固定在椅子上了，这样就有效地防止了这种可能性的发生。”

莱恩点点头。

“上校，请对着麦克风讲，我们需要音频。”

“是的，”莱恩身体前倾，又说了一遍，这回声音很清楚，“对，是这样的。”

“告诉我们之后发生了什么？”心理医生说，放下钢笔。

莱恩决定尽量做出深思熟虑状，他用平稳的语调说：“他们让我和那个女孩一起在房间里待六个小时，然后他们回来杀死那个女孩。”

“能详细讲讲吗？”

莱恩觉得一阵恶心，很明显对方是想分析他在那种情况下的心理反应。

“就跟那个男孩一样。”莱恩说。

“你说过你听到那个男孩的骨头被砸断的声音，然后就失去了知觉。那么他们杀死那个女孩的时候，你有没有失去知觉呢？”

莱恩的嗓子里像堵了什么东西，有那么一会儿他觉得自己快要崩溃了。

“没有。”

纽曼看了他一下，然后轻轻地说：“上校，我想让你告诉我你看到了什么，听到了什么，我觉得——”

“他们杀了她，”莱恩大声说，然后尽力控制自己的情绪，“这还不够吗？”

医生平静地拿起钢笔，在笔记本上做了个记号，然后把钢笔放了回去。“我想我要建议待一会儿再继续，这是为了你好。”

他们是来决定莱恩的命运的，他们都清楚这一点。军队在必要的时候，效率高得惊人。纽曼礼貌地多给莱恩一点时间，只是加深了这样一种印象，也就是在评估中决定的命运，还是会和军队的目标以及莱恩自己的意愿相一致。

但是莱恩觉得他没法忍受在医院再多待一天，自己像具正在腐烂的尸体一样躺在白床单上，他需要什么把他救出来。

“不，对不起，我只是……”莱恩去拿水瓶，然后看到自己握住塑料瓶的左手在发抖，他后悔去拿水了。可是他又不能缩回手，这样会把对方的注意力吸引过去，于是他拿起水瓶，喝了一小口，放下瓶子，把手收回来放在自己腿上，手还在抖着。

“莱恩，这不对……你不能这么做——”

“我会好的，”莱恩说，“看着别人死去是非常艰难的。”

“当时卡立德在做什么？”医生的前额上渗出了汗珠。医生自己也曾经接触过战争暴行，但这次的事情肯定是最可怕的暴行之一。

“他就站在门边看着我。”

“他没说什么话吗？也没什么反应？”

“没有，他什么也没说，但是脸上有泪。”

“看到这样一个残忍的人有这样感性的反应，这让你感到惊讶吗？”

“整件事对于他来说都是一种感性的反应，”莱恩说，“他相信我们同样残忍地屠杀了一千个孩子。”

医生点点头，好像明白的样子，不过莱恩怀疑他能不能明白这一点。

“上校，就连想一想你在那个房间里有什么感觉，都那么困难吗？”

这是一个问题。“你会有什么感觉？”

“告诉我你当时的感觉。”

要崩溃的感觉又来了，莱恩只得强压下去，他害怕自己真的崩溃掉。这种萦绕在他心中的情绪会慢慢过去——同时莱恩必须承认这样的情绪在他们杀死米丽娅的时候也在。

“你知道我不能向他屈服，他的目的就是要摧毁我的意志，而我那时唯一想的就是要摧毁他。”

“那他们杀死米丽娅的时候你在那儿坐着，你做什么了没有？”

“什么也没做。”

“你闭上了眼睛。”医生说。

“对。”

“不过你什么感觉都没有吗？”

“我别无选择。”

“你能控制自己的情绪吗？”

“不知道，我只知道卡立德在流泪，我没有。”

朱莉的眼睛一直在从屏幕上偷偷看着莱恩，莱恩不知道她是想掐死自己，还是为自己哭一场。

“跟我们说说后来发生了什么。”

“他们又带进来一个受害者，是个男孩。我拒绝按卡立德的要求去做，他说我是头冷酷无情的猪。”

“你确信如果你把妻子的名字和地址给了他，他就会实施自己威胁过的行动吗？”

“是的。”

“说下去。”

“过了三个小时，他们进来杀死了那个男孩。”

“三个小时？”

“卡立德缩短了时间。”

“他用同一种方式杀死男孩的吗？”

“是的。”

“这一次你看了没？”

“没有。”

“你看到卡立德有什么反应吗？”

“他这次离开了屋子。”

“明白了……那么你呢？你这次有什么反应？”

“这次……这次我昏了过去。”

“这么说你控制自己情绪的努力并没有完全成功。”

“对，没有完全成功。不过你明白我不能做他想让我做出的反应。我的妻子和女儿……”提到女儿的时候，莱恩心里感到一阵悲伤，他说不出话来。

“上校，慢慢来。”

看起来莱恩试图让他们看到自己的自控能力的做法可能是错的，他并不想表现得冷酷无情，不是吗？这毕竟不是一场游戏，游戏一个星期之前就结束了。

真的结束了吗？

“这关乎我女儿的性命，你肯定明白。”

“他们有没有带进去第四个孩子？”

“是一个男孩，比其他几个孩子大一点。”

“他们把他杀了？”

“是的。”

“那么这回你跟卡立德谁赢了这场游戏？”

这个问题像一把大锤砸在莱恩胸口上。

莱恩把目光转向牛顿后面，看着墙上一张总统的大照片，然后用一种强硬而理性的口吻回答说，“我们谁也没赢，孩子死了。”

莱恩的腿抖起来，莱恩动了动腿，有一小会儿不抖了，然后又开始抖起来。

“这是他们放在你的椅子背后的第四具尸体吗？”

“不是，他们把那两具尸体放在我左边的地上了。”

朱莉停止在键盘上打字，闭了一会儿眼睛。

“上校，这持续了多长时间呢？”心理学家问。

莱恩想告诉他们，可是他的嘴不听使唤。

莱恩意识到他是在自欺欺人，不管发生什么事情，他都一直在试图表现得受同事尊敬，像个海军军官该有的样子。

可是现在莱恩觉得已经无法再装下去了。事实是，他已经不能再像往常一样继续生活了！一切都在第一根骨头被折断的时候改变了。

无论莱恩怎样告诉自己，他能够继续下去，但是在内心深处他并不相信，他知道在第一个无辜男孩穆斯塔法死去的时候，他的一部分也已经死了。

莱恩没兴趣去评判战争，但是对于他来说，战争必须结束。无辜平民的死亡已经摧毁了他的世界。

心理学家看样子很喜欢听他说。

莱恩又试着想告诉他们，可他还是说不出话来，这让他想到自己可能失去了自控能力，就在他们面前，他的腿就像在搅拌器里一样发起抖来。

莱恩最后一次试图控制自己的身体，可是他建起的自控之堤突然崩塌，他无力阻止汹涌的波涛在堤后积聚。

莱恩整个身子从头到脚开始发抖，他的椅子也被压得格格响。即便如此，他还是在试着……试着停下来，看在上帝的份上，不要让他再受这种煎熬。

莱恩从腿上抬起正在发抖的手，把手放在桌子上，可是桌子也跟着抖动起来。水瓶倒在桌子上，莱恩又把手收了回去。

心理学家不动声色地看着莱恩，朱莉也不再打字了，发着呆，莱恩沉默地面对着他们，像地震一样发着抖。

就算他的情绪处在混乱之中，他至少没让他们都看到。而在他们面前，他感觉极度痛苦。

莱恩胸中积聚的情绪在翻滚，涌上了喉咙。

上帝啊……上帝啊……

泪水模糊了莱恩的视线，他努力想忍住眼泪的时候，鼻子感觉到一阵刺痛。

可是上帝……为什么？为什么是孩子？

莱恩的脸扭曲了，虽然他紧紧地咬着牙，还是没办法控制住悲伤的感觉。

莱恩开始抽泣，身子颤抖着，眼泪涌出来。

他试着向他们解释什么，他试着告诉他们，自己对一时失控感到抱歉，不过那只有一会儿功夫，他们很快就能结束询问。他试着跟他们说那是孩子，孩子，所有的孩子都躺在他身边的水泥地上，被折断了骨头……

“对不起……对不起……”莱恩想跟他们解释，可是他只是啜泣着说出这几个字，抽噎着，胸脯一起一伏。

“对不起，对不起。”

“医生，您看……”

朱莉的话像镇痛剂一样从莱恩身边拂过，那是她要让医生停止询问，这一次就这么要完了。莱恩暴露了自己，变成了一个大傻瓜。

“医生？”

莱恩深吸了一口气，又使劲呼出来，停止了啜泣，说道：“不用。”

他还在发抖，但是喉咙的疼痛已经减轻了，他能够说话了。

“不，没关系，让我说完吧，我得说完。

“我认为上校的状态不能……”

“七个。”莱恩说。

他们看着他。

“七个，他们杀了七个。”

“上校，我觉得我们该暂停一下，”纽曼说，“刚才那段时间对你来说很困难，你需要休息。”

“不，不用！”莱恩还在发着抖，但是最糟的时候已经过去了。“他们杀死了七个无辜的局外人！”他叫道，“我不能这么做……我不能再装下去了……我……我就和他们一起待在那间屋子里，你明白吗？我不能这么做！”

“上校，放松。已经过去了——”

“不，不，你当时又不在场！他说的对，我们没有权力杀害无辜的妇女和儿童！我不能这么做！”

“上校……”

“我试过自杀！我试过咬断自己的舌头，我试过窒息而死，我试过……可是……”莱恩知道这时一种极端的情绪已经改变了他，那种情绪过去几天一直在试图突破他的防线，但是莱恩坐在这里要把发生的一切都告诉他们，他不能再抵制自己的改变了。

卡立德还是成功地改变了莱恩的观念。

“上校，冷静一下，”心理学家说，“我们随时都能停下来，如果——”

“我一直都神志不清，直到我最后在毛巾上磨破了手腕。”

纽曼看着莱恩手上的绷带，点了点头，明白了莱恩想摆脱这一切，通过倾诉使自己摆脱恐惧。

“他进来的时候，看到毛巾上滴着血，我倒在椅子上的时候，他以为我已经成功了。我并没有成功，不过他得给我止血。”

“他是一个人吗？”

“还有一个卫兵，他解开毛巾给我止血的时候，我发起了攻击。他们以为我失去了知觉，卡立德还跟他们嚷嚷，说如果我死了一切就白费了。”

莱恩坐在椅子上，一边发着抖一边一口气说下去。

“我抓住卡立德的头发打他的脸和鼻子，我的脚踝还绑在椅子腿上，但是他们用毛巾把我的胳膊绑在椅子上的时候，把锁链取下去了。卡立德大叫起来，我朝他的脸扑过去，椅子垮了。我不知道发生了什么，因为我只想在他们杀我之前，尽可能地伤害他们，但是事实是，他们不想让我死，这就是为什么我在攻击卡立德的时候，卫兵没朝我开枪。他试图把我拽走，但是他没杀我，他也不能开枪，因为卡立德还被我压在下面大叫。”

莱恩的腿不抖了，他的手也几乎平静下来，莱恩合起双手放在桌子上。

“你把卡立德杀了？“

“我觉得是，他完全瘫在地上了，但是我那会儿顾不上想这个，卫兵抓住我的肩膀，我用胳膊肘把他击倒。我大叫着，又打又咬……我觉得我用胳膊肘把他打到了水泥墙上，他昏了过去，我意识到可以逃走了，就从卫兵腰带上拔出刀子，割断了那个男孩身上绑着的绳子——”

“他们又把一个受害者放在屋子里了？”

“是的，他们进来是要砸断他的骨头的，不过我把他救了。”

“然后呢？”

“然后我拿了卡立德的对讲机跑了出去。不知为什么，我没看到有别的卫兵，也许他们在地堡的另一边，又或者出去透气了，我不清楚。”

“门都没锁吗？”

“不，是闩着的，但是我在里面，就打开了。”

纽曼医生往后靠在椅子上。“你在用对讲机呼叫之前，跑了有多长时间？”

“我不记得了，我必须跑得远远的，这样即便他们发现我不见了，也来不及在直升机来之前找到我。”

他们坐在那里沉默了一阵子。莱恩在他们面前的崩溃只能得出一个结论，就是莱恩现在和他坐在地牢里，以及后来在医院里一样，身上还留着那种可怕的冲动。

莱恩是一位父亲，现在他就有一个想法，去做一个父亲。

跑回家里，紧紧拥抱贝森妮，跪在赛琳脚下吻她，请求她原谅。他们还没让他给家里打电话，全面汇报以后才行，但是现在……现在……

“我想回家。”莱恩说，他的眼睛里又充满了泪水。

“你还得再休息一下。”

“我真的想回家，我可以在家休息。”

“我想我们都知道你正在经历一种创伤后应激障碍的折磨，这种情况不会一夜间就过去。你今天在这儿发泄了一些情绪，不过你还会因为幸存下来而感到内疚，这种内疚会超过你成功逃脱的庆幸，你还会感到愤怒，也许相当愤怒。”

“求求你了，我得回家，我有妻子和女儿。”眼泪从莱恩脸上流下来，“拜托了。”

纽曼想了一会儿，点点头。他在面前的纸上潦草地写了点东西。

“上校，我觉得你说的对，上面会想看看你的汇报，他们也许会有更多的问题要问，不过我要建议你延长休假，进行心理治疗和评估。”

“我什么时候能回家呢？”

“上校，如果一切顺利的话，你一周之后就能回家和妻子女儿团聚。”

莱恩擦掉脸上的眼泪。“我想给妻子打个电话。”

“我觉得可以安排，给上面一天时间看看汇报，然后我们就安排你打电话。”

“谢谢你，谢谢，真是太好了。”

第十章 *Chapter 10*

想念家人的种子在莱恩的心里生了根，在白天和晚上睡觉的时候长大，而到他第二天早晨醒来的时候，他的脑子里就只有这一个想法了。

贝森妮，赛琳，他得给赛琳打电话，告诉她所有这一切，然后他必须离开，离开沙漠，离开战争。

他已经不适合再为战争服役了。

莱恩回到医院的时候，已经完全不发抖了——像他回来之后曾经有过的那样笃定。他察觉不出自己的思想有什么问题，他曾经去接受询问，心里想着这又是一个游戏，他赢了就能做回之前的自己，而他此时意识到他已经回不去了。

莱恩往一片西柚果肉上撒了一点糖，放进嘴里。通常他都不怎么吃这种粉红色的水果，因为柚子皮吃在嘴里会有发涩的味道，但是今天他从带苦味的白色果肉边上吮吸甜美的果汁，味道截然不同，让他感到很新鲜。

莱恩咬了一口面包，抬起头看着旁边的空床。他们把昨天晚上死去的士兵搬走了。下士比尔 · 汤利，从犹他州来，刚到六天就踩上了一个反步兵地雷，两条腿都被炸掉了。比尔跟莱恩讲了他的事，说他们一能挪动自己的时候，就回家和妻子还有两个孩子团聚。

白床单已经换了新的，铺得很平整，等待下一位病人。

就像莱恩一样，他这辈子的大部分时间，都像一台没有感情的计算机一样待在角落里，接受输入，然后计算，分析，分解数据，之后用报告的形式吐出来，让别人去执行。一台很好的机器，效率很高，被广泛赞赏。莱恩曾经救过别人命，帮助别人实现过自由，是一很好的榜样。

但那是过去的他，从某种程度上来说他是一个新人了，过去的他已经在卡立德的地下室里和七个孩子一起死去了，新的他在昨天接受心理评估的时候复活了。

他不知该怎样感谢纽曼医生。

现在莱恩意识到他不是自己过去所想的那个人，现在他面临一项难以置信的任务，就是找出自己到底是谁，对于这个问题他无法完全解答。

他作为父亲的那部分。

很多年来，莱恩第一次认为他真正感觉到了爱。那是一种真正的爱，而不仅仅是一种责任。

莱恩爱贝森妮，那种爱会让人感情用事。说实话，莱恩不爱赛琳，但是他想知道怎么去爱。他也不知道自己上个星期是怎么过来的，而这种感觉，他在他们结束初步调查的时候才能说出来，如果他们认为合适的话。

房间的大门吱地响了一下后开了，朱莉走进来，微笑着，黑皮鞋啪嗒啪嗒地在油毡地上发出响声。她说十点过来，现在才九点。

莱恩把托盘推到一边站了起来。朱莉没理会其他病人，那些人正看着她走进来。大部分病人身上受了伤，比莱恩这种表面的割伤要重得多。莱恩为占了这间病房里四十八张床里面的一张感到内疚，不过他估计他们决定再观察他一下，因为他们在汇报里认为他大脑受损。不管怎么样，他都不能再等了，一定要离开这间病房。

“莱恩，早上好，”朱莉朝他走过来，“看样子你准备好了。”

“是啊，女士。”

“好的，我来的早了点，我们早些时候打电话给你妻子了，她说她今天在晚上八点有个很急的约会，看样子不想取消掉。得克萨斯比我们要晚十个小时，也就是说约会是在早晨十点钟，过一个小时以后，所以我们跟她约好现在在家里等电话。”

“你……你没跟她说什么吧？”

“没有，很重要的话需要你来跟她说，你之前也要求过，让你自己告诉她。”

莱恩在夜里已经练了十几回要怎么说，而且他决定一开始要讲讲自己的痛苦经历，然后再说说他将来要怎么对赛琳和贝森妮。赛琳会很反感他说的那些甜言蜜语，她会觉得那都是些哄人的花言巧语。为了让赛琳明白他已经改变了，确实变了，他要先给赛琳讲一点自己的痛苦经历。

还有贝森妮……宝贝……

上帝啊，他希望赛琳能像他希望的那样拥抱自己，像他需要的那样做。

“好的。”莱恩说，走到朱莉身边。

莱恩停下来让朱莉走在前面，跟着她从办公室走到了医院指挥中心外面的电话室。“那么……上面同意了，是吗？”

“打电话吗？是的。”

“我回家的事。”

“哦，对，根据纽曼医生的建议，是这样的。他想在你打完电话之后，十点钟的时候再来看看你。”

“什么时候？什么时候我能回家？”

“如果一切顺利的话，三天以后。”

莱恩的心放到了肚子里，他对此并不吃惊，不过他也还没习惯新的自己。他的感激之情肯定表现得很明显，因为朱莉笑了。

“肯定很好。”

“什么肯定很好？”

“被深爱的感觉。我都有点嫉妒了。”

“真的？”

朱莉挑起眉毛。“当然不是特指你的妻子了，不过，我确实看得出来你很爱你的妻子和女儿，这种感觉一定很好。”

“也不总是这样的。”莱恩只能这么说。

“上校，战争把我们都改变了，就庆幸你能完好无损地回家吧。”

说得很对。

他们进了一间两面墙边都有小隔间的屋子，大概一半都被士兵、海员、潜艇兵和空军飞行员占了，在因为种种原因给家里打电话。朱莉把莱恩带到一个最里面的隔间去，这样多少能保持一点隐私。

“上校，你有半个小时的时间打电话。”朱莉笑了笑，转过身要走。

“你刚才是给我妻子打电话了吗？”

“是啊，”朱莉转过身来说，“别担心，她在等你电话呢。”

“谢谢你，朱莉。”

朱莉看样子有点被逗笑了，“莱恩，别客气。”

莱恩坐在金属椅子上，拿起黑色的话筒，拨了国家号、区号，然后是奥斯汀的号码。电话响了六声，然后是语音信箱的提示音，赛琳快活的声音说：这是赛琳和贝森妮 · 埃文斯的家，请拨打我们的手机，或者留言。嘀~~~

“喂？”赛琳没有接电话。“赛琳？”还是没人接，莱恩决定再试一次，他挂了电话。

莱恩扭过头，看到朱莉正要走出房间另一端，她回过头来扫了一眼。

朱莉说的是家里的电话，不是手机，为了确认一下，莱恩很快地拨通了赛琳的手机号码。

赛琳之前轻快的声音——如果你非要打电话给我的话，打回来吧——这提醒了莱恩赛琳这些年来有多么独立。

莱恩急急忙忙地又拨了家里的电话，把最后两位数字颠倒了，他骂了一句，重新再拨。

天很热，莱恩开始出汗，但是什么都比不上他耳边电话接通的声音。

"喂，我是赛琳。"

赛琳接电话了，有那么一阵子莱恩觉得真是谢天谢地。

"喂？"

"赛琳？"

"是莱恩吗？"

"是的……对，你好，赛琳。"莱恩手里的话筒在发抖，他把胳膊支在桌子上，马上不抖了。"亲爱的，我是莱恩。"

"不好意思，你刚才打来的时候我正在接电话。离你上次打电话来有一段时间了，对吧？好像是过了一个月？"

"一个月？"有这么久了吗？"啊，对……这可不太好。我——"

"上个月有好多事，"赛琳说，"贝森妮得到了拍 Youth Nation 封面的机会。"

"真的吗？封面？"

"莱恩，你能不能跟我说说你觉得什么是封面。"

莱恩转过身背对着屋子里的其他人，他不知道赛琳说的是什么，没准是一家叫 Youth Nation 的单位给了贝森妮一份工作，他也猜不出来。

"赛琳……"

“贝森妮在做模特。你还记得吗？”

“模特？她……她要拍杂志封面了吗？”

“Youth Nation，一份青少年服装目录。”

“噢，噢。”莱恩也不知道该对这个消息说什么，所以他又说道：“噢。”

“你要不要自己给她打个电话？”

“我这就给她打电话，也许我能告诉她，我是说，告诉她……”莱恩胸中一阵气血翻涌，一时说不出话来。他一只手支着下巴，另一只手拿着话筒，内疚地哽住了。

“不过我又一想，你没给她打电话倒最好。”

什么？她在说什么？莱恩不想去推论这个问题的答案。

“赛琳……”他从哪儿开始说的？“赛琳，亲爱的，有些事我得跟你说，这个星期的事。”

“等一等……”电话那边停了几秒钟，然后赛琳回来了。“不好意思，是詹妮，还有她那些笨猫在跑，没事。”

“詹妮是谁？”

赛琳没有马上回答他。

这一会儿的沉默，比赛琳刚才说的话更说明问题。他连赛琳的朋友都不知道。但这就是莱恩打电话的原因啊，他要改善这种状况。

“赛琳，我被——”

“莱恩，为什么我们要这样呢？”赛琳低声问。

“这就是我要说的，他们……我正在执行一个任务……”

“好了，莱恩，安静一下，别再絮叨了。”

她在干什么？莱恩的脸一下子红了。她在做什么啊？看来得直奔主题了。

“赛琳，我要回家了。”

“你不能再这么做……”赛琳停住了，然后追问，“你说的回家是什么意思？”

“我是说我要回家了。这就是我要告诉你的。我坐的车被击中了，我被一些武装人员抓走了……那一段时间很艰难。”

“什么时候？”

“一个星期以前。”

赛琳犹豫了一下。

“抱歉，你还好吧？”

“嗯，现在好了。”

“他们伤害你了吗？”

“没有。”莱恩决定把可能让赛琳难过的细节隐去。

“我还好，在那儿受了些恐吓，不过都过去了。你知道吗，那让我记得，”赛琳没吭声，莱恩接着说，“记得我是谁。”

“这些日子做美国人很难。”

“不，我是说在那儿我是谁，一位丈夫和父亲。”

赛琳沉默了。

“赛琳，我知道我们过去的关系不太好，但是我想改变。”

赛琳还是没说话，这不是她要的。

“赛琳，我要回家了。”

“太晚了。”赛琳说。

“什么意思，太晚了？绝不会太晚的。”

“你什么时候回来？”

“他们说三天以后，也许五天之后到奥斯汀。”

“你不能这样，”赛琳轻轻地说，“现在不行。”莱恩明白了，赛琳爱上别人了，他从赛琳的语气里发觉的，在长时间对信息的分类拣选工作之后，莱恩的工作就是这个，他也确实明白了。不过他并不怪赛琳，只是为他们两个人感到可惜。

“赛琳，求你了，你不明白的，我……事情已经改变了。”

“哦，莱恩，这儿的情况也变了，”赛琳这回有劲了，她意识到莱恩回家会威胁到她在奥斯汀经营的生活。“你不能就这么转悠回来，好像什么都没发生一样。”

“你说的对，你说的很对。我……”莱恩想着该怎么跟赛琳说，可是这些年过去，情感都被压抑住了。于是莱恩把昨天汇报之后练得最多的话说了出来。

“我爱你，赛琳。”

“不，”赛琳的话刺痛了莱恩的神经，“你不能就来跪着求求我，事情就这么过去了。莱恩，事实是，我不知道我们还要不要在一起。我知道这会儿说这些可能比较残忍，我为你受的苦感到难过，但是我们得面对现实。”

“你不知道我受了什么苦。”

“你也不知道我这些年来都是怎么过的，我觉得你不爱我，事实上我可以肯定这一点。我甚至都觉得你并不喜欢我。”

“赛琳，求你了，你不能这么说！”可是她有理由这么说。

“事实是，你从来没有真正想和我在一起。”

莱恩知道赛琳实际上是在说自己不爱莱恩了，不想和他一起过日子，但却把责任推给莱恩，这样她自己都没有责任了。

莱恩靠在椅子背上，像当头挨了一棒。事情全搞砸了，赛琳不明白，一旦她明白了,她就会改变主意的。问题是莱恩造成的,他得自己去解决,不能只怪赛琳。

“赛琳,我要回家了,求你了,我五天之后就回去。我们好好谈谈,我跟你把事情解释清楚,我们会解决的,好吗?”

“莱恩,你还不明白,我不想解决这事。你听见我说的了吗?”

“贝森妮——”

“提都别提贝森妮!你很久以前就抛下了她!”

莱恩觉得天旋地转,赛琳没办法理解他。

“都过去了,”赛琳说,“莱恩,你得明白这一点,这会儿我们完了,我要离婚。”

莱恩终于缓过气来,“求你了……赛琳,你不明白。”

“我明白还有人会真正爱我,而不是光给我寄支票。”

赛琳的话像刀子一样,莱恩试着接受那些话带给他的痛苦。他已经打败了卡立德,不是吗?他还能打败赛琳。

他会赢回她的爱。

他会赢回贝森妮的爱。

“莱恩,再见。”

想到女儿,莱恩极度痛苦,他没办法继续思考,又开始发起抖来。在这些军队同仁面前发抖可不是件好事情,莱恩得想办法控制自己。

如果他只有一件事能做,那就是赢回贝森妮的爱。

莱恩发觉电话那边没声音了。

“赛琳?”

可赛琳已经挂电话了。

Chapter 11 第十一章

帕蒂 · 罗德斯比贝森妮高十来公分，各个部位都比贝森妮长一些。她说自己又瘦又长，贝森妮就叫她别再顾影自怜地瞎嚷嚷，帕蒂也并不反驳。帕蒂并没有多丑，她只是在长身体而已。她戴着牙套，长着褐色的乱乱的长头发，脸上有几个顽固的青春痘，没有什么胸部。她能说什么呢，自己根本就不丑，只不过不是她想成为的那种样子而已。

她也许想变成贝森妮那样，齿如编贝，长发飘飘，皮肤像六岁时一样光滑。不过奇怪的是，贝森妮并不真的想像她现在一样。

她们沿着巴顿溪林荫大道，往下一个转弯处的圣米歇尔校区走，帕蒂拿着一本 Youth Nation 在看。

贝森妮说："你看这种垃圾书，会摔跤的。"

帕蒂翻着书，说，"你知道吗，不是所有的女孩看起来都应该在这儿出现，比如说她。"她把那一页推给贝森妮看，想让她看一个长相很一般的金发姑娘，穿着件红 T 恤——贝森妮又将书推回去。

"我猜这样我们这些下层阶级的人就能发现并且买这些衣服了，哈？"

"好啦，"贝森妮说，"够蠢的了。"她伸出手，帕蒂叹口气，把目录放到她手里。

"好啊，你什么时候想让我和你一起进行愚蠢的纽约之行，说一声就行了。史蒂夫让你去参加校友会了吗？"

“可能性不大。我今年不去了。”

“什么？别傻了。”

“真的。”

帕蒂皱了皱眉头，她无疑被这些日子以来的复杂情况所困扰，这对任何一个十六岁的女孩来说都很麻烦。

“你真没看出来吗？”贝森妮问，“这些愚蠢的事？”

“什么愚蠢？我看不出来有什么大不了的，你又用你那些蠢话来烦我。好吧，你想到自己要出名了，就开始飘飘然了。有人在大厅里给你拍照，整天都有纽约打来的电话，还有个妈妈控制一切。哇，这日子过的，够劲。所以你就飘飘然了，觉得这一切都很蠢？好，原谅我没过这样的日子吧。”

说到妈妈，贝森妮有点被刺痛了。帕蒂的父亲在她和妹妹还小的时候离开了她们，她妈妈精神失常了。虽然她妈妈拿到了一笔钱，足够把姐妹俩送到私立学校去，并且还能维持生活，可是她被抛弃以后，就整天酗酒。

“你说的对，我该感恩才是，而且我也确实是这样。我是说，你看我拒绝拍封面了吗？但是……帕蒂，你得承认这太肤浅了。我不知道，这并不是说我需要钱，我不想被注意。”

“被男人？”

贝森妮觉得自己脸红了。“好吧，我不在意这个。”

“那就别骗自己了，你这不过是让自己越陷越深。”

“求你别这么说。”

“好吧，我明白了，百老汇演员贝森妮绝不会那么做的，但是你真的喜欢让那些男孩们看着你昂首阔步地穿过校园，去上神学课吗？别糊弄我了，孩子。”

她俩哈哈大笑，然后转到了后院的停车场。

贝森妮突然问，“你真想跟我去吗？”

“去校友会？”

“去纽约。”

帕蒂深吸了一口气，然后屏住呼吸。“你说真的？”

“他们说我能——”

不用贝森妮再说，帕蒂已经明白了贝森妮是认真的，她尖叫了一声，然后捂住嘴，往周围扫了一眼，看有没有人看到她的失态。

“对不起。”帕蒂马上忘了她尖叫的样子。“真的想。”

贝森妮朝她笑笑。

“什么时候？真酷啊，你觉得他们会让我……”她眨眨眼，“试镜吗？”

“我不知道他们有没有这么想。”

“不过你是要带我去，对吧？”

“你觉得我会带……”贝森妮想最好提一下她可能听说过的名字，“别的谁吗？”

“这真是太好了！”

“有个条件。”

“当然。”

“我们出发之前，你不能跟别人说。”

“什么？都不能显摆一下？”

“而且你别想着那些要出名之类的蠢事，就好好玩玩吧。”

“我发誓。”

贝森妮的手机响了，Bono 在唱 Beautiful Day，是妈妈的电话铃音。贝森妮触了一下屏幕，朝大门口走过去。

“你好，妈妈。”

“你好，宝贝，你要回来吃午饭吗？”她们租的房子离学校很近，等她和帕蒂上完课，可以时不时溜回家吃中午饭。

“他打电话了吗？”

“没有，不过我给他们基地长官打电话了，他就在国内。我让伯特今天晚上过来吃晚饭，没问题吧？”

贝森妮已经知道莱恩五天前打过电话，而且马上就要回来。妈妈说他变了，他要离开战争一段时间，之前他险些遇到意外。不过贝森妮不得不同意赛琳的看法：变得太少也太晚了。

贝森妮在得知电话内容之后，第二天早晨洗澡的时候，突然想明白了，父亲对于她来说是一种虚幻的希望。

莱恩曾经占据了救世主的位置，但却没有像救世主那样做。虽然他不是个坏人，可他也根本没有尽到自己的责任。

他不爱赛琳，也没做个好父亲。某种程度上他还是个敌人，这段时间赛琳需要有人陪她，在她感到莱恩的威胁的时候。

“当然，”贝森妮说，“什么时间？”

“六点钟。你今天晚上走路回家吗？”

“为什么不呢？做五分钟的运动又不会受伤。”

“我想做个卷心菜。”

“不错啊，别担心，妈妈。他可能像个流浪汉，但他不会伤害我们的。”

“你不懂。”

“他不是那种人。”

“伯特在这儿，我会觉得好一些，就这样。”

莱恩突然说他要回家，倒有一个好处，就是贝森妮和她妈妈终于站在同一边了。贝森妮觉得她会习惯这种感觉的。

“他要是今天下午回来怎么办？”贝森妮问。

“这我没想到，你是要训练到六点，对吧？”

“对。”

妈妈顿了一下，“贝森妮，我这回要把这事处理了，如果他出现的话，我要告诉他。”

“我觉得你是该这样。别担心，妈妈，给你的朋友什么的打打电话，把心放到肚子里。”

“晚上见。”

贝森妮挂了电话，心想又能见到地方检察官了，也许是件不错的事情。伯特像条蛇一样狡猾，就连妈妈都能看出他发光的鳞片，但是赛琳对像蛇一样的男人很着迷，起码这个人表现得有教养，体贴，而且也很成功。更重要的是，妈妈好像爱上他了。

“你妈妈要离婚吗？”帕蒂问。

贝森妮听了这话，心情暗淡下来。她想，就是离婚这个词，突然提醒了她，去纽约这种破事是多么的无关紧要。

世界上的一切锦衣华服都不能遮盖一颗暗淡的心，有那么一阵子，贝森妮恨自己按照赛琳希望的那样做模特，难道她妈妈觉得豪华的晚餐和去纽约拍照就能解决她和莱恩之间的问题吗？

在那件事上，整个世界都疯了，贝森妮也一样。

看着贝森妮暗淡的神情，帕蒂耸耸肩，“他现在又不在这儿，不是吗？”

“对。”

可是事情都不对了。

除了半个学校的学生们都在羡慕她，贝森妮还从没觉得这样心情灰暗过，这本身就是件麻烦事。

没几个人明白最好的调查工作有多少要依靠直觉，需要耐心筛选堆成山的数据，或者在车里坐几个小时，等着什么事情发生。要有对细节的注意力，来确定哪些细枝末节不必在意，有哪些怪事发生或者该发生的没有发生。需要有逻辑能力来把图表上的点连成一幅有意义的图像。直觉能够把你引到其他证据没有指向的地方，而证据使案件成立。有时候，直觉会在其他可能性都失败的时候，悄悄在你耳边提出一两个建议。

重新开始那个案子八天了，直觉告诉瑞奇 · 瓦伦丁，她没有找出新证据来给菲尔 · 施威策在骨人案中定罪，这未必是一件坏事，不过她知道从她上司莫特 · 克雷柯的语气里看，他可不怎么满意。

她向和她一起工作过几次的初级调查员德雷克 · 约翰逊点了点头，敲着克雷柯办公室的门。

“进来。”

瑞奇走进去关上门，“下午好，先生。”

“瓦伦丁警官，坐。”

瑞奇坐下来，翘起腿。克雷柯坐在大橡木桌子后面，他的大方脑袋面对着瑞奇。上帝作证，瑞奇发誓克雷柯小的时候，肯定有人用板球拍打在他的额头上了，他们没有拍上他的大鼻子，不过把额头拍扁了。

克雷柯把胳膊肘支在桌子上，交叉双手，形成了一个金字塔形。“法官刚刚下达了裁定。”他说。

瑞奇的心脏漏跳了一拍。“这么快。”

“没错。”

一个很快做出的决定意味着一个明确的决定。

“然后呢？”

克雷柯把大手放在办公桌上一摞整整齐齐的文件旁边。“他把整件案子否决了。”

瑞奇眨眨眼，她已经猜到了这个结果。听到她花费了一年时间办的案子，因为血液的实验室样本可能是被栽赃的，于是通过司法听证就给推翻了，她觉得有些痛苦。“施威策要放出来了。”克雷柯说。

“什么时候？”

“马上。他不到晚上就能放出来。”

瑞奇点点头，她不确定克雷柯希望她做出什么样的反应，不过从他脸上的表情看，他不太高兴。可能说几句脏话，来表达她对事态的糟糕变化感到愤怒，这样对她有好处，不过她没觉得自己气得要说脏话。

“你看起来有点消沉。”克雷柯说。

“我觉得累，就是有点累。”

“你看起来不累，看着……还好。”

“我觉得不太好。”

“嗯，我也觉得不好。因为你没把证据找出来，我们的面子都赔进去了。”

“这个，我倒觉得没什么，”瑞奇说，“让我觉得更麻烦的是，不管施威策是不是真的有罪，骨人都还在逍遥法外。”

克雷柯慢慢地点了点头。

瑞奇接着说她的想法，“除非，他碰巧因为其他罪行被抓住。”

克雷柯的嘴唇皱了起来。“我受到一些压力，要求把你从这个案子里撤出来，希望你能理解。”

“可以啊，先生，公众总是需要有人被处理的，为什么不处理我呢？”

“这不是为了安抚公众，是因为你没有抓住真凶。”

“那就把我调走吧，让更适合的人负责这个案子，有些初级调查员比我要更了解骨人案。靠，去告诉公众他们现在能睡个安稳觉了，因为最适合侦破骨人案的调查员已经被调走了，这样FBI的面子就找回来了。”

“我不会这么草率的，不过看来你是明白了。”

“我猜地方检察官会很高兴的。”

“我不知道，我听说这个消息之后还没跟他谈呢。”

“我还以为你们俩之间会私下通气的。”

克雷柯好像并没有为瑞奇的话动气，他接着说道，“是的，我们紧密合作，最好这样。不管怎么说，我们都要查个水落石出，现在唯一的问题是我们要不要你一起来做。”

瑞奇站起来，背着手走到窗边。她知道自己的黑裙子刚好在膝盖上面，而她的黑色高跟鞋看起来太拘谨，太斯文了。在这种时候瑞奇觉得自己再长高30厘米，或者肩膀再宽个15厘米的话也不错，在适当的地方再多点肉也没什么不好。

瑞奇转过身来对克雷柯说，“这事当然由你来决定，不过你知道，换了侦查员的话，最好的情况下，他们也得花一个月的时间才能达到我对这个案子的了解程度。“

“瑞奇，什么样的了解程度呢？你究竟都知道什么？”

“对于刚接手的人来说，有更好的机会证明我们抓错了人，”瑞奇指着窗外某个想象中的嫌疑犯大声说，“是的，证据吻合，我们面前的血液样本证明了这一点，但是这个证据对于街上另外的一千号人也是一样吻合的，别跟我说你确定我们抓到的就是凶手。”

“我没有这么说，不过我相信我们抓对了人。”

“有两个办法，或者拖延时间，从没有起诉施威策的三个案子里搜寻证据，这样我们就不会被一事不再审原则打击。或者就假定骨人还在逍遥法外，对着报纸上的愚蠢报道偷笑吧。最起码，让我来负责一次新的调查工作，我来找出两年前漏掉的东西。”

“从哪儿找？又没有别的尸体。”

“没有。”瑞奇交叉起胳膊，“不过我有一些新的想法。”

克雷柯抬起了眉毛。

“只是一些想法，目前还是想法而已。”

克雷柯在等着瑞奇说。

“好，”瑞奇在克雷柯面前来回走着，“在发现血液证据之前，我在研究的最后一件东西是一把标准的军用 KA-BAR 刀，它是在厄尔巴索的谷仓找到的，而另一把刀是在第四大街的凶杀现场找到的。第一把刀不能直接和厄尔巴索发生的凶杀案联系到一起，不过我们能肯定第二把刀曾经被用来割断绑着女孩的绳子。

“这个证据没有用。”

“是的，那会儿没什么用，因为我们把它和施威策想到一起去了，而没有找到他和这两把刀或者军队之间的必然联系。谁都有可能从军用品商店买到这些刀，不是吗？”

“接着说。”

“假定施威策不是我们要抓的凶手，那么我就在想，什么样的军人会在六个月内杀掉七个女孩，然后消失。”

“还有呢？”

“我也不由得会想，在得克萨斯作案的人，他也就在得克萨斯。”

“因为他在过去的两年里部署在这儿。”

“这是一种假设，”瑞奇耸耸肩，“我们并不清楚这一点。问题是，除非我们把施威策排除掉，开始寻找其他可能性，否则我们也不会提出正确的问题。除了得到许可继续工作之外，我得跟军队协商一下，我唯一优先考虑的，是阻止凶手继续行凶。”

“假定他不是军队的，”克雷柯吐出一口气，“现在我也和你一样说话了。”

“如果我搞错了？又有什么坏处呢？”

他们都知道不会有什么坏处。

克雷柯伸出大手放在桌子上，用肥厚的手指敲打着桌面。“好吧，瓦伦丁，去捉鬼吧。不过如果有一丝证据指向施威策的话，我都要知道。”

瑞奇朝门口走去。“你该知道有一点我要追查的是，血液证据的来源。”

“不，瑞奇，我还不知道这个。”

“先生，有人拿血液样本用来栽赃，我得查出来是谁。”

“你在假设有人栽赃证据？”

“我在假设施威策不是凶手的话，那就意味着有人栽赃他，查出这个人是谁，我们就会——”

“瓦伦丁，别管这事了，如果我们内部有人栽赃证据的话，我会处理的。这是我的职责，不是你的。不要介入我的工作，明白吗？”

瑞奇举起双手表示让步，“明白，不介入我们热爱的联邦调查局，我发誓。”

瑞奇拉开门。

“还有地方检察官办公室。”克雷柯说。

可是瑞奇已经走到大厅里去了，根本不想听克雷柯再说什么。

Chapter 12 第十二章

莱恩给了出租车司机两美元二十美分，走到了巴顿溪林荫大道上。邮箱上的粗体字写着1300号，这就是赛琳和贝森妮在他上次派遣之后搬去的地方，没错。

自从莱恩第一次意识到，自己是多么需要赶回家拥抱妻子的时候，已经过去了六天，他到家了。

奥斯汀八月份很热，不过跟过去两年在沙漠里夏天动不动就四五十度相比，还不算难受。一阵微风拂过，吹走了他脖子上的汗。蟋蟀……

他还忘了蟋蟀，它们藏在大路边的草丛里不停鸣叫。

莱恩走上车道边缘，路边斜着往下走，是一栋白色的大房子，地中海式建筑，两扇玻璃门中间是一个大车库。

到家了。

莱恩一想到这一点，就马上打消了这个念头。事实上下面这栋房子看上去一点都不像家，他一回国就给赛琳的手机打了十几次电话，他知道赛琳总是带着手机，可是赛琳都不接。

这倒没什么，赛琳只是被吓到了，感到慌乱而已。她很可能已经知道了一些关于莱恩精神崩溃的情况，这应该是她所知道莱恩自从新兵训练以来第一次精神崩溃。但是一旦赛琳意识到莱恩在沙漠里受了多大的伤害，有了多大的改观，她就不会再心慌了。如果说莱恩有什么事特别擅长的话，那就是了解人们的心理和反应，以及内心活动。

这就是莱恩到这儿的原因，让赛琳看看自己已经改变了想法，他终于能够看清楚这一切了。

一辆小汽车在莱恩后面嘀嘀响,他回头扫了一眼,是辆黑色的奔驰车。

莱恩又转回来看着房子，这是他为什么要回这儿来——让一切重新走上正轨,表达他的懊悔,乞求她们的原谅。上帝帮帮他吧,请帮帮他吧。

莱恩穿着软底鞋沿着车道往下走，蟋蟀在叫着，他的心怦怦跳，不过他脚下没有声音，悄悄地走回到他很多年前溜出去的那个世界。莱恩不会傻到去想赛琳和贝森妮会轻易接受他，但是如果必要的话，他会跪在她们脚下请求原谅。

他绝不会再对赛琳发火。

只要赛琳想要的东西，多少钱都给她买。

他要给她做早饭，端到床上去，还要洗衣服，一进房门就对她微笑。还有玫瑰，莱恩要把赛琳的世界全部装饰上玫瑰，红的粉的，让邻居们嫉妒和羡慕。

而贝森妮……这六天以来他都在一种浑浑噩噩的状态下度过，走着去喝咖啡，进行了四个汇报，晚上躺下睡觉，登上飞机，从飞机舷窗向外看着脚下的大海，肩上背着海军背包从AC-130重型攻击机上下来，在贝塞斯达海军医院跟心理医生聊天，飞到奥斯汀的家，他还可以在奥斯汀订一间酒店。

而现在，当莱恩又想起贝森妮的时候，泪水湿润了他的眼眶。莱恩眨着眼睛，告诉自己不能再感情用事。

突然有种想法让莱恩在离门半米远的地方停住了。不，莱恩，过于回避感情是你的弱点，表达出来吧，为了上帝的爱，表达出你的感情吧。

不过莱恩决定不去企求她们的同情，莱恩在伊拉克被绑架的事情不能用来去博取同情。莱恩在这件事发生之前就因为自己做的不够而失去她们了，他现在要用自己的行动让她们回心转意。

莱恩走上台阶，颤抖着按下了门铃。

赛琳的声音从远处传过来。“宝贝，门开着呢！”

赛琳还以为是贝森妮。

“是我。”莱恩哑着嗓子叫道。

“我们在厨房呢。”

两个想法涌上莱恩心头，我们，意味着贝森妮和赛琳在一起，他们在厨房等着他。赛琳管他叫宝贝，她曾经用这个充满爱意的称呼来叫过莱恩，现在用来叫贝森妮了。

莱恩觉得这样的好运气太意外了，他溜进去，轻轻关上门。赛琳在厨房里格格笑着，“不是，要放巧克力，真笨。这样辣椒酱更有味，你肯定喜欢吃。”

莱恩站在门口的垫子上，让赛琳的声音扫清他的担心。在这儿站一会儿，听着他妻子跟女儿说些像怎么做辣椒酱之类的家常话，那也是件很好的事情。

赛琳接着往下说，解释着巧克力的作用，莱恩都不知道赛琳喜欢上做饭了。

莱恩穿过起居室，到了亮着灯的厨房门口，边走边想着他要像之前练习过的那样说，不能走样，而且要在赛琳反应过来之前就都说出来。

莱恩走进厨房的拱门，他穿着格子衬衫站在那儿，手放在身子两边。赛琳正弯着腰站在炉灶跟前，一只手拿着大勺子，另一只手拿着餐勺，嘴里还吹着气，好像要尝一尝。

炉灶上辣椒酱在冒着泡。

“赛琳，你好。”

赛琳突然直起身子来，愣住了。

莱恩想朝她扑过去，抱住她的腿，但是他知道没有赛琳的同意，不能就这样闯进她的生活。莱恩曾经离开过她，现在为了让赛琳回心转意，他愿意付出自己能付出的一切。

“对不起，我试过打电话来着。”

赛琳慢慢地放下勺子。

现在，莱恩得在赛琳来得及反应之前，把那些话说出来。

可是贝森妮在哪儿?

可是莱恩得赶快说出来，于是他说，“我很抱歉，求你原谅我，都是我的错。我离开你们很蠢，上帝知道我做了蠢事。求求你能不能重新和我在一起？”

这并不在莱恩预料中，赛琳还是愣在辣椒酱跟前。为什么她这么惊讶，她之前不是给他打过电话吗？贝森妮又在哪儿?

“谁让你进来的？”赛琳问。

“我……”

赛琳的目光投向莱恩左边，莱恩明白自己想错了，他顺着赛琳的目光，发现一个人站在桌边。那是个高大的男人，深色的头发油光光地耷拉在额头边，随随便便地看着莱恩。他一只手插在黑色休闲裤兜里，另一只手放在木桌上，右肩上搭着一块餐巾。

“莱恩，这是伯特·韦尔什，”赛琳突然说，“伯特，这是莱恩。”

贝森妮呢？莱恩扫了一眼厨房。

伯特穿过房间，一只手搂住赛琳的腰，眼睛挑衅地盯着莱恩。

“贝森妮在哪儿？”

赛琳咬着牙，“莱恩，拜托你，这会儿不是时候，不要让我们的关系变得更糟。”

莱恩举起双手，不知所措。“不，不是这样的，你不明白，我错了，我过去……我应该……我回来了……”

“别跟我说我不明白，我们过去在一起，现在结束了，你走吧。”

“那是十五年前，我从那以后就再没有别的事了。”

“是吗？你是有过不请假跑回来一星期，可是我觉得你从来没有回来过。都结束了，从这栋房子里出去，看在上帝的份上，别把贝森妮扯进来。我不能让你再像以前那样伤害她。”

这些话像大锤一下一下砸在莱恩胸口，让他喘不过气来。他试图告诉赛琳他绝不会伤害贝森妮，他来是要把事情变好。

可他能说出来的只有“不”。

“莱恩，我觉得赛琳已经说得很清楚了，”伯特说，“出去，否则我就把你轰出去。够清楚了吗？”

“我……”莱恩不能走，“这是我的家。”

“妈妈？”

莱恩听到了贝森妮的声音，他转过头，看到贝森妮站在客厅里，穿着牛仔裤和耐克T恤，T恤上写着“勇士队”三个字。莱恩发现贝森妮身上还有两年前他离开的时候拥抱过的那个小姑娘的影子，虽然现在这个张大嘴看着他的女孩跟两年前相比可大变样了。

女儿贝森妮已经长成大姑娘了，而她十六年前还是莱恩跟赛琳收养的一个小婴儿。

莱恩甚至比自己能想象的更爱她。

贝森妮只是看了莱恩好一会儿，莱恩想不出该说什么，不是对赛琳和跟她交往的那个男人，更不是对贝森妮。

“宝贝，你好。”莱恩说。

“莱恩，我不是你的宝贝。”贝森妮说，从门边看了赛琳一眼。

“贝森妮……”

他还能说什么呢？贝森妮不跟他站在一边，这个可怜的孩子被挑唆跟他作对。

“别这样……”

“我几年来晚上都睡不着，听着赛琳一个人在那儿哭，”贝森妮说，“这对你来说根本不算什么。”

“莱恩，走吧，”赛琳说，“别让这事更麻烦。”

莱恩觉得天旋地转，他想到会很难，可是现在……她们要了他的命！

而且让这一点更确定的是，伯特，那个高大的男人，朝他走过来，身上散发出一股须后水的味道，“莱恩，你看，我觉得她们已经说的很清楚了，她们只能忍受这么多，你明白我的意思吗？”

莱恩犹豫了一下，不知如何是好，但是他以前也遇到过同样棘手的问题，在类似的游戏里，面对重重困难，决定去解开密码。而且莱恩知道唯一的办法是智取。

于是莱恩转过身，从贝森妮旁边走开，出了门，走到大路上，一边一直跟自己说没关系，明天就会好的。

明天他要让一切都变得好起来。

莱恩晚上住在 290 号公路拉玛尔出口的速 8 汽车旅馆，意识到他在海军时用到的那些本事没有一件能帮到他，虽然逻辑还有点用，可也不一定管用。

这是心的问题，莱恩得说服贝森妮和赛琳，他不是她们以前认为的那种人，即便在以前，他都不是一个坏人，至少不那么坏。他不理她们是有错，但那不是因为他心坏——他的心眼一直都是好的。

不管怎样，莱恩得说服赛琳她们。莱恩必须想办法说服她们，不管多么丢面子，莱恩的头脑还是能够处理这个任务。

莱恩开始睡下的时候，虽然整个奥斯汀都已经沉睡，他还在下决心，为了说服赛琳和贝森妮他值得信赖，他得首先消除跟他们在联络上的障碍。

那个叫伯特 · 韦尔什的人，身上一股须后水的味道。莱恩在后半夜躺在床上，痛苦地想着怎么对付伯特。

莱恩七点钟起床，洗了澡，穿上蓝裤子白衬衣，在楼下大堂里吃了免费的欧式早餐。在七点四十五分的时候，他叫了辆出租车，把他拉到瓜达卢佩的约翰 · 亨利 · 福特公共图书馆。

“等我二十分钟，如果我不回来的话，零钱就不用找了。”莱恩留给司机三十美元，进了图书馆。

伯特 · 韦尔什原来就是莱恩料想的那种人，是个律师，而且是特拉维斯县地方检察官。

莱恩看着GOOGLE搜索出来的信息，夜里他一直在顽固坚持的希望又萌生出来。根据找出的伯特的信息跟他讲道理会比跟教育程度低的人更容易些。最起码，一位公职律师总该讲点道理吧。

莱恩又想到了贝森妮，她像一位女王一样站在那里，用明亮的眼睛打量着莱恩。最起码，莱恩能体会到自己对与女儿重建关系的深切渴望。

莱恩的眼睛很快地扫着一份报纸上关于伯特当选地方检察官的消息，他的眼睛停在了作为链接的两个黑体字上。

骨人。

莱恩扫了一眼链接过去的那一段文字，很明显伯特 · 韦尔什当选地方检察官，很大程度上是因为他成功地起诉了菲尔 · 施威策，又称骨人，被控用不伤皮肉而直接折断骨头的方式，杀死了七名女孩子，虽然他最后是因一项杀人罪被定罪的。

最后一名受害者是圣米歇尔学校的学生，赛琳是在那儿碰到莱恩的，也是贝森妮的学校，然后莱恩就出发拯救世界去了。

莱恩闭上眼睛，好像抓住了一丝希望。他得跟韦尔什解释一下，当韦尔什了解到莱恩自己的心在沙漠里也被摧毁过，他就会明白的。

莱恩把那一页打印出来叠好，放进口袋里，走出了图书馆。

地方检察官所在的特拉维斯县政府大楼在第十一大街，离瓜达卢佩有二十来个街区。莱恩给了出租车费，经过右边的得克萨斯州旗和左边的美国国旗，进了政府大楼的玻璃门。

莱恩只花了几分钟，就来到了伯特三楼的办公室外面的大厅。他起初想必要的话就安静地等着伯特——他今天最后总还是要到办公室的。

最重要的是，保持冷静，像一个角落里的幽灵一样等着伯特出现。但最后他看到伯特的时候，也许就没办法再克制住自己了。

“我能帮你什么忙吗？”

接待员坐在樱桃木桌子后面，抬起头从薄薄的玻璃板后面看着莱恩。她叫布鲁克 · 西尔维斯坦，绿台灯旁边的金色标牌上写着她的名字。

“嗯……好的。我来找地方检察官。”

“你预约了吗？”

“对，预约了，没有登记，不过他在等我。我们没有说定时间。他在吗？”

“你的名字是？”

“告诉他是莱恩·埃文斯。”然后莱恩为了加深接线员的印象，又加了一句，“海军情报部门上校，我要跟他谈很重要的事情。”

布鲁克的眼睛突然亮起来，使劲打量了莱恩几眼，好像莱恩一下子从不受欢迎的人变成了一个重要人物。

“先生，请坐。”

布鲁克拿起话筒，莱恩坐在四把椅子中的一把上，边上还有台灯。布鲁克在说着话，她扫了自己右边没有标志的第三道门一眼，然后又从眼镜后面盯着莱恩。

从她的眼神里，莱恩看出她打发自己走，毫无疑问她被训了一顿。“别让那个疯子进我的办公司，把保安叫来。不管你怎么做，不要让他在公共场合接近我。”

安静，是的，他会很好地保持安静，但是他不会浪费这个机会。韦尔什是一个必须面对和战胜的障碍。

莱恩不再坐在那儿，他转了个方向，朝第三间没有标志的房门快步走去。

“先生，请等一下……你不能进去！”布鲁克的话音证实了莱恩的猜测。

他拧动把手，推开门，看到伯特坐在里面的办公桌前，他很快锁定了这个人。

“先生，我就想和你谈谈。”

伯特在打电话，肯定是在跟秘书说话。他放下话筒站了起来。伯特穿着一件黑西装，衬衣扣子开着，能看出他的胸肌，比莱恩印象里还要壮实。

莱恩用拳头打了门一下。“先生？”

“等一会儿！”伯特嚷道。

“谢谢你了，不会很长时间的。”

“希望不会，”伯特冷冷地盯着莱恩说，“你已经在玩火了。”

“我只不过要引起你的注意，我当然有必要这样，你在跟我妻子睡觉。”

“我？我在赛琳家是因为她害怕。”

莱恩没想到韦尔什会这么说，他不过是在做样子而已。

“赛琳跟我说你过去几星期过得很难，”地方检察官一只手插在兜里，走来走去，说道，“但是事实上，你妻子想离婚。你以前从没关心过她，我建议你现在也算了吧。这跟你没关系了，回到你在海军的工作上去吧，当个将军什么的，抓些恐怖分子，想做什么就做什么吧，离赛琳和贝森妮远点。”

这让莱恩又不由自主地发起抖来。

“她……她不明白的。”

“明白什么？明白你是个失败者？”

“不管我发生什么事，”莱恩控制住自己，“你得让我解释，至少跟我的女儿解释。求你了，你要明白我经历了什么样的事情，我被武装分子抓走了，被迫看了一些可怕的事情，我和离开的时候不一样了。”

“可是你还是离开了，不是吗？那是你的选择，就像你得马上离开我的办公室，不然我就把你扔出去。”

“那个抓我的人把美国比作一个连环杀手，”莱恩说，“泰德 · 邦迪。你起诉菲尔 · 施威策了吗？那个骨人？”

韦尔什停住了。

“那个折磨我的杀手，他在关我的地下室里把那些孩子都杀了，他说他只是在做骨人做过的事情。我像骨人，我们都像骨人。”

这吸引了韦尔什的注意力。其实，卡立德是用泰德 · 邦迪做例子，而不是骨人，不过他们的本质是一样的，而用骨人更能吸引地方检察官的注意力。

“你抓住了骨人，那你明白那些受害者的父母会怎么想。求你了，”莱恩低声恳求，“请别把我的女儿夺走。”

“我没有成功，”地方检察官说，“菲尔 · 施威策今天早晨被释放了。”

莱恩那会儿并不在乎这个，他朝韦尔什走近一步，“我会做你希望我做的一切，只要能帮我补偿我过去对贝森妮造成的伤害。”

“我爱她们，莱恩，我爱她们两个，我只想让你永远消失，不要再伤害她们了。现在如果你知道什么对你最合适的话，你就会转身离开办公室，在收到离婚文书的时候把它签了，想办法回到伊拉克，在那儿你还能有用武之地。”

莱恩心头一阵火起，但是他还是把自己控制得很好，因为他知道必须这样。

他走到墙边，把墙上挂着的一幅骏马图摘下来，走到对着第十一大街的窗边，把那幅画朝窗户砸过去。画框散了架，莱恩把破了的骏马图扔到地上。他知道这有点幼稚，不过他也没想到什么更好的办法。

莱恩转过身来，发现伯特正转过来看着他，不过没有动。

“对不起，我刚才只是要引起你的注意。”

伯特连头都没点一下，这个要夺走他的妻子和女儿的人平静地转过身，按了电话上的一个键。

“布鲁克，请你叫保安马上到我的办公室，另外给警察打电话……”

伯特还没说完，莱恩就迈过他身后的地毯，从背后抓住他的白衬衣领子，使出从未有过的力气把伯特拎了起来。电话哗啦一声掉到桌子上，伯特被摔在地上，嘴里还咕哝着。

莱恩骑在伯特身上，双腿夹着他的脑袋。

“对不起，可是你不听我说。”莱恩喘着气说，一方面是因为情绪激动，另一方面也有点吃力，因为伯特是个大块头。

伯特试图站起来揍他。

莱恩用膝盖压住伯特的胸口，把他打回到地毯上。莱恩转过腿，用膝盖顶在伯特的喉咙上。伯特抓住莱恩的腿，想把腿从他身上拽开，可是莱恩的位置更有利。他不是海军陆战队员，不过这并不意味着他不懂怎么徒手杀人，而在那一刻，莱恩最想做的就是杀掉伯特。

有人在敲门，这回敲得很急。

莱恩低下头，话音很低但很尖刻地说：“她是我的女儿。”

“开门！”轰，门被撞开了。

莱恩这时恢复了理智。地方检察官在他身子下面扭动着，脸涨得像红萝卜一样。莱恩从伯特身上下来，门被撞开的时候，他站了起来。

“举起手来！”一个安保人员举着枪瞄准莱恩说。

莱恩举起双手，“别急，就是谈谈。”

“把手放在头上！”

莱恩的头脑恢复了理智，不过要进行理智的行动还需要时间，“他跟我老婆鬼混。”

“把手放在头上！”

三个安保人员成半圆形包围了莱恩，他们瞪着莱恩，好像抓住了一个要炸掉特拉维斯县政府大楼的恐怖分子。可莱恩只是一个刚刚知道自己有多爱女儿的父亲，这是爱的使命，而不是恐怖任务。

“把手放在头上，不然我就打爆你的头！”卫兵尖叫着。

“他要抢走我的女儿。”莱恩说着，把手放到了头上。

Chapter 13 第十三章

瑞奇 · 瓦伦丁在速 8 汽车旅馆门前停下来，在大门旁边的访客区停了车，进了电梯。

埃文斯说过是 312 房间，瑞奇按下呼叫键，等着电梯下来。

自从克雷柯授权瑞奇开始新的调查以来，这三天时间瑞奇都在与最后一个受害者琳达 · 欧文斯有关的人进行谈话，而在琳达的案子里，可能有人对血液证据进行了移花接木。最起码瑞奇是这么看的——而她做的那些调查是基于施威策并非骨人的假定，这就意味着那份血液样本是被栽赃的。

虽然他们已经对琳达 · 欧文斯的凶杀案进行了全面调查，但是当实验室把在琳达头发上找到的血液样本，跟他们当时认定的最大嫌疑人菲尔 · 施威策的血液样本对上之后，对相关人士的盘问就突然停止了。而在受害人和学校里认识她的人之间，可能还会有一串关联的事情，并没有完全调查清楚。

但那并不是瑞奇在周五下午过来的原因，是伯特 · 韦尔什的事情，他和一个海军军官纠缠起来了，因为他跟那个人的老婆关系不错。这和瑞奇没什么关系，不过韦尔什说，莱恩 · 埃文斯说过一些非同寻常的话，跟伊拉克沙漠中的骨人有关，如果这些话跟瑞奇的调查有关，那就是瑞奇的事情了。

瑞奇先给赛琳 · 埃文斯打了十五分钟电话，又跟莱恩十六岁的女儿贝森妮在星巴克聊了半个小时，贝森妮正好也在圣米歇尔天主教学校上学，那正是最后一个受害者所在的学校。瑞奇从那里了解了比预想更多的莱恩家的情况。

没有什么跟骨人有关的信息。

铃响了，电梯门打开，瑞奇进了电梯，耐心等着它吱吱嘎嘎地上到三楼。

在克雷柯让她调查莱恩 · 埃文斯之后，瑞奇已经做了相关的工作。从她搜集的信息来看，莱恩是海军最优秀的人才之一，他的上司对他在海军情报部门的工作给予了至高的评价。莱恩的大部分工作属于保密性质，不过他在军队中的表现并不算机密。总的来说，莱恩 · 埃文斯性格中的一些特征，是韦尔什这种人不能侵犯的。

就是那种两天前敢于冲进地方检察官办公室，指责他跟自己妻子有染的勇气。

想到伯特 · 韦尔什倒在地上，被膝盖压住喉咙，瑞奇就忍不住想笑。地方检察官没有提起刑事诉讼，不过他做了更糟糕的事。

瑞奇走到 312 房间门前，敲了敲门。

开门的人看起来就好像一个星期没出门或者没洗澡一样。莱恩 · 埃文斯穿着白 T 恤和牛仔裤，没穿鞋，好几天没刮胡子，棕色短发又脏又乱。他身材高大，体格强壮。

莱恩从黑乎乎的屋里看着瑞奇，他棕色的大眼睛有点困惑。“什么事？”

“是莱恩 · 埃文斯吗？”

“对，哦，你是联邦调查局的？”

瑞奇伸出手。“调查员瑞奇 · 瓦伦丁。介意我进去吗？”

莱恩的手有些无力，不过他还是跟瑞奇握了握手，然后礼貌地让瑞奇进去。

“哟，这儿需要透透气了，”瑞奇走到旧窗帘跟前，“可以吗？”

“当然可以，打开吧。其实可能开开灯更好些。”

瑞奇松开窗帘绳。“当然。对，还有灯光。”

莱恩扳动开关，头顶的大灯亮了。两张大床有一张没铺，床罩上橘红色的花朵和墙上的两幅印象派画作很配，这是很多旅馆房间的典型布置。有人做了笔交易，把几乎所有的经济型旅馆改成了这种汽车旅馆，橘红色花样成了最常见的布置。

“我能坐下来吗？”

“当然。”莱恩把一个空的冰桶拿到小桌上，给瑞奇拉出来一把椅子，看起来完全是一位绅士。

“谢谢。”瑞奇把她那个黑色蛇皮花纹大包放在桌上，坐下来。

莱恩坐在床上，翘起一条腿说，“不客气。”

“我电话里跟你说过，这不会花很长时间的，我就问几个问题。我想你是听说过骨人案的，对吧？”

“新闻里铺天盖地的。”

瑞奇扫了一眼电视，电视上正在播 CNN 频道的节目。“当然。一看这些日子你就是在关注全世界的新闻。”

莱恩只是看着她。

“上校，你上一次离开这间屋子是在什么时候？”

“我回国才一个多星期，还在适应过程中。”

“我得承认，我还不适应询问一位整天分析情报的情报军官。”瑞奇交叉双腿，合起双手放在膝盖上。“我们为什么不把这些玩意儿跳过去，直奔主题呢？”

“也好。”

“你一向都这么绅士吗？”

“不好意思，什么？”

“莱恩，我来这儿有两件事。我能叫你莱恩吗？”

“可以。”

瑞奇点点头。“首先是你在发现地方检察官背着你和你妻子的关系之后，殴打他的事。说实话，我觉得你的反应完全合理，不过这也帮不上你什么忙，地方检察官让我给你这个。”

瑞奇从包里拿出一个信封递给莱恩。“你可以一会儿再看，这是一封禁制令，禁止你进入离你妻子、女儿或者伯顿·韦尔什一英里（1600米）以内的地方。韦尔什是这的地方检察官，所以我会严格执行这个禁制令。他同意不起诉你，因为他不想让这事上报，不过他也很明确地说，如果你违反禁制令的话，就把你抓起来。”

莱恩眯起眼睛。“一英里？”

他看起来完全惊呆了。警察两天前释放了他，但是不许他离开旅馆，看起来他是遵守了警察的禁令，可是他的良好表现很明显并没有使他达到自己的目的。

“一英里？”莱恩又问了一遍，慢慢站起来。“那……贝森妮怎么办？”

“你可能得考虑离开市区了。”

莱恩不敢相信地待了一会儿，然后坐回到床上，他那伤心的目光越过瑞奇看着远处。

“上校，对不起，我无能为力。”

“他们不知道发生了什么事，我……我看着他们死了。”

“看着谁死了？”

莱恩站起来走到窗边，然后走回来。“这件事本不该发生的，本来就不该发生的。”

瑞奇感到很奇怪的是，她被莱恩的痛苦触动了。很明显，莱恩很爱他的女儿，想到不能见到她，就情绪失控了。

不过瑞奇来这儿，是因为地方检察官说，莱恩暗示过沙漠里也有骨人，于是她转到此行的目标上来。

“我听说你在伊拉克碰到一伙人，他们把你和骨人相比。”

莱恩瞟了瑞奇一眼，继续走来走去，眼睛盯着地毯，好像地毯上有答案一样。

“你可能知道，我两年前是骨人案的首席调察员，”瑞奇继续说，“施威策被宣告无罪释放之后，我又重新接手了这个案子。你的女儿贝森妮去了圣米歇尔学校，正是最后一个受害者所在的学校。”

莱恩失神地点点头。

“这最起码很有意思，你在大洋彼岸的沙漠碰到了跟这个案子类似的事情，如果能讲一讲细节的话就好了。”

“这是机密，”莱恩说，然后马上回到眼前的紧迫问题上。“她能来看我，对吧？这个禁制令得多长时间？他们肯定不能让我……永远也不能见我的女儿吧？”

莱恩被自己的麻烦事搞得心不在焉，根本没办法把精力集中在描述自己在沙漠里受到的折磨上面。瑞奇想了想，转了一下翘在膝盖上的另一条腿。她发觉自己穿着黑色裙子和高跟鞋显得有点过于讲究了，想问出些有用的信息，唯一的办法是让自己变得对莱恩更有亲和力一些。

瑞奇脱了高跟鞋，走到窗帘边上，靠在黑乎乎的窗户上交叉起胳膊说，“我能看出来你很爱你女儿，这事一定对你非常困难。”

莱恩停下脚步，抬起头看着瑞奇，瑞奇马上发现莱恩不可能很快让自己的脑袋清醒过来，给瑞奇提供她需要的信息。莱恩只是用大眼睛盯着瑞奇看。

突然莱恩眼里含满了泪水,然后从脸上滑落。他紧握拳头,开始发抖，起初很轻微，可是后来从头到脚浑身抖起来。

而这个过程中他一直盯着瑞奇。

莱恩的崩溃太突然了，他这种极度痛苦的崩溃，让瑞奇没时间对这种突然袭来的情绪作准备。这比一个丈夫刚发现自己妻子出轨还要更强烈，还有别的东西在吞噬莱恩 · 埃文斯的内心。

面对这样的痛苦，瑞奇得说点什么，做点什么。“对不起。”她说。

莱恩重新恢复了理智，他的手不再发抖，忍住眼泪说，“对不起，对不起……”

“没关系，你经历了很多事情。”

“我不知道……我不知道她会这么想。我已经尝试过了，我试过了，我以为我是在为国家，为她，为赛琳做对的事情，我为我明白要做的事情牺牲了一切。”

“莱恩，我——”

“我哪里做错了？”

“这不意味着——”

“他们得给我一个机会。”

“对不起……”瑞奇曾经和母亲们一起哭泣，那些母亲的女儿被一个可怕的魔鬼砸碎了骨头；她也曾彻夜未眠，对野蛮伤害无辜的那种人充满愤怒；她还曾经抱着一个死孩子，那个孩子在家庭暴力事件中被杀死了。这些恐怖的景象经常在她心中萦绕。

但是此刻她眼前的情形有点不一样，莱恩的眼睛里又涌满了泪水，他转过脸去。

“莱恩……”

她能说什么呢？她站起身来，朝莱恩走过去，轻轻地抚摩他的肩膀，低声说，“莱恩，好了，没事了。”瑞奇的喉咙梗住了。

她本来是来询问一个海军军人，他可能有一点点骨人的线索，可她却看到了一位伤心的父亲。

有人在敲门。

瑞奇绕过床，走到门跟前。一个服务员站在走廊里，“你们今天结账吗？”

“我们会给前台打电话，”瑞奇说，“等会儿好吗？”

“不着急。”

“谢谢。”

瑞奇关上门转过身来，看到莱恩躺在床上，脸埋在枕头里，白袜底黑乎乎的，右腿的裤脚卷了上去，露出了小腿。她该怎么办呢，坐在莱恩身边安慰他吗？

瑞奇必须把眼前的情况带回现实中去，这样她才能实现此行的目的。如果帮助莱恩能起到点作用的话，那就这么做吧。

瑞奇把一把椅子拉到床前，坐下来面对着莱恩。“莱恩，对这一切我确实感到很抱歉，不过你得把握住自己，做一些决定。你不能一直困在这个黑乎乎的旅馆里啊，我知道现在一切看来都很糟糕，可是总会过去的，对吧？”

莱恩一动不动地躺着，背部随着呼吸慢慢起伏。

“我能肯定你女儿很爱你，不过十几岁的孩子还不知道该如何表达。”

瑞奇的思绪飘到了她自己年轻的时候，那时她的父亲是个警察，骑摩托车的时候由于交通事故丧生。他从来没对瑞奇说过鼓励的话，而在他去世之后，瑞奇的母亲在一本杂志上看到了她父亲写下的遗憾。

在父亲的电脑上看到那两页文字之后，这种记忆深深烙在了瑞奇心里。她坐在那儿沉默了，父亲葬礼之后，她在家里独自待了一个月，第一次情不自禁地大哭起来。

谁敢碰瑞奇一下，我就杀了他。有时候我觉得自己活该，我真是个坏爸爸。上帝啊，我恨自己。

这种痛苦萦绕了瑞奇好几年，坐在另一位伤心的父亲旁边，往昔的记忆又要重新撕裂她的心。

瑞奇轻轻地说：“莱恩，听我说，我知道这种感觉是什么样的。她爱你，她必须这样，因为每个女儿都爱父亲。有时候很困难，但是最后她们的感觉是不一样的。”

莱恩没反应。

“今天早晨我跟你妻子和女儿聊了聊，你妻子看起来像是明事理的人，而你女儿有点生气。你得承认，你的行为有些古怪。她才十六岁，无论怎样，她还是会谅解的。”

莱恩 · 埃文斯上校突然从床上滚下来，站在另一边，茫然地看了一会儿，然后看着瑞奇。瑞奇想，即使是对于发狂的人来说，他的行为也有点古怪。瑞奇对莱恩了解的不多，不过莱恩的上司很明确地说：埃文斯上校头脑非常聪明。她该怎样搞清楚莱恩的脑子里在想什么呢？

“骨人？”莱恩问，穿过房间走到电视机跟前，把它关掉。“瓦伦丁调查员，骨人，或者随便怎么叫他，只是在做他自己认为需要做的事情。那是我在沙漠里从骨人的所作所为中学到的，除此之外，恐怕就都是机密了。”

莱恩平静而又深思熟虑地站在那里，好像他身上父亲的角色已经转换成了上校。

“很抱歉，我跟你说的话帮不上你什么忙。”

“七个女孩被一个残暴的凶手杀害了，他还在消遥法外，等着自己的第八个猎物，你却说你不能帮我？”

“我是说如果那个人还在企图行凶的话，我没法帮你阻止他。”

“你，和其他人都应该知道，确保骨人不再杀人意味着什么。”

有那么一会儿，瑞奇以为莱恩会跟她大声嚷嚷，不过，莱恩能把冲动很好地控制住。

“莱恩上校，你在沙漠都遇到什么事了？”

“一伙武装分子试图袭击我的车队，来对联军轰炸伊拉克妇女和儿童进行报复。在我逃离之前，他们很清楚地说，我比骨人好不到哪去。所以，你的调查和我本人之间并没有深入的关联，所以也就很难给你提供破案的新证据。瓦伦丁调查员，很抱歉让你费心了，可是我实在帮不上什么忙。”

莱恩很可能是对的，可是他轻易就控制住自己的情绪，用一种理性的结论面对瑞奇，这使瑞奇有一种异乎寻常的感觉。

她仔细端详了莱恩一下，然后站起身来，从包里拿出名片，放在桌子上。

“埃文斯上校，抱歉给你添麻烦了，看起来你过去几星期过得很艰难。如果你觉得对我们有用的话，我们会申请一张传票，这样你就能告诉我在沙漠里发现了什么。同时，如果你不介意的话，能随时通知我你的行动吗？”

莱恩点点头。

“你最近会回去吗？”

“不会，我会在国内待一段时间。”

“任务期届满？”

“差不多这样吧。”

瑞奇想了想。

“莱恩，给你提个醒，我是想离伯顿·韦尔什远一点，如果把他逼到角落里的话，他就会变成一只野兽。你揍错人了。”

“我明白。”

“我跟你说，你可能该离开市区，我是认真的。”

“对。”

瑞奇拿起高跟鞋。“你现在有我的名片，有事打电话。”

“好的。”莱恩说。

不过瑞奇怀疑他会不会打。

Chapter 14 第十四章

两个月之后

他在用埃尔文 · 芬奇这个名字，不是因为那是他的真名，而只是因为他在用这个名字。

有些人叫他骨人。

在过了两年的平静生活之后，埃尔文意识到他已经完成了所谓的“圣战”而毫发无损，又开始不安分起来了。

虽然很痛苦，但他对自己的的使命一直是很清楚的，一方面他在惩罚父亲们，所有的父亲，因为所有的父亲都在撒谎，谁也不知道怎样真正去尽力爱他们的女儿。

而另一方面，埃尔文在寻找合适的女儿，她像埃尔文爱自己一样全心地爱着他。找不到这样的女儿，他就把那些女孩都杀了，同时对自己至少惩罚了那些父亲感到很满意。

后来政府指控另一个人做了那些事情，然后他就休眠了，准备在适当的时候重新开始寻找。

可是在三周之前，埃尔文发现自己越来越不安，觉得自己要么有个女儿，要么就死掉。

他解开穿了一上午的红色浴衣，看着浴衣一下子掉在自己脚边。因为不断有消息传来，美国人一天天地在变胖，这促使他进行了严格的锻炼。他现在瘦了将近二十斤，赤裸着站在浴室的落地镜前。他那双漂亮的蓝眼睛自恋地端详着自己，他的眼睛仅次于自己白皙的肤色，那是他通往天堂的窗户，常常提醒他自己的天使本性。修剪得很短的金发贴着头皮，这样更能保持清洁卫生。

他每天早晨都理发剃须，并且拔掉乱长的鼻毛、耳毛和眉毛，把脖子以上的部位尽可能修剪整洁。

而在埃尔文脖子以下的部位，身材还是很不错的，绝对得体。

联邦调查局的书面体征档案还是几近完美的，不过埃尔文也估计到了这一点。他将近 170 斤重，身高一米八，穿十三号鞋，开着皮卡车，类似的白人乡巴佬能找出一大堆。

撒旦。

骨人、埃尔文 · 芬奇和撒旦——这三个名字让他内心深处那块寂静恐怖的地方又重新被唤醒。

地狱的奇特之处在于，那里还有一点天堂的影子，或者至少他觉得像天堂。那里很寂静，又相当恐怖。要么说的再简单点，他在恐怖之中找到了平静，这就是埃尔文 · 芬奇的人间天堂。

埃尔文 · 芬奇肤色白皙，无论从哪一方面来看都相当好，像女孩子的皮肤一样细嫩，甚至更光滑些，因为他不让汗毛长出来，定期剃毛润肤。另外还因为他经常用润肤露，自从三十多年前，他妈妈给他第一瓶白色的 Noxzema 润肤露以来就一直在用。

埃尔文喜爱两样东西，珍惜三样东西。他喜爱没有瑕疵的皮肤，因为从外表看来一切都很完美。他还喜爱蝴蝶，因为它们的皮肤很完美。

他喜欢香皂，很多很多的香皂。

埃尔文走到淋浴器下面，用六盎司装的无香液体皂把浑身上下洗了四次，又洗了三次头，这是他在这个寂静恐怖之地的习惯。当他那300升大水箱里的热水变温之后，他关掉水龙头，擦干身子，然后走到地砖上。

镜子上蒙了一层水雾，埃尔文还想看看自己洁净光滑的皮肤，于是他又拿了一块毛巾擦着镜子，然后用吹风机把镜子上的湿气都吹干。

他又研究了一下自己的形象，这回他特别注意腹部，不管他做了多少个仰卧起坐，肚子上还是显出了一小块脂肪，不过他还是很满意的。

埃尔文从梳妆台上拿了一瓶蓝瓶的Noxzema润肤露，四根手指头伸进瓶子里去，把润肤露抹在两只手上，看着镜子里的自己。他皮肤上的毛孔兴奋地竖起来，他把润肤露从胸部开始抹，然后一直往下，直到脚踝和足底。

埃尔文把全身都滋润过一遍之后，开始剪脚趾甲，他每天都要花时间清理每个脚趾甲。然后他用一张卫生纸把剪下来的趾甲扫在一起，揉成一团，扔进马桶里冲走。

现在埃尔文很满意自己的干净整洁了，他穿上一条宽松的休闲裤，套上一件棕色格子衬衫。在厄尔巴索和西部的其他地方，他还戴过帽子，不过在城里他发现不论什么样的居民区，戴帽子的人都很少，他们穿着工作靴、休闲裤和棕色格子衬衫。

埃尔文走近卧室，在床边停了下来。他从来不打开百叶窗，只是打开台灯，这样耀眼的阳光就不会灼伤他的皮肤。现在台灯也关着，不过他还是能看到墙上的面孔，他停下来看着那些面孔。

墙上的照片已经有一百多张了，都是些小女孩，看着照相机镜头，脸上既没有青春痘也没有黑痣。

这些都是埃尔文不时去拍下来的要做他女儿的候选人。他需要一个女儿，这是他的一个执著的信念。他要一个女儿能够用他应该得到的爱去爱着他，当然这不包含性关系，坏人才这么堕落，他们比苍蝇蚊子更该被消灭。

埃尔文的办法很简单：走遍世界，寻找可能成为他女儿的佼佼者。

而从那些优秀的候选人中间，埃尔文在进行了大量的暗中调查之后，选择极少数既能接触到，又符合标准的女孩。他选择了七个女孩，但在压力下没人合格。

面对她们的失败，埃尔文把七个女孩都杀死了。一旦暴露本性的话，她们就活不成了。而更糟的是，埃尔文觉得他至少该从这些麻烦事里找点乐子。

女孩们的骨头被挨个砸断了，直到她们身体里的内出血迫使她们向死神屈服。

埃尔文在他杀死的那七个女孩的照片上，用红笔在右上角点了个小点做记号。虽然这里面没有合适的，他还是喜欢面对着那些女孩，现在他在想要把衬衣脱了。

埃尔文满脑子都是新的女儿的形象，他从墙上那些假女儿形象边上转过身来。埃尔文是个理性的人，完全能够控制自己，即使是对女儿的需要。当警察误把另一个人当做凶手的时候，他决定延长间隔时间。

可是三个星期之前，他的休眠期被一张照片戏剧性地唤醒了，就像一颗闪光弹掉进了他的世界。韦尔什那个大骗子，在菲尔 · 施威策被放掉之后，又重新开始调查这个案子。

埃尔文自然对他们的每个步骤又重新产生了兴趣，他弄清楚了很多情况，不单单是有关那位莱恩 · 埃文斯上校，他在伊拉克遇到一个跟骨人类似的凶手，而埃文斯似乎在那场惨剧中精神有些失常。

但那只是埃尔文了解到的一部分信息，莱恩·埃文斯不是一位普通的父亲，他有一个不同寻常的女儿，在莱恩心里，那个女孩已经不再属于他。

在那天里埃尔文一直想着那个女孩，他明白自己的休眠期结束了，他已经找到了会爱着他的女孩，没有任何障碍能够阻止他。

埃尔文走到床头，拿起枕头，放下照片。这个女孩会成为他的女儿。他要把她带到自己身边，而且会把任何冒充她父亲的人都打垮，要么得到她的爱，要么就杀了她。

埃尔文把照片塞回枕头下面，离开了房间，手还在发抖。

虽然公寓外面还是大白天，起居室却很暗。埃尔文打开电脑旁边的灯，看到时间才刚过中午。路上要走一个半小时，他得在太阳落山的时候到，不用着急，都等了两年了，再多等一个小时也可以。

有两件事情埃尔文很烦。准确地说，有三样他厌恶的东西。他恨人类，尤其恨那些轻佻的女子，虽然她们有漂亮的脸蛋和皮肤。

他恨母亲和父亲们。

埃尔文恨那些母亲，因为他恨自己的母亲把自己生成了这个样子，虽然他很珍惜自己，但是也恨自己。

埃尔文恨那些父亲，因为他们都是骗子，不能像埃尔文一样爱他们的女儿，也不能像埃尔文的母亲应该爱他那样爱他们的女儿。

如果按照埃尔文的想法去做的话，他会把世上所有的母亲和父亲们排成一排，砸碎他们的骨头，这样来给他们教训。

埃尔文给自己做了一个干酪三明治，配上一大杯凉牛奶慢慢吃。他搬进这间公寓才不到两个月，可是他付了整整六个月的租金，还跟房东解释说他经常旅行，不想误了收租金账单。

埃尔文不知道他明天离开之后会走多久，一个星期？一个月？也许更长时间。他知道的是所有的等待都会结束，他在每个地方进行的准备，包括拖车、卡车、诱拐下一个受害者的手法，也都不再用得上。

埃尔文把剩下的干酪三明治扔掉，洗了杯子，检查前门是否已经锁好了，然后他又在黑乎乎的公寓里走了一遍，确定一切都没问题之后，他从后门走了出去，下到车库。

埃尔文两年前把福特卡车卖了，那时候他们把他做的事安到菲尔·施威策头上去了，那家伙连喝牛奶麦片都会把奶溅到下巴上，更别说杀掉七个女孩，还让她们的皮肤完好无损了。车库里停着的那辆福特 F-150 是辆蓝色的巨人皮卡，跟他以前用的那辆一样。侦察员们应该知道以前那个骨人又回来了，就从他们眼皮底下带走了一个女孩，没有什么能比他的卡车轮胎和靴子印更能说明问题了。

埃尔文花了一个小时四十五分钟到了城市郊区，他把车停在 71 号公路和蜂巢路交界拐角处的一个杂货店的停车场上，躺下来想歇会儿。

可是之后的两个小时里，他都在尽量抑制自己的激动，根本睡不着觉。这只是一次演练，不过他每一次演练都很认真。如果一切顺利的话，他明天会回来，完美地完成这次使命。他在军队里学过一些东西，现在变得很实用，其中计划性就是最重要的一项。

六点钟的时候，埃尔文进了商店，买了两个柠檬，一盒寿司，还有两听 Mug 牌啤露。

太阳慢慢地向西沉下去，都不愿意再多等一个小时。埃尔文发动了福特车，从 71 号公路一直往西南公路开去。他开到巴顿溪林阴大道上的时候，他由于期待而激动起来。

埃尔文停了车，走到邻近那栋房子的地方，在那儿他有很好的视野能看到女孩的卧室，这时他开始出汗了。埃尔文很久以前就知道，往湿乎乎的皮肤上抹润肤露是件很恶心的事，那样会把身体搞得像鱼一样黏黏的。于是他把从背包里拿来的毛巾放在一边，小心地脱下衬衣，把润肤露抹在凉快很多的身上，这回他觉得舒服了，又把衬衣穿上。

现在他能安顿下来，一直等到半夜再爬上窗户往里瞧。

自从埃尔文决定绑架贝森妮以来，他就一直在观察着这栋房子。地方检察官伯特 · 韦尔什很明显跟贝森妮那个水性杨花的妈妈有染，这对于埃尔文的计划来说算个有趣的意外，它让事情变得更复杂，不过只是让它往更好的方向发展。

还有人声称自己是贝森妮的父亲，这才是更迫切的事情。时候已经到了，埃尔文知道这是他一直以来想要做的事情。

有两样东西是骨人感到刺激而又难以用语言来表达的，不，是三样能让他脊背发凉的东西。

一个女孩哀求的叫声。

Noxzema 润肤露。

皮肤下面骨头折断的声音。

第十五章 Chapter 15

“好的。”赫顿神父笑着说，喝了一口茶。这让莱恩想起音乐剧《屋顶上的提琴手》里的主人公特维尔，一个身材强壮的人，穿着黑衣服，留着大胡子，他总是在思考人生的时候摸着胡子。

“很好，莱恩，我觉得我们有突破了。”

“是的，先生。”

之前的六十天也许是莱恩一生中最难过的日子——就像在一条长长的黑暗隧道里行走一样，除了每周来找赫顿神父之外，没有什么事情能像一缕亮光指引他前面的方向了。赫顿神父除了是一位神职人员以外，还是一位注册心理咨询师。对于莱恩的情况，海军破例给了赫顿神父完全监督权，包括关于莱恩应不应该继续在海军服役的一切意见。

而对于莱恩来说，赫顿神父就像上帝一样，他能够操纵莱恩，让他变得像木偶一样。

“在时间上还会觉得难受吗？”

莱恩和神父坐在韦科大学路边的一家星巴克咖啡店，那儿离莱恩离开奥斯汀的速8旅馆之后租的一间公寓只有三个街区。去咖啡店是神父的意思，他说这是让莱恩离开他自已黑暗的小世界，进入大环境的一种方式。

“好些了，”莱恩说。他拿起一杯黑咖啡，做了个手势。“我还会做噩梦，时间会离我而去，不过这星期我好些了。”

“很好，时间是最好的医生，你会好起来的。”

“时间，对的，感谢上帝。”

“当然还不止是时间，我觉得你正在进入谨慎宽容地看待离婚问题的时期，任何强人都有软肋，没人会指责你软弱的。”

“你这么觉得啊。”

“你不同意吗？”

莱恩把身子往后一靠，翘起一条腿来。他们坐在离其他人很远的一个角落里，一辆黑色的宝马车正慢慢开过去，里面的司机是一个灰色头发的人，穿着一件绿色短袖衬衫。

这个人是谁？他在一生中面临着怎样的挑战？在别人看来，他好像是个成功人士，正在享受人生，而不像莱恩这样。可是他会不会像莱恩一样遇到了人生中最困难的处境，比如离婚？事业失败？孩子任性？失眠？

“莱恩？”

“啊？哦，对不起，我不是不同意，您在说什么？不好意思，我刚才走神了。”

“没关系，我是问你是不是觉得自己的性格软弱？”

“我想这取决于你什么时候问我这个问题。这两个月我有的时候很软弱。”

“一个软弱的人永远不可能彻底恢复过来。没几个人经受过像你在沙漠里遇到的那种折磨，更不要说加上离婚了。”

莱恩沉默了，周围一片寂静，除了从旁边经过的汽车引擎声。

“在我得知这一切以后，我对你的出色表现感到吃惊。”

“跟抢走我老婆的那家伙说吧。”

赫顿神父笑了起来，莱恩也笑了。“被你揍了一顿的那家伙？”

“我都没怎么揍他，不过在我最沮丧的时候，我真希望我揍了。”

“啊，对，在你深深地感到绝望的时候。”

莱恩在跟联邦调查局特工瑞奇·瓦伦丁面谈之后，明白他已经不被允许见贝森妮了，他跟赛琳提了最后一个请求。可是当他的前妻（很难相信赛琳已经不是他的妻子了，得克萨斯州的法律这么匆忙地就批准了离婚）把话筒递给贝森妮的时候，贝森妮挂断了电话。

莱恩逃离了奥斯汀，可是他只敢走到奥斯汀以北一个半小时车程的地方。他租了一间带家具的公寓，买了些吃的储存起来，其中大多数吃的都不容易放坏，然后他把自己关在屋子里。

赫顿神父在莱恩对此一无所知的情况下，被派来帮助他。神父一路追寻着莱恩的行踪，在公寓里找到了他。在开始的两个星期里，神父很担心莱恩的状况，他每隔一天去一次，拉开窗帘，把莱恩从床上叫起来。虽然莱恩认为自己有变化，但觉得还是没有真正的突破。

“卡立德是疯了吗？”

赫顿神父皱了皱眉，“他要么疯了，要么被仇恨冲昏了头脑。”

“或者被悲痛压垮了，”莱恩说，“说起来很怪，我觉得我能理解卡立德。”

莱恩从来没承认过这一点，他现在这样说，是冒着被认为精神有问题的风险的。而另一方面，这样的坦诚决不是退步的表现。赫顿神父像一切心理分析师一样，对莱恩的坦诚兴奋起来。

“跟我说说你是怎么理解他的。”

“最初的那几个星期……”这时一个大学生用 IPhone 手机打着电话，

一边从他们身边经过，莱恩等他走过去又接着说：

“最初的那几个星期里，战争的恐惧一直纠缠着我，我无法摆脱这种感觉。”

“你提到过这一点，我能理解这种感觉是怎样使你产生远离战争的想法。上帝知道让无辜的人流血是多么可怕，无论这种事情在哪儿发生，怎样发生。可这也正是卡立德的所作所为，他让无辜的人流血，以此来证明自己的观点，这是他自己特别的战争方式。难道说你能理解这样的行为吗？”

“他被驱使去做的正是他指责我们做的事情，夺走无辜者的生命，只是为了……”莱恩停住了，摇了摇头。“上帝，我决不会那样做的。至少现在不会了。”

“这么说你理解卡立德的所作所为，可是你自己决不会这么做？”

莱恩心不在焉地点点头。“有意思的是，过了这一段时间，这些事情都开始淡忘了。我不觉得我会回到战场上去，而开始的那几周，记忆还是很鲜活的，我回来了，心里憎恨战争，我看着十来岁的孩子在路上走过，每个孩子看着都不一样。神父，卡立德的所作所为触动了我的内心，我现在没准都不会去打苍蝇了。”

“可是现在那些记忆不再鲜活，而你觉得它们还应该是鲜活的。你说过你不再像刚过去的那几周一样难过，你对此感到内疚吗？”

“不是内疚，只是觉得奇怪。当你完全离开那个环境的时候，你就像其他人一样，失去了对事物的观察能力。”

“这就带来了另一个问题，”赫顿神父说，“你认为这场战争是错误的吗？”

“这场战争，不好说。夺走无辜的生命，是错误的，但抛弃孩子跟杀害他们一样糟。”

神父咕哝了一声，说：“这回你可碰到麻烦事了，不是吗？这事不是你同情无辜者的问题，而是你无法去关心你自己的女儿，你对此感到内疚的问题。”

是的，莱恩没有提到这件事，可是他们都知道是这样的。

“我们回去吗？”

他们站起来，朝莱恩住的公寓楼那边走过去。

“当然，在这件事上你并没有失败。”赫顿神父说。

“是的，神父，我并没有失败。”这话他们都说过十几回了，“可我还是失败了。”

“不比这个国家一半当父亲的更失败。”

“对，正像你一直说的那样，我的意思也不是这样说没用。是有几百万，甚至上亿的孩子，他们在成长的过程中父亲不在身边。我明白我们在打仗的时候，在我们国家刚建立的时候，我们被自己的女儿拒绝……”

他们默默地走了一会儿。

“这是一次痛苦的经历。”

“一次为了平衡自己的生活而要承受的经历，”神父说，“可是你会重新找回自己，这才是重要的事情。”

“对，我觉得是这样的。”

“你能够这样坦诚地谈起这些事，已经算是一个进步了。”

莱恩点点头。当他想起小贝森妮七岁的时候，说他比总统还要聪明，因为总统不能看穿人们的想法，可是他却能说出贝森妮在想什么，这时莱恩会心地笑了。

“你考虑过我们上次的谈话吗？”神父问。

“嗯，考虑了。”

赫顿神父问过他能不能先重新开始工作一小段时间，这样使莱恩能回到他熟悉的领域里去，也能够让他更快地康复。

“怎么样？”

“我觉得你说的也许对，只是我这么长时间没有工作了，我觉得我都不能再看有关伤亡的图片了。”

“这个我会安排的。”

想到能重新回到熟悉的海军生活中去，莱恩放下心来。“我以为还得几星期时间才能重新安排呢。”

“是得几星期，把这事作为目前治疗的延伸考虑一下吧。”

莱恩深吸了一口气，闻着青草的味道。割草机正在工作，冬天之前割最后一次草。

“只要不在奥斯汀。。”

“在圣安东尼奥，当然你要搬回去。”

“再过几星期，为什么不呢？反正我也不喜欢韦科。”

“你会重新回到司令部，会再给你安排一位心理咨询师，没准这对你有好处。”

莱恩觉得有点不安，“也许吧。”

他们不再谈这个话题，转而讨论起赫顿神父喜欢的大学橄榄球赛来。神父以前说过想带莱恩去看两场球赛，不过在那些黑暗的日子里，去逛奥斯汀简直难以想象。再说莱恩也不是个球迷，还有那些人群……足以让莱恩心惊胆战。

可是今天，莱恩可能会跟神父提同样的建议

如果他碰上伯顿 · 韦尔什或者赛琳怎么办？还有贝森妮？

想到这个，莱恩的胃开始抽痛。

赫顿神父陪莱恩上楼，他的公寓在二层。“我来打电话吧，把文件报上去。”

莱恩直到此时才从口袋里掏出一个信封。“神父，你能不能帮我一个忙？我知道这有点过分，可是——”

“给贝森妮的？”

莱恩把信封递出来。“对。“

“你知道我不能这样做。”

“我知道这是法官的命令，可是不知你能不能就把信放在她学校，让管理员放到她信箱里，不管怎样，这都会有意义的。”

赫顿神父双手握住莱恩拿着信封的那只手说，“莱恩，我知道你有多想联系到贝森妮，跟她解释，而且我也相信你会有机会的，可是现在还太早，而且也违背了法官的命令。如果贝森妮或者你前妻报告你这类直接联络的话——”

“这不是我做的！”

“那么这封信是——”

“是照片，不是信。”

赫顿神父皱了皱眉，看了一眼信封，考虑着。

莱恩看出还有机会，就解释说：“这只是一张照片，没有一个字，是我和贝森妮在她九岁生日会上的照片，没有证据证明是从我这儿来的。”

“那么你希望从她那儿得到什么呢？”

莱恩把信封放到神父手里说：“只是希望她还想着我，这是我远离她的方式，如果我知道还有什么能让她想起我，什么能让她知道从我这里来，还有什么能告诉她我在想着她……这就是我要的。”

“你要远离这一切吗？”

“对，我觉得我可以，说实在的，我只是需要像这张照片一样的象征性的东西……你知道，来走下一步。”

“不过我还是怀疑你会远离自己的女儿。”

“但是你得承认这是有意义的，我需要做一件有象征性的事情，做一个标记，来说明我已经尽力了。”

神父看着白色的信封。“我想我能理解。”

“而且我也不认为一张照片也算法官认定的书面联络。”

“好吧，我下午要到奥斯汀去开会，我想我可以顺路去一下圣米歇尔学校。”

“谢谢你，神父。”莱恩紧紧地握住神父的手，“太感谢了，你真的不知道这对我有多重要。”

赫顿神父把信封放到大衣兜里。“不客气，下周见。”

莱恩点点头，觉得浑身轻松起来。“下周见。”

第十六章 Chapter 16

埃尔文·芬奇花了一天时间来洗澡，抹润肤露，平静地等着即将到来的夜晚。在他折断受害女孩的骨头之前，他都是这样过的，可是这一次却不同。

推迟了两年的满足慢慢地加强了埃尔文的需要，他现在已经无法想象，自己为什么会作出这样的决定。人怎么会有这样迫切的需要，这让他很奇怪。他一直认为自己比那些像绵羊一样庸庸碌碌地活在世上的人们要优越，可现在他好像成了自己的牺牲品，虽然他能够击退自己对个人满足的原始欲望。

另一方面，他凌驾于众人之上，是他们的主人。他又是他们的魔鬼，装得和他们一样，每天在他们中间走着，不会有人注意他。

这个时间也是不同的，因为他有了其他的计划。

四点钟，埃尔文，也就是骨人，离开了他的公寓，进入他那辆蓝色的福特 F-150 皮卡，向着奥斯汀的方向朝南开去。

有一种人让埃尔文很鄙视，不，两种人他死都瞧不上，就是各色作家和记者，因为他们懂的东西比自己文字里写的要少得多。

甲壳虫小汽车得名，是因为它看起来像瓢虫。而埃尔文不喜欢虫子，因为虫子似乎会被 Noxzema 润肤露吸引，去里面寻找营养物质，另外埃尔文讨厌女人，跟瓢虫混在一起，让瓢虫也显得很招人厌。

埃尔文花了三个小时才从拥堵的车流中脱身，到了71号公路和蜂巢路交汇的商店。不过他已经习惯了这样的耽搁，所以虽然他有点不喜欢拥挤的道路，他还是有办法让路途不那么令人沮丧。

埃尔文又一次试图在座椅上躺下来歇歇，而又一次这样的等待对于他来说很合适。又一次，他走进商店买了一个柠檬，一盒寿司，还有两听Mug牌啤露。

等埃尔文最后来到房子后面，他先前擦过汗抹过润肤露的树丛里安顿下来的时候，天已经黑了。

“妈妈，我觉得你没明白我在说什么，是你让我卷进来的，那为什么现在又不让我去了？”

“为什么？你才十六岁，就想跑到纽约去，我觉得也许有点冲动？”

“对，差不多是这样吧，我是觉得你想让我当模特，不是吗？”

赛琳一把从桌子上拽下白色方盒子里装的牛肉花椰菜，冲到扔剩饭的垃圾箱跟前。“你可以这么说，不过你应该明白，不是吗？”

贝森妮的妈妈绕过餐台，拿块厨巾顺着瓷砖擦下来，不过厨房因为总不用，一点都不脏。“我都不敢相信你现在会这样对我，我最后总算找到了我爱的人，你很清楚，就算他愿意的话，他也不可能搬出奥斯汀。你却怎么样呢？就这么对我？”

贝森妮把筷子放进面条碗里，抱起胳膊往后一靠，对她妈妈说的话毫不意外。

在去纽约拍Youth Nation封面照之前，贝森妮实际上对在镜头底下工作还是犹豫的。去纽约之前拍的那五张照片都是又紧张又乏味，让她觉得自己就像是一块肉而不是拍照嘉宾。

可是在纽约的封面拍照给贝森妮展示了这项工作全新的一面。从她、赛琳和帕蒂进了 Youth Nation 的接待室开始，就受到了贵族般的接待，先是收到了大捧的花束，然后是按摩师亨瑞来迎接她。

贝森妮在 Youth Nation 大楼里的每一个步骤，都有一个助理跟随，助理的目的就是让她感到舒适，把房间里打扰到她休息的人都清走，或是给她拿杯苏打水。

贝森妮她们那个星期住在豪华套间，想点什么就点什么，她们还看了四台百老汇音乐剧，包括《狮子王》和《坏女巫》。

当然，贝森妮还是很聪明的，她能看穿这些诱惑，虽然确实很诱人，但她觉得这并不是她喜欢纽约的原因。

可是还有一些在纽约发生的事情，是贝森妮没法轻易抛开的，在她的记忆中，这还是第一次发现自己不再作为赛琳的女儿，甚至都不是她妈妈的同伴，而是她自己，跟赛琳没关系。

她，而不是赛琳，成为了被关注的焦点。而赛琳除了有点纠结之外，也只好站在一边不再吭声。

妈妈的意见不再受重视，这还是第一次。贝森妮的化妆和发型，她的服装，她的饮食，甚至谈吐——这些都跟她妈妈没关系了，这在第一天就说得很清楚了。赛琳和帕蒂被欢迎参观，只是得安静点。

一开始贝森妮觉得有点不太适应，不过马上就放松了下来。而到了周末的时候，贝森妮已经对自己没有妈妈在旁边指手画脚就能够应付新环境感到很高兴了，然后赛琳开始想办法要回纽约去。

“看在上帝份上，你才十六岁！”贝森妮的妈妈大声说，“别满脑子都想着这些。”

“妈妈，你总是想让我成为什么样的人，我从来都不能自己选择人生，我现在这样都是因为你。更不要说我的经纪人，他跟我说我在纽约会发展得更好。我后面还有两个封面等着拍，还有一系列小型的拍摄工作，可是我没办法每个周末飞到纽约去拍照片。”

“他们说了可以围绕你工作！你为什么非要坚持这样呢？搬到纽约去绝对不行，我要在这儿结婚！”

“对啊，我们不会去打扰你来之不易的生活，不是吗？我们从来都没过过这样的日子，为什么不从现在开始过呢？”

“你要是觉得我会考虑放弃和伯特的关系，让你跑到纽约去，门儿都没有。”

“不会的，不过你可以送我去纽约大学预科学校去，他们有寄宿的项目。”

赛琳就好像自己挨了一巴掌一样。“寄宿学校？谁来付学费？”

“我来付。”

“别开玩笑了。”

但是贝森妮知道这个主意已经在妈妈的脑子里扎下根来，她表面上会有点抗拒，而暗地里会对她解除自由的最后一个障碍而欢呼雀跃。在她不在家的时候，赛琳高兴的时候会这样做的。

“我们都明白这是你欠我的。”贝森妮说，她推开椅子，从桌边离开，走到餐台边上。

“我什么也不欠你的，你要上私立学校，你上了 Youth Nation 的封面，我总是满足你的要求，你已经被宠坏了！”

“你嫁给了一个抛弃我们的人，却没有勇气把真相说出来。你带着我在国内来回跑，让我不得不离开老朋友，再去找新朋友。我在哪儿都待不长，我的朋友像她们的出身一样肤浅，我连个像样的爸爸都没有，我一无所有！我就是很傻地跟着你，因为我只是个孩子，没有选择，但是我现在明白了。我不反对你的新关系，我不明白为什么你不让我做我想做的事情。”

说完这些，贝森妮更迫切地想离开这座城市重新开始。

她的父母，即使是对她有义务，可还是抛弃了她。

赛琳的目光渐渐柔和起来，说：“你的反应有点过激了。”

对什么过激呢？贝森妮没有问这个问题，因为她突然觉得自己有点感情用事。

“你觉得受到了伤害。”

“当然。”

“都是他干的，”贝森妮的妈妈咬着牙说，“都是那个跑掉的变态干的。上帝，我恨他。”

“别把这事都赖在你丈夫身上。”

“是前夫。”

“他也许是很失败，可你也没怎么在乎他呀。”

“你怎么能这么说？”

“妈妈，你明白我为什么这么说，你只不过是在化解你心里已经存在的内疚感，因为你想让我离你远点，不要再妨碍你。”

贝森妮觉得，爸爸妈妈都不喜欢她，只能到纽约去。

“你想让我走，不是吗？”

赛琳犹豫了，这更坐实了贝森妮的怀疑。赛琳走到橱柜跟前，拿了一个酒杯。

“贝森妮，我不知道，你就坐在这儿说这些，我也不知道该怎么想，也许让你离开是最好的方式。”

这个最后的确认刺进了贝森妮的心里，这种痛苦让她震惊。“我的亲生母亲不要我了，”她说，“妈妈，我恨你，我像恨爸爸一样恨你。”

赛琳转过身，把杯子砰的一声扔进了水槽里，杯子摔成了碎片。“你这个放肆的孩子！你都不是我们亲生的！”

贝森妮瞪大了眼睛。“你这是什么意思？”

“你……你是收养的。”

贝森妮的心脏漏跳了一拍，眼泪在眼睛里打着转。她是被收养的？

“什么意思？”

“就是说你还是个婴儿的时候，我们收留了你，我不能生孩子。”赛琳上嘴唇发着抖，“看你逼我对你说了什么？”

这回贝森妮可找到理由了，为什么她爸爸离开了，为什么赛琳不爱她，原来她不是他们的孩子！

可是她不知该怎么办，她已经完全变得又失落又脆弱，她茫然地看着赛琳，而赛琳眼睛无神，似乎也对自己刚才的话感到后悔，转过身倒了一杯红酒。

那个曾经是她妈妈的女人刚才说的对，贝森妮才 16 岁，16 岁的孩子不应该面对这样的人生。

为什么有些人有车有房有高档服装，却依然不幸福？因为他们之间都没有爱。

赛琳现在有了伯特 · 韦尔什。

贝森妮却一无所有。

“赛琳，谢谢你告诉我这些，如果没别的事，我上床睡觉去了。”

“别想左右我，”贝森妮的前任母亲讥讽地说，“我不是你的亲生母亲，不过我还是给你换过尿片。”

“这就是我的话给你的感觉吗？哈，我还以为你一向都是这么说话的呢。”

电话铃响了，赛琳轻轻地走到电话跟前，看了看来电显示，回头看了贝森妮一眼，又转过身接起电话。

“喂，伯特。”

这下好了，她已经对付完女儿，可以投入情人的怀抱了。

贝森妮抓起书包，朝楼上走去，对赛琳感到很生气。她把书包砰地一声扔到床上，坐在自己的苹果电脑跟前。她扫了一眼电子邮箱，没什么有趣的东西，纽约寄宿学校网站上也没有新消息。

没有新短信，语音信箱里也没有新邮件，没有任何可以用来逃避的东西。圣米歇尔学校，啦啦队领队，朋友们，这座房子，甚至她所谓的模特事业——对她来说都好像成了个空壳一样，她被关进了父母建造的监狱里。

赛琳的尖声大笑传遍了整座房子。

眼泪又涌上了贝森妮的眼睛，她靠着椅子，抱着胳膊，无声地哭起来。她是被收养的？这又意味着什么？她是女儿，可又不是赛琳的女儿。

不，她是别人的女儿，而她妈妈把她抛弃了。她原来的爸爸把她放在襁褓里，直到把她扔给一个女人，那个女人需要一个听话的小东西，让她感到自己很重要很有力。

但是有个问题，那个小东西长大了，现在他们得决定拿她怎么办。喔，为什么不把她再扔出去呢？还会有人收留她的。

贝森妮明白她是在把事情简单化，不过也不过分，对吧？

贝森妮靠在椅子上，感到自己毫无价值。她越考虑自己的处境，越有一种无力感。她拿起桌子上的剪刀，看着刀锋。那是把在沃尔玛超市就能买到的铝制剪刀，手柄是橘红色的。

剪刀很锋利，如果她要用这把剪刀割破自己的身体，赛琳会怎么想？给杂志拍个封面照可能挺有意思。

想到这的时候，贝森妮闭上眼睛自责起来。

不过也有女孩这么做不是吗？她们割破自己的身体。为什么不呢？为什么不向自己宣布你才是真正重要的，而不是别人怎么看你？你可以做自己想做的事，你有这个权力。

如果你不能打败全世界，你可以用自己的方式加入它，不是拍杂志封面，而是用剪刀和你自己的皮肤。

贝森妮抬起胳膊，把剪刀的锋刃放在手腕背面划了一个窄窄的小口，不太疼。

所以划一小下皮肤又有什么不对？只不过是条窄窄的红线而已，这是她的身体，她可以适当惩罚一下自己，不是吗？

贝森妮又把剪刀刃用力向下按了一点，然后划了一小下……

一阵尖锐的疼痛从胳膊上传来，她轻轻地尖叫了一声，拿起剪刀刃，看到一条小伤口上已经渗出血来了。

她割伤了自己，差不多一两厘米吧，可能没什么，但也很傻。

贝森妮把剪刀扔到桌子上，按住胳膊上的小伤口。她已经做出了自己的宣示，明天她会跟问起这事的人说，她被树枝或者别的什么东西划破了胳膊。

贝森妮叹了口气，开始漫无目的地浏览网页。

她下载了 Red 乐队的一首新歌，还有一首 Breaking Benjamin 新专辑的歌，帕蒂给她发了两条短信，不过她没理。

最后，十一点钟的时候，她穿上法兰绒格子睡衣，躺在床上蜷成一团，睡着了。

凌晨一点钟的时候，四周静悄悄的，埃尔文 · 芬奇从房子后面围绕着院子的一排树边上走过。

南边的两条狗已经死掉了，埃尔文明白狗有第六感，晚上有陌生人接近的时候会分辨出来。他在接近第一个厄尔巴索女孩的时候，一条德国牧羊犬吠叫起来，他毫无准备，只能用一只球棒打在狗的脑袋上，把狗杀死，这可不是一个理想的解围方式。今天他就不会再遇到类似的情况了。

这栋房子有一个游泳池，上面是屋后一扇斜向下的玻璃门，不过埃尔文不会从那儿进。楼上有两间卧室，共用一个洗手间，两间卧室都有阳台。她们家把其中一间卧室作为储藏室，女孩住在另一间卧室。

埃尔文戴上黑色皮手套，走到房子侧边，把热交换器后面放着的金属梯子举起来，小心地把梯子支在阳台的横栏上。他最后朝树那边扫了一眼，虽然不需要这样做，但他想这样，然后他踩上梯子，顺着往上爬去。

四周的绿色植物，把这栋房子和邻近的房子隔了开来，这样邻居们也看不到埃尔文了，隐私是个好东西。

埃尔文小心地爬过栏杆，站在阳台的木地板上。他选了一个没有月亮的夜晚，不过云是没办法控制的，这时候星光还是有可能会让他被细心的人看出来。

上个星期埃尔文潜入这个阳台两回，现在看来还是老样子。

骨人厌恶两样东西，不，三样：他讨厌晚上叫的狗，讨厌试图阻止他的人，还讨厌楼下睡着的女孩的妈妈。

埃尔文从右边衣兜里拿出一把钻石刀头的玻璃刀，玻璃刀用一根细电线系在一个吸盘上。埃尔文把吸盘吸在那扇滑动玻璃门上，从衬衣口袋里拿出一小管油给钻石刀头做了润滑，然后用刀头在玻璃上以吸盘为中心划了一个圆。划玻璃的声音可能会惊动储藏室里的人，可是埃尔文并不担心，因为女孩的房间中间还隔着一间洗手间和两堵墙。

埃尔文花了十五分钟，在玻璃门的两块玻璃上各划开了一个十二厘米直径的洞。他把玻璃刀放回兜里，把手伸进去拉开了门闩。埃尔文轻轻一推，门滑开了，他潜入房中。

埃尔文在他之前的暗访中，研究了这栋房子的每一个房间，他很快地扫了一眼，发现跟他以前预料的一模一样，箱子摞在左边，一张折叠桌放在右边。

埃尔文浑身充满期待，以至于有点发抖。他站在黑暗里，想着他会带来怎样的骚动。

韦尔什曾经自鸣得意地夸口说他抓到了骨人，明天一起床就会听到骨人不但回来了，还抓走了自己未来的继女。

这次要闯的大祸，让埃尔文比抓上一个女孩更有成就感，他现在就要抓紧享受成功了。

周围一片寂静，埃尔文稳稳地站着，对这一小片人间天国似的地方很满意。女孩就在隔壁房间睡着，她妈妈在楼下梦着韦尔什。

骨人站在黑暗中，就好像她们的主人来取她们的灵魂。埃尔文等不及了，就从左边兜里掏出注射器，走进了女孩的房间。

他的猎物穿着 T 恤和牛仔裤，在床上蜷成一团睡得正香。埃尔文研究了一下她的身形，然后走到床边，把针管伸到她脖子下面。

埃尔文把手里的 22 号针头扎进女孩颈部的静脉里，把针管里的液体推了进去。女孩颤抖起来，她想叫，可是嘴被埃尔文戴着手套的手堵住了，女孩们都会这样，不过这个女孩挣扎着，眼睛睁得大大的看着他。

针管里的药水是埃尔文自己配的镇静剂，其中有一份生理盐水，两份苯二氮，还有两份冬眠灵，都是9毫升最大的剂量。颈部的静脉把药水带到心脏，然后再输送到全身的血液系统里去，这样就会很快地关闭大脑中的中枢神经系统和交感神经系统。女孩挣扎了不到十秒钟，肌肉就麻痹了，躺着不动了。

埃尔文对他的猎物终于屈服感到很满意，他离开了那间屋子，下楼穿过大厅,蹑手蹑脚地快速走着。他拿出了另一支针管,进了赛琳的房间。赛琳像贝森妮一样侧身睡着，背对着埃尔文。

埃尔文套上一个滑雪面罩，穿过房间，把针管扎进赛琳的颈部静脉，根本不在乎她会不会突然惊吓地尖叫起来。

肌肉舒缓剂首先让赛琳喉部的肌肉松弛下来，然后随着药剂进入脊柱，她身体的其他部位也随之松弛下来。她躺在床上朝上盯着埃尔文，神志清醒,可是除了呼吸之外,全身都无法动弹。很快,赛琳会产生幻觉，然后昏睡过去，口水流在枕头上。

埃尔文的第四个猎物就是在被抓走之前，因为用药的剂量过大而死，他不能再犯同样的错误了。

“告诉他这是报复。”埃尔文哑着嗓子小声说，然后像掰开脆饼干一样，折断了赛琳的左手食指。一声轻轻的脆响象征着正义，赛琳该受到更多的惩罚。埃尔文想过折断她的手腕，不过又止住了，以后还有的是机会。

埃尔文把赛琳往自己肩上一扛，好像她是一袋石头一样。埃尔文把赛琳放在游泳池旁边的地上，赛琳倒在一边，头砰的一声碰到了水泥地。

绳子还在埃尔文放的地方，在烧烤架旁边。埃尔文把赛琳的脚踝绑起来，双手绑在后面，然后按照之前的计划，抓住她的衣服把她举起来，放在气垫上。

赛琳会浮在水上，看着夜空，几个小时内动弹不得，最后完全恢复神智。那时，埃尔文早就开上野营车到第一站了。

韦尔什走运的话，会想到要和赛琳一起吃个早饭，埃尔文侦察这栋房子的时候碰到过两次。

埃尔文不再浪费时间，匆忙上了楼，把女孩往右肩上一扛，从前面出去了。

第十七章 *Chapter 17*

这天莱恩在赫顿神父的每周课程结束之后，早早起床了，觉得自从他在伊拉克被绑架以来，这天比以往的精神都要好。他想，更重要的是，摆脱了心烦意乱的状态，他的神志又开始工作了。他甚至能够精确分析自己的精神状态了。

8 点钟莱恩做了早饭，这是他在这个公寓里的第一次。莱恩烤了两片全麦面包，在上面放了两片鳄梨片，然后坐在桌子前就着一大杯牛奶享用起来。

莱恩在事后才发觉这几个月的经历对他很有意义。在经过死亡山谷之后，终于爬上生命之巅，用一个有趣的视角回顾过去。

下面就是曾经发生的事情。第一件，莱恩被迫处在一个他无法控制的环境中，面临着恐怖的场景，即使现在仍然让他脊背发冷；第二件，他设法逃走，可还是看到了孩子们的死，因为他拒绝牺牲自己的妻子和女儿；第三件，莱恩的经历从根本上改变了他对自己女儿贝森妮的看法，另外也改变了他对无辜生命被夺走的无动于衷；第四件，在基地医院恢复了一周之后，莱恩经受了精神上的打击，于是海军又给他延长了假期；第五件，莱恩赶回家去修复他跟赛琳和贝森妮的关系，可他发现已经太迟了。给贝森妮带来的伤害已经让她不可能再跟自己和解，而赛琳则在另一个人那里找到了爱。

第六件，莱恩仍然在经受着精神上的打击，以至于他失去理智，打了那个人，给他带来的唯一结果就是法院的一纸判令，把莱恩和他们的生活隔离开来。

莱恩拿起第二片鳄梨面包咬了一口，心不在焉地看着右边框在窗户里的蓝天。

第七件，莱恩花了整整两个月时间，从被妻子和女儿抛弃的无助中走出来，不过昨天晚上，在经过深思熟虑之后，莱恩终于完全摆脱了束缚自己生活的精神枷锁。

这时候他几乎完全恢复了，当然他已经变了一个人，不过又可以重新开始工作了。

赫顿神父昨天傍晚六点钟给莱恩打了电话，告诉他已经把信封给了贝森妮，贝森妮把照片拿出来看了看，然后把照片还给神父，问他照片上的那个人是谁，然后二话不说，拂袖而去。

他的女儿已经不认他了。

他的前妻爱上了别人。

那么……莱恩已经尽了最大努力。一个月以前，他可能会爬回到黑暗的地方，他的心灵曾经在那里寻求过平静，可是现在他的情绪已经稳定到能够平静考虑所有事情的地步了。

莱恩当然还会一直爱着自己的女儿，可问题是贝森妮已经不再是他的女儿了。他得回到自己的生活中去，他要保证贝森妮不会为钱所困，然后重新开始。

莱恩决定这天要去圣安东尼奥，开始为搬家找个合适的房子。

莱恩冲了冲杯子，把它放在洗碗机里，然后拿出车钥匙。那辆丰田凯美瑞车是他一星期之前买的，挺省油，马力也合他的口味。

莱恩离开了大学公寓区，上了35号公路往南开去。路两旁都在施工，这在他敏感时期很可能会烦到他，不过今天他像过去一样又平静又深思熟虑，几乎没有注意到。

莱恩开了四个小时车才到圣安东尼奥，因为他决定沿着281号公路绕过山边，从西边进城。十月末的时候，天气更凉快，而经过夏末的雨水之后，连绵的山脉在蓝天下更显苍翠。

看着周围的景色，莱恩明白自己确实已经恢复过来了。有几次他希望自己身边有个手机，这样他就能给赫顿神父打电话，跟他说自己已经渡过难关，比他们昨天预料到的进展还要大，可是他把手机落在住处了。

圣安东尼奥还像莱恩记忆中的一样，莱恩朝城东边开着，一边从休斯敦山姆堡附近的街区经过。他知道自己不会待太长时间，所以他想找找按月出租的房子，那种房子在这一片很常见。他倒不在乎周边环境有多好，反正他是自己一个人住。

莱恩把车停在35号公路边的霍华德 · 约翰逊旅馆停车场，这时候是晚上七点钟。他登记入住一个晚上，然后进房间看收费电影，他已经两年没看过这种电影了。

刚看了十分钟，莱恩就睡着了。

第二天早晨，莱恩被门外打扫房间的铃声吵醒了，他掀开被单，跟服务员说他还没准备好。

居然十点了？他像睡死了一样。

莱恩站起来伸了个懒腰，觉得四周安静得有些反常。他拉开绿窗帘的时候，明媚的阳光照进了房间。新的一天在等着他，没有理由会让他失望，他已经度过了一生中最糟糕的时候。

莱恩想，他已经面对过死亡，所以再也不怕了。

莱恩花了两个小时洗了个很长很奢侈的热水澡，然后到旅馆隔壁的Denny's饭店享用了培根蛋早餐。他喝了四杯咖啡，付了收银员十六美元，外加五美元小费，然后去找他那辆丰田车。

莱恩对附近的两个小区挺感兴趣，于是他跟两边的经理都打了招呼，说随时联系他。这倒不急，不过两个小区都有空房急于出租。

现在开回韦科去也没什么事，可赛琳已经投入了别人的怀抱。

贝森妮正在长大成人，前途远大，她会在美国这样宽容的社会里茁壮成长。

可是莱恩自己呢，是一个局外人，既没有爱人，也没有前程。

想到这些，莱恩有点难过，不过他现在已经能够明白，有些情绪是有好处的，只要不影响理性思考就可以。

莱恩在校外租的公寓空个两天也没关系，他打开灯，掏出钥匙扔在长桌上，又去洗了个澡。睡前一小时洗个热水澡，可以让人美美地睡一大觉。

莱恩穿上灰色运动裤和黑耐克T恤，然后坐下来看有线电视。没有什么太特别的节目，除非恐怖分子又撞了大楼，否则他不会对新闻感兴趣的。晚间肥皂剧也没好到哪儿去，莱恩调到科学频道，正在演一个关于技术是怎样改变法医学和犯罪现场调查的节目，CSI。

这把莱恩完全吸引住了，不过这个节目演了五十分钟就结束了，下一个节目不太有趣，说的是泰坦尼克号的构造。

莱恩被热水澡搞得有点昏昏欲睡，就关了电视，倒了杯水，上床了。

他把床罩掀开，正要钻进被单里去，突然想起他还没检查电话答录机有没有新信息。他已经有好几天，甚至一个星期没查信息了，赫顿神父曾经提醒过他这事。

早晨十点钟再查也没关系，等他醒了再查吧。

莱恩钻进被窝里，深深地叹了口气。他在过去的两个月里睡得够多的了，不过那个时候是在逃避现实。而现在他想睡的感觉，是来自于一个健康的甚至过于活跃的大脑。

第二天早晨对莱恩来说来得太快了，因为他的电话铃响了。莱恩从床上爬起来，摇摇晃晃地朝厨房走去，发现已经八点十五分了，不过他还没出起居室的时候，电话铃就不响了。

不管怎么样，该起床了。

不管是谁，应该不会留言的。莱恩走进厨房，打开咖啡机，往咖啡壶里灌纯净水。电话答录机的红灯在亮。

看来真的有留言。

莱恩走近一看，五条信息。

五条？自从搬到这间公寓以来，莱恩统共也就收到五条信息吧。他把正在灌水的咖啡壶放回水槽里，擦了擦手，按下答录机的回放键。

第一条信息来自赫顿神父，他好像很担忧。“莱恩，如果你在的话请你打个电话，我有急事想跟你谈谈。”停了一下又说，“看看新闻，然后马上给我打电话。”

新闻？莱恩还从没听过赫顿神父这么着急地说话。

莱恩接着听，下一条信息还是赫顿神父留的，要他马上给自己打电话。莱恩赶快走进起居室，打开电视拨到 CNN 频道。

橄榄球比赛。

FOX 新闻也没好到哪儿去，播的是一头熊给了一个摄影记者一巴掌……

头条新闻。还是体育新闻，不过头条新闻是在节目下面滚动播出。

反政府武装袭击了索马里的军事基地，34 名美军士兵丧生……

股市由于房地产回暖的消息升高了 312 点……

被称作骨人的杀手在中断两年之后又劫走了一名受害者……

中国……

莱恩的思绪停在了刚刚滚动过去的那条消息上。骨人又开始袭击了，要么他们从监狱里放出来的那个人是真的骨人，要么就是真正的凶手不想再躲着了。

赫顿神父大概是打电话给他说这事的，以免他反应过度。

莱恩吁了一口气，赫顿神父并没有意识到莱恩在过去几天有多大的进展，他不但对骨人事件与自己在沙漠受到的折磨之间的联系不怎么在乎了，而且他由于这次经历产生的负罪感也得到了释放。

他会对贝森妮放手的。

头条新闻在讲迈克尔·杰克逊，莱恩看了一小会儿，等滚动新闻回到骨人的那条消息，看看他有没有错过什么信息。

第四条答录机信息还是来自赫顿神父，是他昨天下午留的，跟前面一样，让莱恩给他打电话。

这回屏幕下面滚动到了骨人的消息：被称为……的杀手……

第五条答录机信息开始了，一个柔和的声音低低地从厨房飘过来。“你好，父亲，你的女儿在我手里。”

莱恩猛地朝厨房那边转过头去。

声音停了一下又接着说：“她的名字叫贝森妮，她现在是我的了。你花了七天时间来造她，现在给你同样的时间来救她。如果你觉得能找到她，就跟着乌鸦来找我吧，一个人来啊。”

答录机咔哒响了一下，结束了。

第十八章 *Chapter 18*

这几秒钟的功夫，对于莱恩来说就像过了几分钟一样，他一动不动地站在那，胳膊垂在身体两侧，眼睛盯着厨房，嘴张得大大的，像寒冬的石柱一样僵在那儿。

莱恩满脑子想的都是卡立德钉在墙上的照片，还有穆斯塔法的骨头被折断的声音。

骨人抓走了贝森妮……而这种感觉很遥远，不太可能是真的。

莱恩曾经为了保护他自己的女儿，看着别的孩子被杀，但这不可能是卡立德干的，因为莱恩已经把他杀了。难道他逃走之后还是会使自己的女儿被害吗？又或者骨人是偶然发现了这个故事，因为莱恩拿骨人做了例子？

有没有可能他实际上是吸引了骨人的注意力呢？

莱恩的心怦怦地跳着，嗓子里像堵着什么东西一样，他浑身躁热，不过神智清醒，因为他知道这时候自己的思维处在一种微妙的状态，可能会重新被情绪驱使而失去理智。他得保持冷静！

莱恩的视线突然转到了电视屏幕上，标题新闻的女主播现在开始进行报道，旁边是黑体字“骨人再次出动”，那行字下面有一张照片。

一个漂亮的女孩微笑着，她长着长长的棕色头发，明亮的蓝眼睛，看起来有十九岁，而不是十六岁。是贝森妮！

莱恩知道他要失控了，他开始发抖，却又无力停下来。他觉得好像有一只大手从他的喉咙里伸进去，把他的心掏了出来。此刻他胸口空荡荡的，剧烈地起伏着，而身体的其他部位就像死了一样。

但是莱恩并没有死过去，也不光是在发抖，他冲进厨房，抑制住自己的恐慌，重重地按下重拨键。

赫顿神父的声音传了过来，要他……莱恩把这条消息删了，还有下一条，再一条，然后骨人的声音又从扬声器里噼噼啪啪地传了过来。

“你好，父亲，你的女儿在我手里。她的名字叫贝森妮，她现在是我的了。你花了七天时间来造她，现在给你同样的时间来救她。如果你认为能找到她，就跟着乌鸦来找我吧，一个人来啊。”

莱恩一拳砸在答录机上，大叫起来。

“邮箱已空。”那个机器还在出声。

莱恩得思考……

思考，思考！

莱恩，保持冷静，一定要保持冷静。

骨人是怎么知道给他打电话的？还叫他父亲，搞得他好像骨人的父亲似的？看起来骨人好像是扮演那种邪恶魔鬼的角色，他绑架了女儿，要她的父亲扮演上帝去救她。

来找我吧，父亲。

莱恩抓起电话，紧接着就拨了赛琳的手机号。

“哦，赛琳，快接啊。”

“请留言。”赛琳快活的声音响了起来。

莱恩很快地拨了住宅电话，漏了一位数字，又重拨了一遍，狠狠地按下拨号键。

这回是贝森妮的声音，莱恩听到女儿的声音，浑身颤了一下。“你好，知道规矩吧？如果你找我，打我的手机，如果你找赛琳，打赛琳的手机，别费劲打这个电话了，没人查的。”

咔哒。

“赛琳？”莱恩发疯似的叫喊起来，“赛琳，看在上帝的份上，接电话！”

没声音。

“赛琳？”

赛琳还是没有接，莱恩站在那儿喘着气，然后试着拨了所有可能有联系的电话号码，想找到人告诉他到底怎么回事。他得知道为什么会发生这样的事情，什么时候发生的，贝森妮失踪了多久，找到她了吗？

莱恩疯狂地拨着可能找到赛琳的那几个电话，赛琳的手机，家里的电话，地方检察官办公室电话，结果给他转到了另一个语音信箱。

为什么赛琳没有联系他？

莱恩试着打了神父的电话，可还是没人接。

公寓的墙就像在朝着莱恩逼近一样，摇晃着朝他压过来，好像要把他辗碎一样。

联邦调查局得知骨人给他们的七天期限了吗？还是这个期限只是给莱恩的？这仅仅是对莱恩的挑战吗？

宝贝，我的宝贝，上帝啊，求你了，求求你不要让她被伤害。

可是莱恩明白这已经太晚了，无论最后结果如何，贝森妮，他心爱的女儿，他生命的中心，都会终生受到创伤。

他一定要知道发生了什么事情！

莱恩抓起车钥匙，从墙上把答录机一把扯下来，然后跑了出去。

莱恩在一个小时的大部分时间里，都是以每小时九十英里的速度在疾驰，开上了得克萨斯中心公路，又花了二十分钟到了赛琳住的街区，他一直都在后悔自己没有手机。

莱恩在赛琳房前停下车的时候，他知道骨人已经把贝森妮从房子里抓走了。车道上停着一辆警车，还有两辆没有标志的小轿车，像是联邦调查局的车。黄色警戒线沿着从房子通到后院的步道围成一圈。

莱恩没有像他之前想的那样，直接从前门闯进去追问，还是把车停在路上，绕着房子向后院走去。

这时他才想起了禁制令，不过这也没有让他放缓脚步。很明显，禁制令对于已经发生的事情来说，什么也不算。

莱恩跌跌撞撞地走着，两条腿颤抖着。一架延长梯从地上架起来，搭在二层阳台上，阳台上面的屋顶需要重新粉刷了。

莱恩费力地停了下来，眼前的景象让他动弹不得。一阵微风轻轻拂过树枝，汽车在他身后驶过巴顿溪林荫大道，头顶上一架喷气飞机嗡嗡地往高飞去。

可是莱恩身边的这些声音，没有一种能像骨人用来爬进他女儿房间的梯子那样，吸引莱恩的注意。

这是一种完全空荡荡的寂静，重重地砸在莱恩胸口，让他喘不过气来。犯罪现场调查已经过了一整天，黄色的警戒线还在提醒大家法医调查人员已经来过，凶手的踪迹已经难以追寻。

莱恩觉得自己在被一种本能驱使着，要一下子爬上梯子，翻过栏杆。

莱恩的勇气、心灵和理智都像上紧了的发条一样，要他从梯子上下来，离犯罪现场远一点，保护他远离那些涌上心头的令人痛心的形象。

他的女儿眼睛睁得大大的，透过传送带尖叫着。

爸爸！

爸爸，爸爸，救救我！

莱恩不知道自己究竟是怎样爬上栏杆的，因为他爬到梯子顶上的时候，简直是一瘸一拐的。莱恩站在阳台上，看着拉下来的百叶窗，后悔爬上了梯子，因为他根本进不去！

可是他一定得进去，他得知道当骨人进去的时候，自己的女儿看到了什么，碰到了什么。

莱恩忍住疼痛，试着去开门，发现门是开着的。这是间储藏室，不是卧室，贝森妮住在旁边那间屋子。

贝森妮的白被单被塞到了床底下，要不然就是从她身上扯下来，一半掉到了床下面。莱恩还能看得到贝森妮枕在枕头上凹下去的痕迹。

这是莱恩回国以来第一次进贝森妮的房间，他恨自己，如果他能挽回一天的话，他会不顾任何法院的禁令，向女儿表白自己对她的爱。

莱恩会给贝森妮买辆车，把她的房间全放上玫瑰，他要带贝森妮去迪拜玩，让她住在4000美元一晚的豪华套间，她想要什么就给她买什么，决不考虑多少钱。

莱恩要跪下来请求贝森妮原谅他，跟她说自己有多爱她。

昨天他收到骨人留言的时候还有七天时间，到今天就只剩六天了。

莱恩转过身去，擦了擦眼睛，揉了揉下巴，然后朝楼下走去。

他们在起居室里，莱恩在看到他们之前就听到了他们在说话。

“你耽误一个小时，凶手就多一个小时。”

“我们需要更多的时间。”

“那就去找更多的时间。你有了赛琳的证词，那就足够把她也卷进来。看在上帝的份上，我们没时间在这儿待着了。”

莱恩在门口停下来，看着他们。伯顿 · 韦尔什，他揍过的那个人，高高大大的，下巴刮得很干净，须后水的味道肯定是他的。

瑞奇 · 瓦伦丁，两个月前在旅馆询问过他的那位联邦调查局特工，人瘦瘦小小的，倒是胸怀大志的样子。

赛琳，穿着一件绿色的花裙子走来走去，一条胳膊吊着，她正摸着包扎起来的食指。

莱恩想说什么，可是他突然觉得有些不合时宜。他不该出现在这儿，他应该去找骨人，换回女儿的生命。

"莱恩？"

瑞奇 · 瓦伦丁看到了他，他们都转过来看着他，莱恩想跑掉，因为他知道即使是现在，楼上那张空空的床还在影响着他的神智。

可是不行，他不能转身跑掉，因为那只能让自己成为他们追查的目标，而不是骨人。莱恩也没法对他们说什么，因为没有什么有意义的话能对他们说。

莱恩只能站在那儿，看着他们。

"哦，说曹操曹操就到，"地方检察官说，"你在这儿干吗？"

瑞奇瞪了地方检察官一眼，让莱恩感到她与自己之间的距离缩短了。"对不起，上校，这肯定是件非常伤心的事情。"

"为什么没人给我打电话？"莱恩问。

"把他从这儿赶出去。"赛琳像一只狼要躲开一头熊一样盯着莱恩说，"把他赶出去！"

"赛琳？"有什么地方不对劲，莱恩是来报信的，可是……

然后他明白了，地方检察官韦尔什正在提起他，要把他带去询问。

莱恩感到怒气上升。"出什么事了？"他大声问道。

“首先，你违反了法庭的禁令。”韦尔什尖声说。

莱恩仅存的理智也失去了。“我女儿被绑架了！”他吼道，脸涨得通红，“都没人愿意给我打个电话吗？”

“上校，不好意思，”瑞奇说，“我知道这对你来说不是件好事情，可是我们得小心行事。”

赛琳往后退了几步，靠着沙发站着，在发抖。“莱恩，你要干吗？”

“别站在那儿发抖，好像我折断了你的手指一样，我们的女儿被抓走了！”

韦尔什点了一下头，问道：“上校，你为什么没跟瓦伦丁调查员讲你和伊拉克骨人待在一起的事情呢？”

“我……什么在一起？那是机密，我不知道和这有什么关系——”

“你就离开沙漠，杜撰有关骨人的噩梦，现在他在两年以后出现，把你的女儿抓走了，作为他的下一个牺牲品，你就这么无动于衷？原谅我说的有点过分。”

这个人在指责他？“他……连环杀手！他在把我和连环杀手作对比。我提到骨人是为了增加影响力，为什么你要对媒体讲我的事情？这样他就找到了我！”

“是吗？”看来韦尔什根本不相信莱恩说的话。

莱恩转过身问瑞奇。“你呢？”

瑞奇耸耸肩。“还有很多问题需要回答。”

莱恩又转向赛琳，几乎难以抑制怒火。“你又怎么想？”

可是赛琳的眼睛里充满恐惧，莱恩明白肯定有什么东西，让她确信自己会对她构成威胁。

“你就，怎么，放出信号去，让他能进来抓走我的女儿？！”

“莱恩，我要等你说出全部真相，”韦尔什说，“不过我用不着看就知道，骨人做案的时间刚好和你度假的时间相吻合。”

“别犯傻了！那只是巧合而已。”

“是吗？你折断赛琳手指的时候，跟她说要她告诉我这是报应。上校，所有这些难道不是你自己造成的吗？”

一个穿着制服的警官出现在厨房门口，堵住了通道。他们不会真的认为自己是骨人吧！

“如果你们看过我的档案，就会明白我是酷刑的受害者，而不是执行者。真正的凶手抓走了我的女儿，而你们却在这儿浪费时间。”

“看着那些孩子们死去肯定是件可怕的事情，”韦尔什说，“我能理解你为什么会那么做。”

“跟那事没关系！”莱恩重重地喘着气说，“我们只有六天时间去找他了……”

瑞奇的右边眉毛挑了起来。“六天？这是精心策划的行动？”

“他给我打电话了，说一个父亲花了七天时间造了她，现在要给我七天时间去救她。”

“是吗？”韦尔什轻蔑地笑了一下。“他那么巧给你打了个电话？”

嗯，就是这么回事了。联系到赛琳在绑架案发生的那个晚上，被骨人折断了手指，以及莱恩在沙漠的遭遇，地方检察官已经把绑架案的嫌疑指向他了。

一个正在遭受创伤后应激综合征折磨的父亲，出于嫉妒心理，带走了自己的女儿。

莱恩看着瑞奇说：“你也这么认为？”

“我刚才说过，有些问题需要答案。你介意告诉我前天晚上你在哪儿吗？”

“在家睡觉。”

“自己睡吗？”

莱恩突然想起来，骨人其实是在向他下战书。贝森妮的安危现在是系于莱恩的选择了，而看地方检察官的样子，无疑他是不会让莱恩有机会走出这间屋子自由选择的。

莱恩看着韦尔什，就好像他是自己挽救女儿生命的障碍一样。

“自己吗？不是的，实际上我是和几个朋友打了一晚上扑克，他们肯定不会介意你传唤他们的。”

“我们会的，赫顿神父跟我说你这两个月像是在隐居一样，很难想象你有一群亲近的朋友。”

厨房的两个门都堵住了，莱恩不清楚第二个警察是从哪儿过来的，不过他现在是被包围了。

“这些都不难安排，”瑞奇说，“你刚才说他给你打电话了？”

“对，”莱恩点点头，朝厨房入口挪近了一点，“他给我留言了。”

“留言在哪儿？”

莱恩差点说，删了。

“在家。”

莱恩心里越来越恐慌，他得从这儿出去！

像乌鸦单独飞一样跟着我，也就是说，乌鸦是自己飞的。

又或者，跟着我到乌鸦飞的地方，一个人来？就是说自己来？

不管怎么样，莱恩得出去而且是马上！

“那你不介意跟我去取吧。”瑞奇说。

“这个……我现在住在韦科。”

“那我们这就得出发了。”

地方检察官上前了一步。“不好意思，瓦伦丁调查员，我不能让你把这个人带出我的控制范围。”然后他朝莱恩身后的警察点了点头。“他肯定得告诉你录音在哪儿，我知道你能理解我的担心，不过……”

莱恩身子往后朝那个警察冲过去，他的背被那个警察下意识地推了一下，正是他希望看到的反应。在那个警察还抬着手的时候，莱恩一闪身冲了出去。

四五半自动手枪像黄油一样从警察的皮套里滑了出来，然后莱恩靠着墙，用枪指着守着前门的警察。

“把枪放在地上，快点！还有你，瓦伦丁调查员！”

那个警察看了地方检察官一眼，然后慢慢地放下枪。

瑞奇看着莱恩说：“莱恩，这样不能救你的女儿。”

“调查员，你既不了解我，也不了解我的女儿。把你的枪放在地上，踢到我这边来。快点！”

瑞奇从肩带上拿出一把手枪，慢慢地放在地上，踢了过去。

莱恩抓起枪，插在皮带后面。他朝两个警察做了个手势，朝墙那边努努嘴说：“你们靠墙站着。”

韦尔什恨恨地骂了一句。

“过去靠着墙！”莱恩吼道。

韦尔什不情愿地走到墙跟前，和赛琳站在一起，赛琳浑身发抖。他们五个人并排站在一起，面朝着墙。

“跪下。”

瑞奇开始抗议，不过莱恩让她闭嘴。

房间安静下来，莱恩开始考虑下一步。在这之外他还没什么计划，他明白自己得去找贝森妮，他明白他会尽一切可能，寻找机会阻止骨人。如果需要的话，他会牺牲自己的生命，或者这五个人的生命，去换贝森妮。

一个念头闪出来，他会这么做吗？

莱恩没办法直接考虑这个问题的答案，他走回到前门。

“待着别动，”他说，“就待在那儿。”

然后莱恩蹿出房子，朝他的车跑过去。

Chapter 19 第十九章

贝森妮发觉鼻孔里都是土，空气又湿又冷，自己可能是在一个大坑里，洞里，又或者在菜窖里。可是贝森妮看不到，她的眼睛被蒙住了，就是有光亮她也发现不了。

贝森妮肯定自己是一个人待着，她被绑在金属柱子上，只能往后靠去放松一下，可是这样肩背又会疼起来。骨人来来去去几回，不过大部分时候不在，他在的时候，也没有大声说什么。

那人在贝森妮耳边小声说了几次话，告诉她，她很漂亮，是一个绝佳的祭品。

那人给她松了一次绑，让她去盥洗室方便。

贝森妮不知道过去了多长时间，至少一天了吧，她被绑架后的最初的恐惧已经过去了，取而代之的是一种麻木的痛苦，因为她知道一种无法逃避的痛苦正在等着她。

她被骨人抓去了，她妈妈的新情人把骨人引到了她们家，而骨人开始折断她的骨头也就只是个时间问题了。

骨人几个小时以前过来，那股淡淡的药味还在。他在贝森妮脸上和脖子上抹了润肤露，然后轻轻地按摩进去。贝森妮满脑子想的都是一个屠夫在把肉块放到火上之前腌制的样子。

不过贝森妮什么也没说，骨人在她耳边小声地说了句话，让她自从被绑架以来第一次有了一点微小的希望。

“你比其他人勇敢多了。”

骨人的语气比他的话更让贝森妮感觉到他软弱的一面。他敬佩贝森妮的勇气，甚至好像被打动了。

而且这和恐怖电影里受害者瑟瑟发抖的样子并不吻合，至少和她现在清醒地考虑问题的样子不吻合。

贝森妮想起在那个黑影把针头插进她脖子里之前，她躺在卧室里睁开眼睛看到的样子。她当时转过身看到一个高大的陌生人，脸部肌肉线条明显，面色苍白，长着一双蓝眼睛。针管里的药水让她一下子就不能动了，等她再醒来的时候，就发现自己被绑了起来，嘴被堵住躺在一辆皮卡车上。

贝森妮当时惊慌失措，使劲挣扎，嘴里呜呜地叫，然后不知是一只靴子还是一个球拍狠狠砸到她太阳穴上，她就不出声了。

贝森妮又一次醒来的时候，她就在那儿了，坐在水泥地板上，被绑在后面的管子上。堵在嘴上的布被拿走了，她呼救了一个小时，最后断定像骨人这样小心谨慎，并且已经得逞很多次的人，一定会考虑到这一点。

贝森妮斜靠着管子，把头在上面摩擦，试图把蒙眼布蹭掉，可是没有用。她的脖子在疼，好像断了一样，当然她知道那是不可能的。

贝森妮的身体一阵战栗，事实上恐惧已经像狮子一样离她越来越近，无论她假装多么坚强，最后都会被活活吃掉。

贝森妮又想起来她那天跟赛琳关于搬到纽约去的争吵，那已经是一小件可笑的往事了，她现在觉得太遥远了，以至于都不确定是不是真的发生过。而在纽约做模特，现在对她来说就像一个冷笑话一样。无论看起来多么的不理智，贝森妮还是把骨人抓走她这件事怪在莱恩和伯特身上，这两个不称职的父亲角色，都没能保护好她的安全。

贝森妮把下巴支在地上，呻吟起来，如果她能看得到就好了。贝森妮突然感到怒火上升，想要尖叫，于是她尖叫起来，对环绕她的黑暗感到不耐。

然后贝森妮意识到这没有用，就闭嘴了。

膝盖。

这个想法让她不再绝望。

贝森妮可以用膝盖蹭掉蒙眼布，不是吗？为什么之前她没想到？

贝森妮蜷起腿，身体伏在膝盖上，她的额头很容易就贴住了膝盖，把蒙眼布蹭下去只是时间问题。

这是一个大房间，天花板角落里有几条裂缝，微弱的光线照进来。在六米远的地方有扇木门关着，几个弹药箱放在她右边的一张桌子上，还有把折叠椅，远处墙边一张铁床上有个薄棕垫。

贝森妮猜她是在地下，在一个地堡或者地下室里。

贝森妮看着那张床，希望自己在等待的时候能躺在上面休息，可是她又想起骨头折断的声音，还有电影《战栗游戏》里詹姆斯·凯恩躺在床上的时候，骨头被折断的样子。

贝森妮艰难地咽了口吐沫，试着放松下来。她的蓝格子绒布睡衣下摆被弄脏了，但还没被扯破。贝森妮穿了一件白T恤，特别干净，她看着自己的光脚。

《战栗游戏》的角色和恐怖电影里的很多角色一样，都有一个问题，就是他们不能清楚地思考。而当贝森妮坐在这儿，绑在铁柱子上待在地下室里，等着骨人回来的时候，她就明白这是什么原因了。

可是贝森妮不能让自己像其他女孩那样感情用事，那样就会被骨人折断骨头杀死。

贝森妮要吸引他的注意力，使他尊重自己以拖延时间——如果可能的话，即使是最小的可能性——照着他的脑袋来一下，直接杀掉他。

这是事情的一个方面，另一方面是贝森妮最终还是要面对命运，有点残酷，不过她的生活本来就有点极端。该来的总会来，前一天还在纽约，下一天就待在一个疯子的地下室里。

贝森妮还是有点没搞明白她为什么会在这个地方，不过她还没蠢到会去否认生命的残酷，而丝毫不去想什么才是公平。

贝森妮往后一靠，深深地呼出了一口气。不，这并不可笑，她不该受到这样的对待，就像她不该被父亲抛弃一样。如果父亲在的话……

贝森妮闭上眼睛，咬紧牙关。要保持平静，会好的，一切都会好的。

瑞奇·瓦伦丁已经感觉到自己A型血的那部分特质快要按捺不住了，不过伯特·韦尔什有一种特殊的能力，能让占人口20%的A型血人退缩。

瑞奇应该知道，她是A型血，而且她在地方检察官身边会很不舒服，就像一只小猫在一片仙人掌地里一样。不是因为她直接说出自己的想法很困难，而是因为地方检察官才不会在乎她怎么想。

伯特靠在中心警察局的一张办公桌边，眼睛扫着一张单子，上面列着跟警察局长和市长通电话要求的事项。他跟直接的调查工作没有多大关系，当然他也不会说他做这些事情，不过他要求地方政府的时候，他们就会听命于他。

公正地说，骨人案件现在既是一个法律问题，也是一个政治和社会问题。整座城市都深陷恐惧之中，因为伯顿 · 韦尔什抓错了人，现在真凶又抓走了一个高中生。

瑞奇坐在桌子后面看着，判断着，思考着。

“比尔，每条路都要搜，不管是不是一条通到葡萄园的脏兮兮的土路，我要的是城市周围方圆 160 公里的包围圈……再多加些人手！”

伯特朝瑞奇转过身来，问道：“达拉斯来的那些特工呢？”

“还在路上。这是在斗智，不是斗气。”

韦尔什瞪着她。“比尔，我一会儿再打给你。好……”伯特放下电话，朝瑞奇走过来。

“瓦伦丁调查员，不管你是什么态度，放平和点。就算你是联邦调查局的，就算有特殊使命，就算是国安局的，随便你是什么身份，我们都得抓到他。我不知道他是怎么在我们发现他之前，逃出巴顿溪谷的，但是我绝不会再让他逃出我们的手心。要么加入我们，要么你自己回家去。”

瑞奇总有一天要打这家伙一个耳光，看看他什么反应。

她点点头。“说完了吗？”

“这会儿说完了。”

“好。”瑞奇站起来面对着房间。参加这个任务组的十来个警官、特工和探员正在座位上忙着，或者在打电话。瑞奇击了一下掌。

“好，大伙听着，联邦调查局还在领导这次调查工作，不过任务组的工作没有变。”

房间马上安静下来，警官们的注意力都转到了瑞奇这边。马克 · 雷斯纳从一张挂在墙上的大地图旁边朝瑞奇看过去，他正在和两个探员在地图上研究路障网。

“他离开那儿已经……”瑞奇看了一下表……“一个小时十分钟，不堵车的话，离巴顿溪谷应该在九十公里以内。我们已经对那辆丰田凯美瑞车进行了全面通缉，有两百多名警员参加了这次搜查行动。我们在空中也布置了侦察力量，四架直升飞机在从四面进行空中侦察。十分钟之前，四架空中摄像机启动，传回了莱恩 · 埃文斯先生的照片，这样市里就有一半人能知道骨人长什么样了。不过我们还是不明白他究竟出了什么事，希望不仅仅是我把这事看成一个独一无二的挑战。”

所有人都在听瑞奇讲。

“我对骨人已经熟悉得不能再熟悉了，他的消失并不奇怪，他逍遥法外是有原因的。”

“你确定这就是那个骨人吗？”一个叫理查森的探员问。

“他就是骨人。”韦尔什说。

瑞奇点点头。“是的，我们现有的证据都在指向他。”

“以前也有人这么说过菲尔 · 施威策。”

韦尔什朝提问的那个人转过身去。“这回我们有了一位断了指头的目击证人，骨人跟她说了话，然后绑架了她的女儿。这是我们第一次有一位活着的证人……莱恩 · 埃文斯就是骨人。”

“那是我们现在正在努力证实的假设，”瑞奇说，“莱恩 · 埃文斯是一位海军情报军官，他有过十分惨痛的经历。有报道说他现在正处在严重的创伤后压力症之中，我不会轻易排除他的。”

城市特种部队队长布莱德利上尉换了个姿势，他脚上的黑皮靴擦得铿亮。“这次行动的规则是什么？”

“穷尽所有必要的手段逮捕他，不要停下来。包围他，不过不要首先开火，可以使用非致命手段。记住，他还有个人质在那儿，我们的首要目标是把他的女儿救回来。”

听到瑞奇提到莱恩的女儿，整间屋子寂静下来。“变态狂。”有人咕哝着。

关于莱恩 · 埃文斯和骨人的新的人质贝森妮 · 埃文斯之间，总有些东西让瑞奇觉得不对劲。她曾经跟莱恩在莱恩住的旅馆房间里待过一个小时，亲眼看到莱恩对于要失去女儿感到崩溃的样子，她想莱恩是被战争摧毁了，鬼迷了心窍。

又或者莱恩是很久以前，他还年轻的时候就崩溃了，那时他在接受新兵训练，第一次经受挫折。

当骨人给她注射的药剂过了劲之后，赛琳开始呼叫，直到邻居们发现她漂浮在游泳池上。她歇斯底里地待了几个小时，从没把绑架她女儿的那个人和莱恩扯上什么关系，直到今天早晨瑞奇和韦尔什来到她的住处见她。

即使是对于瑞奇而言，这个想法开始也显得很荒谬，不过她越考虑凶手的大概情况，越容易把莱恩和凶手对上号。

莱恩在沙漠中受到心灵创伤之后，曾经由于深度压力而崩溃。

凶杀案的链条在莱恩第二次被派往中东执行任务的时候中断了，这和菲尔 · 施威策被捕正好是同一时间。

据说他在伊拉克沙漠里遇到类似骨人的人之后，从伊拉克离开，这可能来自于他的幻想。

莱恩非同寻常的智商，可能能够解释骨人在每件凶杀案当中展现的狡猾的一面，而且他失去了赛琳以及贝森妮，这给了他进行这次袭击的动机。

还有更多疑点，所有这些都指向莱恩，而他今天早晨逃跑之前还用枪指着他们。

除了两个月前，瑞奇亲眼看到在旅馆房间崩溃的他，眼睛里流露出的爱。

不过，瑞奇明白，眼睛也是会说谎的。

有一件事情是肯定的：如果像他们现在怀疑的这样，莱恩真的是骨人的话，那么他将是一个变态的，而且十分狡猾的对手。走在联合任务组面前，瑞奇此刻感到浑身发冷。

“是的，”瑞奇轻轻地说，“是一个很变态的家伙，所以让你的人提高警惕。他是个变态狂，很可能连他自己都不知道自己在做什么。”

伯顿 · 韦尔什走过来说，“我们不能让他逃离这个城市。”

“先生，请坐。”瑞奇瞥了伯顿一眼，满意地看到他的下巴气得发抖。“他还没有通过我们上个钟头设置的路障，是因为他还没有离开城市。如果他像我预料的那样精明的话，他会天黑以后再走。我们要在出城的七条主要街道上保持路障。”瑞奇朝搭档点点头，问道，“马克？还有什么要补充的？”

马克转身朝着墙上的地图，指着上面的街道。

“好的。我们现在说话的时候，正有两架直升机从达拉斯赶过来，他们一到就会和我们现有的四架直升机一起，沿着那七条主路的支路进行空中监视。同时，我希望你们把所有的车辆从其他路障抽调出来，开始全城大搜索。”

瑞奇几乎能察觉到地方检察官的脸在发烧。“联邦调查局悬赏 5 万美金征集抓获莱恩 · 埃文斯的线索，请把这个消息尽可能广泛传播，我随时准备听取任何建议。我们让这家伙逃走的事情已经尽人皆知，谁也不想让他再跑掉。有什么问题吗？”

副组长马克已经在打电话传达命令了，瑞奇也不会再给其他人考虑的时间。

“好的。”

瑞奇抓起手机，朝门外走去。

“你要去哪儿？”韦尔什问道。

“检察官先生，去韦科。如果你不反对的话，我要去搜查莱恩·埃文斯的住处。”

第二十章 Chapter 20

莱恩还在上六年级的时候，他就明白了依靠理解和智慧的力量的重要性。

莱恩一直被认为有点书呆子气，甚至在他十二岁的时候就这样了。对此博比 · 克努兹总是专门跟他强调，以免他忘记这一点。莱恩记事以来，在运动场上他就经常被打败，博比 · 克努兹和那些跟他一起玩的孩子们总是比他要高要壮。

而事实上，学校里连傻子都看得出来，博比根本就不是出身于体面家庭，他爸爸是个无业醉汉，他妈妈是个服务员，总是给博比穿得破破烂烂。而对于莱恩小时候来说，他从来都没长壮实过。

而另一方面，像那些教授和办公室白领所表现出来的一样，莱恩也逐渐具有了一定的才智。他开始不像那些一般的美国半大孩子一样冲动、粗鲁和低俗，而决定有意识地去增长才智。

自从莱恩从赛琳的房子逃出来，已经离巴顿溪林阴路不到一英里了，这时他重新恢复了理智，感到如果他不停下来重新思考的话，就会把事情搞砸。而如果事情搞砸，贝森妮就会有生命危险。

就这么简单。

很奇怪的是，莱恩现在又被放在了卡立德曾经在沙漠中的同样处境，像那个中东父亲一样，莱恩也表现出了对孩子的爱。不过他决不会像卡立德曾经做过的一样，去为了他人杀害无辜。

想到这儿的时候，莱恩开始发抖，求上帝帮帮他。莱恩第一次在沙漠看到卡立德的时候，他就开始理解了卡立德失去孩子的痛苦。

的确，战争就像地狱，而莱恩就在一场战争中，不是吗？这没有什么区别，唯一的区别是经过在伊拉克的遭遇之后，莱恩不会再让无辜的人牺牲，就这样。他就是不能这么做。

莱恩深吸了一口气，再吸一口气，把车速慢了下来。这时候没有什么比一辆丰田凯美瑞车更引人注目。

不过莱恩的头脑并没有慢下来，他知道自己遇到麻烦了。

他刚才用枪指着他的妻子、两个警官、地方检察官和负责骨人案件的联邦特工，而这是在他被询问自己是否是骨人之后发生的。这种想法当然很荒唐，可是他们现在无疑会在头脑中强化这种看法。

而莱恩用枪指着他们五个人，然后逃离现场的做法，完全是出于一种绝望，因为他和他们一样，很清楚自己逃不掉。可他还是逃走了，直接走进了陷阱。

而让事态变得更糟糕的是，莱恩让他们觉得他本人对这个案子有不一般的了解，而这些只有骨人才应该有。

莱恩，要思考。他又深深吸了一口新鲜空气。思考。

好吧，他得扔下车了，他们肯定在蜂巢路和东南大道上都安排了人，这两条路就在附近，而且东南大道是一条宽阔的大路，车流量很小，不适合往进混。

莱恩把凯美瑞车转过来，开到另一条路上，从房子边经过，放心地发现他们并没有钻进车里去追他。不，他们太聪明了，不会这么做的，他们更可能是在打电话，叫直升机从空中锁定附近的街道。

莱恩把车往右转，驶上失落溪林荫道，又上了两条山谷之间的盘山路，然后又猛地把车拐进了失落溪县俱乐部的私人车道。

莱恩开进停车场，停在一辆黑色奔驰车和一辆宝马 M6 车之间，熄了火。

发动机轻轻响了一声，停了下来。

现在怎么办?

现在有两件事：第一，必须不惜一切代价防止被抓住；第二,一定得找到骨人。要做到这两件事，莱恩必须保持冷静和理性。

在实现第二个目标的过程中，莱恩已经逃避了法律——没有理由认为他能在那些警察们失败的地方取得成功，除了骨人直接挑战莱恩之外，那些警察也许想通过他来找到他的女儿。如果在莱恩找到他们之前，警察跟得太紧了，他们就会离开的，这就意味着他不能帮助联邦调查局去找骨人。

他得自己去找骨人。

莱恩看着自己的手，手在方向盘上发着抖。瞧，自从他在沙漠里崩溃以来，他的意识开始回归理性了，可是身体还没有跟上。

莱恩把双手放在膝头。

骨人的话在他耳边回响着，“乌鸦飞过的地方”，莱恩想不出这种拐弯抹角的说法是什么意思，不过，第一眼看到的每一种密码都是这样的。

或者它只是一个简单的谜语？还有可能是一个直接的线索。对于这两种可能性，莱恩在开车到奥斯汀的路上已经试着破解过十几回了，现在他又试着再破解，因为他知道一丝不苟地重复，是破解所有密码的诀窍。

莱恩又仔细地思考了一下整条信息，他头顶上远远地传来了直升机的声音，不过他没理，因为他们不可能看得到停在大片桦树林下面的莱恩。

从远处看，骨人的信息很平常。我抓住了你的女儿，我想看看你能不能找到她，如果你七天之后还找不到的话，我就要杀了她。

她的名字叫贝森妮，贝森妮，从希伯来语看，意思是：上帝的许愿。贝森妮是上帝造物的完美体现。

你用了七天时间来创造她，意思是，上帝花了七天时间来实现这个叫做生命的许愿。

现在我要给你同样的时间来救她，但是现在上帝的完美许愿碰到了麻烦，她在我手里，而不是上帝手里。我要给你七天时间来救她。

从乌鸦飞过的地方跟着我，一个人来哦，父亲。

跟着我……我要你来，而不是联邦调查局或者警察。

乌鸦飞过的地方……那种叫乌鸦的黑鸟聚集的地方。

又或者更具有隐喻意味，乌鸦飞过的地方，意味着在头脑中，或者在空中，在室外……

在室外，在空中，在人们能看到你的地方，跟着我，这样我能够看到你，我会来找你。

莱恩让这些念头像乌鸦一样在头脑里不断盘旋，无论看起来有多乱多抽象。过了整整二十分钟之后，莱恩决定停下来。

他走到俱乐部会所跟前，看到边上有两辆带篷的货车停在一个很大的垃圾箱旁边。莱恩想用直接打火或者从里面拿出钥匙的方式开走一辆车，不过他发现最近的一辆车用的是带磁性的标志。

莱恩把车上贴着的“失落溪乡村俱乐部”的标识扯下来，溜到车后面。他用工具刀很快地把车牌卸下来，回到自己的凯美瑞车旁边。

莱恩又花了几分钟的时间把车牌给自己的车换上，开出了停车场。他现在开着一辆带着俱乐部牌照的俱乐部车，虽然没法长期逃过检查，不过也能拖延一下。

自从莱恩和赛琳他们吵过之后，已经过了半个小时。这对他找到贝森妮没什么帮助，不过为了保持清醒的判断，他要先把这个目标放一放。莱恩接受骨人的挑战之前，先得突破警察们设下的罗网。

在室外，在空中，在乌鸦飞过的地方。

莱恩没法确定这是不是骨人的意思，不过除非他想到更好的主意，否则他就先按这个假设来。

莱恩把凯美瑞开到巴顿溪俱乐部会所，把车停到楼上的停车场去，这样就可以多待一段时间不被发现。主厅离高尔夫球场一百来米远，莱恩拿着对讲机走进旅馆就不用担心被别人发现，人家会以为又是个来这个世界级球场打高尔夫球的。

警察们现在离得还很远呢，他们决不会想到莱恩还在离赛琳的房子几公里远的地方。

不过莱恩可以肯定的是，骨人不会离得这么近。

莱恩又花了半个小时找到一辆合适的车，是一辆黑色的福特金牛座，看起来好像至少停了有几天了。莱恩不得不打破侧面窗户钻进去，不过还好是在得克萨斯州，他倒还不用窗户挡寒气。

又过了十分钟，莱恩从巴顿溪开出来，往南上了蜂巢路。接着莱恩360度大转弯到了北边的西湖大厦，这回他进了停车场之后，看起来他的车只不过是一大群类似的车里面的一辆而已。

莱恩对他能安全地待个几小时感到很满意，他把座位放低，看着停车场南端的发射塔，集中精力考虑眼前的问题。

莱恩第一次看到发射塔，是在两个月之前离开城的时候。作为一名经常接触通讯的情报军官，是会注意到天线之类的东西的。KRQZ FM 106.5 频段有看起来很特别的发射塔，莱恩这次发声之后，南部得克萨斯的音频信源都会重播。

时间一点一点过去，莱恩只能等到晚上再逃出去。

于是莱恩坐得很低，一边听着广播一边等天黑。

听着自己的声音从车的音响系统里传出来，是件奇怪的事情，尤其是自己还被当做一个全副武装的危险人物，而且还有骨人的嫌疑。

莱恩转了一下频道，发现各个频段都在播。他被描述成一个痛苦的老兵，正在忍受精神错乱的折磨。他是受害者的父亲，跟她关系疏远，而且对前妻怀有敌意，两个月前还闯进政府办公楼把地方检察官揍了一顿。

警察在悬赏 5 万美金征求抓捕莱恩的线索。

听了这样的叙述，莱恩都不能确定他是不是一个歇斯底里的疯子了，他们看上去比他自己还要了解他，这本身就足让他回到绝望的状态了。

可是莱恩不能让绝望影响他的判断，至少现在不行。他正在解开生命密码的过程中，这是一种对智慧的考验，他在沙漠里解的那些密码跟这个比起来，就像小孩子的游戏。

在下午的时候，当局已经正式开始了奥斯汀近年来最大的追缉行动，据报告，莱恩 · 埃文斯的形象已经遍布互联网，并且在所有的新闻节目中播出，热线电话都要被打爆了。

可莱恩却孤零零地坐在这儿，在一个停车场的角落里。

他们说现在在找的是一辆银色的凯美瑞车，车侧面贴着失落溪乡村俱乐部的标志。而第二天早晨的时候，就可能是一辆黑色的金牛座车，到了下午，如果一切顺利的话，他可能已经穿过了整个州。

傍晚七点钟，夜幕降临，天空逐渐暗下来，莱恩开始冒汗。与收音机里一直在播的那种猜测正相反，他不是那种嗜血无情的凶手，一种负罪感让他虚弱起来。

不过他们的描述有一点是事实，甚至可能还说轻了，那就是莱恩的绝望。他是一个绝望的父亲，为了找到和救回自己的女儿，不惜任何代价，而尽管莱恩努力抑制自己的绝望感，但时间临近的时候，他还是紧张得冒汗。

莱恩看到天已经暗得足够掩护他逃跑了，就把枪插在身后，离开了金牛座车，走到玻璃门跟前，门上写着：KRQZ FM 106.5，乡村的性感一面。

莱恩在门前停了一下，深深吸了口气，然后走了进去。

长长的弧形接待台已经空了几个小时了。这是莱恩第一次破门而入，天知道他还得破多少门，他径直走到门厅，推开门走进去。

楼里有一个宽敞的黑乎乎的大厅，几个大彩画窗户排成一排，里面是工作间。还没人看到莱恩，莱恩也没看到周围有什么人。

然后有个男人和一个女人推开其中一扇门出来，沿着大厅朝莱恩的方向走过来。

“不，我说的是美国偶像如果不彻底改变路线的话，就会完蛋。”穿着卡其布裤子和粉色上装的女人说，“或者说热情会冷淡下来，我知道我是牺牲品。”

她的朋友抬起头看着莱恩，然后对她说，“我不反对，不过你得承认西克莱斯特是真正的明星……”

这时他的眼睛突然瞪大了，莱恩明白他被认出来了，于是他抬起手大步往里走。

“不好意思，打扰一下，你们知道经理在哪儿吗？”

“是他！”那个年轻人头上长着卷曲的红头发，瘦得皮包骨头，两只大眼睛凸了出来。“哦，上帝！”

他们都停了下来，呆住了。

莱恩拔出枪，但是放得很低，不想吓着他们。

“我就是想用用——”

穿着粉色上衣的女人尖叫起来，莱恩知道完了，他举起枪朝他们俩晃晃。“好，叫就叫吧，不过现在闭上嘴。”莱恩在走过其中一扇彩色窗户的时候往里扫了一眼，黑乎乎的，没人用。

莱恩把注意力转回到那两个人身上。“今天晚上这儿有多少人在工作？”

“你就是那个人，”那个男人说，咽了一口吐沫，突出的喉结一上一下。

“多少人？”

“只有我们三个人。”

“那个人在哪儿？”

“在工作间里。”

“嗯，很好。”莱恩在离他们两米来远的地方站住了，笨拙地拿着枪。“如果你们看了新闻，就知道我情绪不稳定，明白吗？”

那个女人点点头。

“那你们不会做蠢事吧，比方说尖叫或者警告你们的朋友。我不想伤害你们，只想用用你们的设备。”

莱恩意识到，他们以为他是骨人，骨人站在他们楼里，朝他们挥舞着枪，他们太过震惊，无法作出反应。

“你们的朋友叫什么名字？”

“布兰特。”红头发尖声说。

“今天晚上还有其他人吗？”

“没了。”

“那……我们得单独待一会儿……”

“请便。”女孩小声说。

莱恩晃晃手枪，“带我去找布兰特。”

他们俩都转过身来，像在走钢丝一样往后退，回到他们刚刚经过的那扇门边。

他们的朋友是个更年轻些的男生，留着长长的黑头发，带着耳机，他们进去的时候，那男生的头还跟着音乐一晃一晃。

莱恩锁上门，拉下百叶窗。

“哇，”那个黑头发男生转过身看到了枪，“这……”

“布兰特，闭嘴，”莱恩朝墙边的一排椅子晃晃枪，“你们都坐那儿。”

可是他们只是看着莱恩。

“坐下！”莱恩吼道，“你们以为我是来这儿玩的吗？现在把你们的屁股坐在椅子上，坐那儿！”

他们像疯鹅一样快步走到椅子跟前坐下，布兰特的耳机还插着，线横过了房间。

莱恩走到他跟前，把耳麦揪下来，扔到地上。

“现在我把事情说简单点，我需要你们的帮助。如果你们帮了我，我就不折断你们的手指脚趾，或者……脚踝。”上帝，他可不想像骨人一样说话，当然也不能像卡立德。莱恩活动了一下下巴。

“我要往外发一个消息，然后我要在警察冲过来之前离开这儿。你们要帮我，明白吗？”

他们瞪大眼睛瞧着他。

莱恩咔咔地活动着手指头。“我是开始折断指头呢？还是你们自己弄断？”

“我们什么都愿意做……”女孩哀求道，“求求你了，求你别伤害我们。”

“我不会伤害你们的，你们也别把事情搞砸了。我能从这儿现场传输，对吧？”

“对。”红头发说。

“你们能播多少个波段？”

莱恩朝那个嬉皮士打扮的男生扫了一眼。那男生问：“是说合法的吗？”

“不，我是问多少个。”

“七个。”

“那我想从那七个波段都发一条消息。”

“你没办法一下子都发出去，我们没有这样的设备。”

“那你们一次能发几条？”

“一条。”

“好，不过我要把我说的话录下来，播到市里的每个新闻频道和电台去。我想让你们把信号接上，明白吗？然后发出去。”

“把什么发出去？”

“我要说的话。”

“你要对谁说呢？”

“对骨人。”

“你……你不是骨人啊？”布兰特问。

“哦，这个要看情况，也许有两个骨人，不过我不是抓了我女儿的那个，明白吗？我要为这事给他发个信，你们得帮我。如果发不出去的话，他会杀了我女儿的。”

几个人摸不着头脑地看着莱恩。

“就告诉我你们能帮我就行，我需要你们的帮助。”

汗水顺着莱恩的脸流下来，这个时间太长了。

除了这三个人知道他在这座楼里以外，没有别人知道这事。他们会在路上找他，而不是在广播电台找。

莱恩把枪放低了点，一时间陷入悲哀之中。他不能这样做，怎么能就站在这儿，在这些陌生人面前装腔作势，而女儿正躺在什么地方的麻袋里，恐惧地哭叫。

这种景象让莱恩的眼前一黑，他朝那三个年轻的工作人员吼起来，出于对骨人以及内心深处使他如此痛苦的东西的愤怒。这是他十六年来忽视自己女儿的代价吗？这是所有的父亲们要为忘记自己的女儿有多宝贵所要付出的代价吗？

如果是，那这个代价也太大了些。

又是什么样的地狱恶魔才会设计出这样残忍的代价？

莱恩意识到他的呼吸粗重起来，可是他无力重新控制自己。

莱恩瞪着那三个人，他们看起来好像已经意识到最糟糕的事情还是要发生了。好像他们觉得有那么一阵子骨人还算清醒，不过之后他就失去了理智，开始就在工作室里折断他们的骨头。

莱恩在设备跟前走来走去，重重地坐在麦克风面前的椅子上，把枪放在办公台上面，把头埋在手里开始哭起来。

莱恩知道他没有用枪指着他们，是在冒很大的险，可是他却没有办法阻止悲伤涌上心头。他觉得如此无助，如此无力，去改变女儿即将面临的厄运。

骨人要折断她的骨头。

莱恩抬起头，把枪拿起来，那三个员工还在盯着他。

“对不起，”莱恩吸了一口气，站起来说，“对不起，我只是不知道该做些什么。他们认为我是骨人，可我不是。他抓走了我的女儿，要我去找她，没人相信这个，可我还得继续。你们……你们见过我女儿的照片了吗？”

布兰特点点头。“贝森妮吗？”

“对，贝森妮，”莱恩颤抖地说出了她的名字，“布兰特，告诉我怎么打开这个设备。”

布兰特抬起手。

“就在那儿跟我说。”

“现在有个播放菜单，按下上面数的第三个开关，上面写着‘直播’的那个。”

莱恩看到了。“就是那个吧？”

“按下旁边的 A 键打开麦克风。”

莱恩点点头。“这就是吧？”

“对，这样你就可以直播了。”

莱恩坐下来，右手还撑着枪。他看了那三个人一眼，拨动红色开关，然后按下 A 键。

他最后看了布兰特一眼，布兰特点点头。

之后莱恩的声音通过广播传了出去。

“骨人……我是莱恩 · 埃文斯，你抓了我的女儿，我现在接受你的挑战。我要按你说的跟着你，我还要救出我的女儿。听到了吗？我正在做你要我做的事情,我要全世界都能听得到,现在我做到了。你被将军了，朋友，该你出牌了，现在唯一的问题是，你能不能在他们之前找到我。”

莱恩停了一下，考虑了一下他刚才说的话。

“你曾经抓走过一些女孩，我知道你做了什么。我曾经和几个孩子一起待了三天，听到他们的骨头被折断。现在来找父亲吧，你知道那才是你要的，去伤害父亲。”

莱恩的嘴碰到了麦克风上的泡沫套，他放低声音，最后又说了一句话：“骨人，我会在它们的老窝等你，在警察把我从天上打下来之前，找到我吧。”

莱恩伸出手，关上了开关。

他对布兰特说：“你确信发出去了？”

“发出去了。”

莱恩站起身来。“你觉得能有多少人听得到？”

“星期三晚上？二十来万吧。”

“那警察很可能就已经在路上了。你确定这个已经播出去了，不然我会再来的，明白了吗？”

“明白了。”

莱恩往门口走的时候最后扫了他们一眼，然后拉开门，走进大厅，全速向前门跑去。

莱恩在离开大楼之前检查了一下大门，没有警察。现在还没有，不过过几分钟就不一样了，那辆黑色金牛座车还原封不动地停在他之前停的树底下。

莱恩穿过停车场,不小心滑了一下,然后把车开了出去,开上西湖路。

在莱恩往南开的时候，两辆巡逻车鸣着警笛从得克萨斯公路枢纽开了过去。他可能跟那两辆车错开了一分钟，不过在黑夜开着辆黑色小轿车，一分钟也就足够了。

莱恩花了半个小时穿过奥斯汀的西南郊区，向西开上了 290 号公路。前面还要开很长一段路，时间足够他好好考虑的，不过没有什么更多需要考虑的了。

莱恩已经出了牌，可能出对了，也有可能出错了。

如果他出对了牌，他就会像自己从广播里暗示过的那样在鸦巢等，骨人会去找他，希望能在当局追踪到那辆被偷的金牛座车之前找到他。

可是，如果他对骨人判断错误的话，他就会在鸦巢白白等着骨人出现，又不能离开。

莱恩已经迈出了一步，现在轮到骨人了。

第二十一章 *Chapter 21*

贝森妮被铁门吱吱的开门声惊醒了，可能是开门声，也有可能是她自己发出来的尖叫声。就像上次一样，她尖叫着醒过来，但晕头转向的，都没有意识到房间里的尖叫声是她自己发出来的。直到一只苍蝇停到她下嘴唇上，她下意识闭上嘴，声音停了的时候，她才反应过来。

但是这回她没再尖叫，她敢打赌自己听到了开门的声音。骨人，假定就是抓她的那个人，终于又来找她了。

贝森妮在微光下眯起了眼睛，朝前方门的方向看去。

门开了，是在开着，对吧？贝森妮的心开始怦怦跳。

“谁啊？”

贝森妮早先试着拉开过百叶窗，大概在一天之前吧，不过这也没让她安下心来。她还像三天前第一次在这间混凝土地下室里醒过来的时候一样，对周围的环境知之甚少。

吱吱声又响起来了，贝森妮坐起来，抻抻身体，让往门外看的视角更好一些。外面的大厅很可能通着别的房间，她只知道这是由很多房间组成的大房子，而且那些房间里面至少有一间有个生锈的铁门，有人正在开门。

或者……或者大厅通着一截向上的楼梯，通往外面的世界，而现在正有人打开自由之门。

"谁啊？"

"嘘……"

贝森妮浑身抖了一下，有人在跟她说话啦！

"谁在那儿？"她小声问。

"嘘……"

这是贝森妮几天以来第一次听到有人说话，这已经给了她足够的希望，她的心激动地怦怦响。

"说话啊，"贝森妮说，"你是谁呀？"

"嘘，嘘，嘘，嘘。"

贝森妮不知道自己是该害怕还是高兴，不过现在她意识到这个声音不是来自于另一个受害者，或者来救她的人，是他们的话这时候就该说点什么了。

可是她到这会儿听到的还是：嘘……

贝森妮深吸了一口气，让自己平静下来。她的心情就好像突然升上高空又突然跌下深谷一样急剧起伏，而这一切没有人陪她一起度过。

她叫过，她哭过。

她尖叫过，她对着墙吼到嗓子发哑过。

她乞求过，她辩解过，她诅咒过，用所有能想得起来的骂人话来咒骂黑暗。

贝森妮睡着过，醒来再呼救，不过她慢慢意识到自己很难获救了。如果警方还不能找到她，那么就很可能再也找不到她了，至少在骨人没有有意把她放在一个地方让警方去找之前是不可能的。

贝森妮紧紧咬着牙，不让自己的下巴发抖。如果没人来救她的话，她的生命就要看她能跟抓自己的人拖延多久了。

为了去影响他，贝森妮还是得跟这个把自己抓来的陌生人谈谈。他白肤碧眼的形象还是会时常在贝森妮脑海中浮现，可是后来却再没有见过他。贝森妮想见见他，跟他聊聊，无论如何，只要不再这样孤身一人处在一个未知的环境中就好。

“你是骨人，对吧？你是不是因为恨我，所以要折断我的骨头？还是你恨我的爸爸妈妈？又或者你仅仅是因为精神有问题才要这么做，其实你根本不知道为的是什么？不管怎么样吧，我觉得我是明白了，因为我也恨我爸妈……”

一个黑影穿过门外的大厅。

“我希望我们能聊聊，在你折断我的骨头之前。”

黑暗中一只手伸了过来，抓住门把手，慢慢关上门。

“好，就这样吧。”贝森妮说。

门关上了。

那人走远了，过了一会儿，远处的门砰的一声关上了，贝森妮又一个人独处。

这时贝森妮才意识到，有什么地方不一样了，她的手在身体两边，能随便动了。难道抓她的人在她睡着的时候进来放开她了？

贝森妮急忙想站起来，可是在她的双脚恢复知觉之前，她被自己的体重摔了一跤。她的头一跳一跳地疼，背上也在疼，但是她觉得很轻松，充满希望，身轻如燕。

贝森妮努力站起身来，站在屋子中央，尽量让自己站稳。抽水马桶在一个角落里，贝森妮过去用了一下，感觉从来没这么舒服过。

贝森妮试了试房门，发现正像自己想的一样锁住了。除了抽水马桶和门把手以外，房间里的东西就剩一张铁床了，　上面是弹簧架和一个薄床垫。

从角落的裂缝里透进一点光来，如果贝森妮把嘴凑到那儿大叫，从边上经过的人没准能听得到，不过她怀疑抓她的人不会这么不小心。

贝森妮绕着屋子慢慢走了一圈，然后坐到床上。弹簧架轻轻地响了一下，然后屋里又恢复了静默。

这么说……她的骨头现在还不疼，不过很快就会尝到疼痛的滋味了。

贝森妮躺下，把腿也伸了上去。混凝土天花板上刻划着枯藤，一只蜥蜴惊惶地爬过，抬起头来看着她。

逃不出去的，骨人把她松开是为了下一步。她唯一的希望是去理解他，并且帮助他达到他的目的。他在寻求着什么？某种满足感，公正？又或者他有一种使命，他觉得有个任务需要完成？

贝森妮此时对于他来说很重要，她得探寻出自己对他意味着什么，帮他达到目标，同时保住性命。

贝森妮抬起胳膊，看着手腕背面那条细细的伤痕，她那天晚上割的。而现在看到那条伤痕，她只是觉得恶心。在某种程度上，她有点理解了骨人。

骨人只是比她的问题程度更严重而已。

贝森妮放下胳膊，浑身发抖。

在瑞奇看来，联邦调查局驻奥斯汀办事处的情报室已经空了，其实特工们还在墙上的大地图边讨论着，在电话里急急地说着话，像之前被训练的那样留意每一个线索。桌子上散落着文件，封套卷了起来，吃了一半的中餐盒被扔的到处都是——这些都说明过去的四十八小时里，他们被搞得筋疲力尽。

但这些都毫无用处。自从他两天前通过电波发表讲话，然后从他们的视线消失以来，关于骨人的去向，还没有一个实质性的线索。

瑞奇之前跟布兰特 · 斯戴尔斯、薇琪 · 桑德博格和保罗 · 约翰谈了一个小时，他们三位就在莱恩把信息传播出去的那个广播站。很明显，在莱恩看来，自己并不是骨人。

实际上，听他们讲那十五分钟里面的情况，人们会觉得莱恩是一个有同情心的人。可瑞奇打消了这种想法，而把注意力聚焦到一个压倒性的问题上，不管莱恩到底有没有绑架他的女儿。

不管怎样，莱恩都是一个逃犯，应该被逮捕并送交司法审判。

门开了，马克和心理专家赫顿神父走了进来。瑞奇叹了口气，穿过情报室朝马克的办公室走过去，跟着他们进了办公室，然后把后面关着的门打开。

“谢谢你能来，医生。或者我应该叫你神父？”

“都可以。”神父坐在墙边的一张椅子上，翘起一条腿。

“我知道我们之前在电话里都谈过这些了，不过看来我们还没有什么进展，我想把你的想法录下来。”

“我之前说过的，没问题。海军指示我对这次公共危机充分合作，我会尽力的。”

瑞奇扫了马克一眼，马克扑通一声坐在椅子上。“没有吗？”她问。

马克在这次武装搜查中，负责与那些州里和市里的特工们进行联络。

“没什么。”

瑞奇皱皱眉头，看着神父说：“进展不太妙，神父，看来你的病人很能跑嘛。”

“奇怪吗？莱恩在情报部门和反间谍部门都受过训，军队用他在每

一次行动过程中智取敌人。你看过他的档案，埃文斯上校是这些情报人员里最优秀的一个。“

“很明显是这样的。我觉得你肯定听过这个，”瑞奇走到书柜上的录音机跟前说，“几天前你肯定死也不愿意听到它的，不过我想让你好好听一听，然后我问你几个问题，好吧？”

“好。”

瑞奇按下播放键，录音机里嘶嘶响了一下，然后传来了莱恩的声音。

骨人……我是莱恩·埃文斯。你抓走了我的女儿，那么我接受你的挑战。我要按你说的跟着你，把我的女儿救回来。听到了吗？我会按你要求的去做。现在我要让全世界都听得到，你被将军了，我的朋友，现在该你出牌了。现在唯一的问题是，你能不能在警方之前找到我。

瑞奇按下暂停键说：“医生，这段录音像是他在自言自语。你怎么看？”

赫顿神父凝视着窗外，沉思了一会儿。

“有可能，多重人格的典型案例，由于一种严重的精神创伤导致人格分裂。当然，在莱恩最近在沙漠的遭遇之前，他本来不可能是多重人格……”

“你是说他本该知道自己两年前作为骨人所做的事情，并且在上次被派往伊拉克执行任务的时候也应该记得那事。”

“对。如果他人格分裂的话，那就本该是在沙漠，他已经不记得他是骨人的事了。”

“那么现在他是既扮演绑架者又扮演父亲的角色了，他其实是在跟自己玩游戏呢。”

“对，有可能，我在电话里也跟你说过。”

“对，那你作为他的主治医师，应该比别人更了解莱恩。你从录音里听到莱恩的声音，会得出什么样的结论呢？神父，我只想听听你会作什么样的本能反应。”

赫顿神父的棕色眼睛柔和地闪着光，“调查员，这很难说。”

“如果你要猜一下，如果他女儿的性命就系于你的猜测呢？”

“那么，不是。”

“不是？是那个录音不是他本人，还是他不是骨人？”

赫顿神父说：“不是，就是说那个录音不是他伪造的，他也不是骨人。”

瑞奇有几秒的钟时间没说话。

马克说：“神父，我们有大量的证据说明莱恩抓走了他的女儿。”

神父朝录音机点了点头，说，“把剩下的也放了吧。”

瑞奇按下暂停键继续播放。

你曾经抓走过一些女孩，我知道你做了什么。我曾经和几个孩子一起待了三天，听到他们的骨头被折断。现在来找父亲吧，你知道那才是你要的，去伤害父亲。

那么……

我要在它们的老巢等着你，骨人，在警察把我从天上打下来之前，找到我吧。

“明白了，多重人格只是一个简单的诊断，我能理解要把这事联系到莱恩身上的企图——这能够解释很多问题。但是我之前治疗莱恩的时候，他只是一位忧心如焚的父亲，刚刚意识到他没有尽到做父亲的责任，不能全怪他自己。我给他作治疗的时候，他没有一次从那种状态中摆脱出来。我从录音里听到的也是一样，他发现自己的女儿，他深爱的超过自己生命的女儿，现在在一个杀手手里，心里充满悔恨。他是一个绝望的人，有超常的能力，但是我不认为他是人格分裂。”

马克咕哝说：“韦尔什会喜欢这种说法的。”

“这只是我的看法，”赫顿神父说，“你们肯定能找到其他专家反对这种看法，而且如果有了更多的证据，我自己也有可能改变的。”

“可是如果你说的对，”瑞奇说，“那这就只是一种激情犯罪，而不是有预谋的。”

“也不是，莱恩确实有预谋，不过他这样的人并不需要很长的时间去预谋，他们的脑子反应很快。我觉得你们面对的是一位很绝望的父亲，为了女儿的性命在跟杀手周旋。”

“这是你的结论吗？”

“它们的老巢？”神父重复着录音带里的话。

“这句话对你来说有什么特别的意义吗？”

“没有，不过很明显杀手之前联系过莱恩。“

“莱恩说过杀手给他留了个信息，不过我们没在他的公寓里发现电话答录机。“

“真的吗？我一直都在给他留言来着。“

“那就是他带走了。“

一个联邦调查局证据调查组花了六个小时，把莱恩的公寓翻了个底朝天，结果什么也没找到。实验室从莱恩的档案里发现了大量有趣的细节，比如说他爱吃肉，喜欢魅力幸运星香水，爱喝咖啡，穿阿玛尼的短裤，经常换床单，业余时间爱看关于国际政治的书。可是公寓里的东西并没有帮助他们理解，一个残忍杀害七个女孩，然后又绑架了自己的女儿的人，应该是什么样的。

"答录机录下了杀手的声音，"赫顿神父说，"那是他跟抓走女儿的人的唯一联系，我要是他也会带走的。"

"如果你是莱恩的话，"瑞奇问，"那你会去哪儿呢？"

"这个问题没法回答，得取决于'它们'是什么。它们筑巢的地方，它们是群居的，但它们是什么？"

"你们聊过飞行吗？"

"什么？"

瑞奇耸耸肩说："在他们把我从空中打下来之前，我知道这有点过分，不过我们也就知道这些。"

"鸟？"赫顿神父说。

"什么鸟？"

神父只是耸耸肩。

瑞奇站起来走到窗边说："神父，如果你想到了什么，会和我们联系吧？"

"当然。"

"如果莱恩给你打电话。。"

"我会第一个告诉你。"

瑞奇回过头来，"你可能是他唯一信任的人。"

"也许你说的对。"

"那么神父，你信任他吗？"

神父想了想，皱起眉头。“我相信他会为了女儿，被爱驱使去做一切事情。”

“唔，那他的时间不多了。”

“这是什么意思？”

“他说杀手给了他七天时间，已经过去三天了。”

神父眨眨眼睛，“真的吗？好像是上帝造人的七天呢。”

“我得说这更像是毁灭。”

“骨人在扮演魔鬼的角色。”

“哦？那莱恩会怎么办？”

“我想我们最后会查出来的，不是吗？上帝会怎样拯救他的孩子呢？”瑞奇说，“不会像魔鬼一样去占有一个孩子。”

“哦？”

“当然上帝是会牺牲自己，而我怀疑魔鬼会不会这样做。”

神父缓缓点头，“莱恩不是上帝，他只是一个失去孩子的父亲。”

“难道上帝不是吗？”

第二十二章 *Chapter 22*

埃尔文 · 芬奇不喜欢人类的两种状态，实际上，是有三种状态他很瞧不起。一种是爱好享乐，一种是喜欢知识，还有一种是对既缺乏乐趣也缺乏知识的生活的热爱。

他以前见过一个保险杠贴纸上写着，生命不是由存活时间来度量的，而是取决于这之间发生了多少惊心动魄的事。这种类型的格言鼓舞了很多人，因为不管他们多希望自己相信这种说法，他们只是没法这么做。现实中他们太害怕死亡了，以至于他们在任何时候都想着要活下去，不管活着是不是比死去还要糟。

事实上，只有一种人会为了生命的真正意义，去冒死亡的危险，就是那种丧失理智的人，他们会去做类似高空跳伞或者在大桥上蹦极之类的蠢事。

无论从个人角度还是从社会角度来看，埃尔文已经给得克萨斯州的人们带来了一系列惊心动魄的时刻。可是他们非但没有感谢他给他们展示了这样丰富多彩的人生时刻，反倒出动去抓他。

而另一方面，莱恩 · 埃文斯，却是一个为了更好地生存不惜冒生命危险的人，这让埃尔文 · 芬奇感到困扰。

当然埃尔文觉得，他很快就会揭穿莱恩的真面目，把那家伙赶得夹着尾巴叫着逃走。他要摧毁那家伙做父亲的决心，要让他伤心至死。

当场把莱恩杀掉是很诱人，而这一刻也会来的，不过首先埃尔文要确认莱恩完全抛弃了贝森妮，这样埃尔文才能真正成为贝森妮的父亲。

真正成为一位父亲，唯一的办法是赢得她的心，不管她是谁生的。而真正赢得女儿的心，唯一的办法是帮助她抛弃她之前曾经盲目接受的父亲，这样她才能像埃尔文爱自己一样去爱埃尔文。

想到这些，埃尔文不禁想马上转身跑回去看看那个女孩，他已经从裂缝里观察她好几天了，研究她的每一个动作，费劲阻止自己要冲进去说服她爱自己的冲动。

而这回不同了，这一次他得对任何企图成为她父亲的人进行决定性的打击。

埃尔文在接近 166 号公路路标的地方，把福特 F-150 车停下来，路标上写着“鸦巢农场，3 公里”。碎石子在轮胎底下嘎吱作响，像爆米花一样。

埃文斯广播七个小时以后，埃尔文从收音机里听到了这个消息。他本来应该能更快地听到这事，因为他每次抓走一个女孩的时候，都不喜欢跟着警方的进展走，不过他在贝森妮这事上精力一直比较集中。

他听到莱恩的挑战的时候，心开始怦怦跳起来，他马上明白了莱恩在哪儿，在一个叫鸦巢的地方。

乌鸦在鸦巢做窝，而埃文斯，作为一个惯于使用暗语的情报军官，在告诉他自己在一个叫鸦巢的地方等着他。

搞情报的人会选择一个不易被警方注意，也不会有人来来往往的地方，这样就排除了得克萨斯的七家名字里有“鸦巢”的饭店。

埃尔文还排除了两家旅馆。

鸦巢农场是得克萨斯唯一的埃尔文会去等的地方，如果没错的话，那么埃文斯不但很勇敢，也非常聪明。

鸦巢农场的网上资料说，它是一个隐蔽的野营营地，在戴维斯堡西边大约29公里处，离奥斯汀的直线距离是692公里。那里的路崎岖不平，只有那些眼光独特，希望最大限度接触大自然的旅行者们才会去。那里天气炎热，绿树成林，台地环绕在废弃的营地周围，营地里有一些小木屋，还有房车的停车位，以及露营设施。

埃尔文开车经过入口边上的自助服务处，旁边的小屋写着里面住着一位经理，他会出租停着的三辆房车。埃尔文明白他开的那辆福特F-150皮卡现在是嫌疑对象，不过这种车太多了，开来开去的也不会引起什么怀疑，所以他觉得还是安全的。

一个穿着蓝色方格衬衫，带着一顶棕色牛仔帽的人低着头经过。来鸦巢农场的人很可能都是要逃避城市的纷扰，因此这是一个很好的藏身之处。

也许埃尔文会把下一个女孩带到这儿来，到这个偏远的藏身之处，这里森林环绕，离最近的城镇也有差不多三十公里。不过不会再有下一个女孩了，因为他已经最终在贝森妮身上找到了自己的女儿，他很确信这一点。

埃尔文把皮卡停在一条从营地北边通往山谷的土路上，他拿上望远镜下了车，查看了一下，确定没有人跟着他，然后朝右边的树林走去。

埃文斯选了一大块突出的石头，把石头后面的营地作为自己的藏身之处，不过从埃尔文的有利地形，还是能毫无遮挡地看到他和他的车。

埃尔文蹲到一堆石头后面，把望远镜拿到眼前，严密监视着下面的营地。他看到了莱恩的样子，坐在地上，靠着一块石头，无所事事地待在那儿。

那辆黑色福特金牛座车停在几棵树后面，正好跟埃尔文昨天发现它的地方一样。种种迹象表明，在过去二十四小时里，莱恩一点都没挪窝。他一发完消息，就赶到这儿来了，然后就乖乖地一直等着。

埃尔文放下望远镜，交叉起手指。一只蜥蜴从他身后经过，碰到了点小石子，微风在脑后轻轻吹着，大石头后面有些荫凉……他在想有多少人会到这儿来，看起来很少。

事实上，埃尔文觉得自己有可能是第一个踏入此地的人。他在绑架女孩期间没法定期洗澡，而这次因为同意给莱恩留七天时间，他担心自己身上会开始有味的。

埃尔文被四周的环境遮蔽着，又藏在石头后面，他就把衬衫脱了下来，放在望远镜旁边，又松开了皮带。他拿出一瓶 Noxzema 旅行装润肤露，放在衬衫旁边，然后他褪下牛仔裤，把短裤也褪到脚脖处。

现在他站在那儿，身上只穿着内衣和靴子，裤子褪到了小腿上。虽然不太满意，但也只能这样。

埃尔文往右手手心里挤了一大股润肤露，开始往身上抹。先是脖子后面，然后是前胸，他发觉胸部的汗毛开始长出来了，这让他觉得有点不舒服，可也没办法。

有一样东西会让埃尔文觉得心烦，而有两样东西会让他发疯，那就是三天不洗澡身上的味道，还有古龙香水。

可是 Noxzema 润肤露带的樟脑味，却是他最喜欢的一种味道。

埃尔文用了半瓶润肤露，从头到脚抹了一遍。当时有一只瓢虫飞到了他的屁股上，被他一巴掌拍扁。

他匆忙拿起望远镜朝莱恩那边看去，确认莱恩没有听到那一声。他拿起一根树枝把瓢虫的尸体从身上掸掉，然后又重新往腿上抹了一次润肤露。

他对自己现在的干净身体很满意,然后穿上衣服,重新观察他的猎物。

没动静，是在睡觉吗?

埃尔文有点想下去跟莱恩说说话。为什么不呢?当然他现在还不能被发现，可是为什么要失去和莱恩聊天的乐趣，而只是按计划往他车里放个纸条呢?

埃尔文花了会儿功夫想了想，直到他觉得不能再耽误时间了。他想过别的办法，不过他确实很想听听莱恩话音里的恐惧，所以不管别的办法有多好，他都没法集中精力去想了。

对啊，就这么办，该跟莱恩 · 埃文斯谈谈了。

莱恩想，他已经把自己能想到的，骨人要他去做的事情都做了，可是这些也没能让目标变得明确起来，更不用说去实现了。

两天前当莱恩往西边开车的时候，他一直在告诉自己，他做的是对的，他没有失去理智，他正在实施最有可能救出女儿的行动。

车每往西开一点，就离女儿近了一点，虽然莱恩确认自己实际上是离她越来越远，而她就被藏在某个地方。莱恩想走进她的卧室，想在房间里转一转，抚摸她的照片和课本。

莱恩尽力加大油门一路狂奔，在开了五个小时车以后，在第二天凌晨开进了营地。天还没亮，莱恩开着车经过营地，只靠车前灯照明，他怀疑自己犯了个错误。当他终于把车开到一棵大松树下面，熄了火之后，四周的寂静让他突然有一种强烈的失败感。

他坐在车里一动不动直到破晓，可是冉冉升起的太阳除了寂静之外什么也没带来。

莱恩在营地周围转了转，发现自己只是农场里的三个露营者之一，他松了口气。然后他爬上自己所在的一小片平地后面的制高点，花了大半天时间扫视整个地区。

当时莱恩一直在重放自己发出的讯息，希望骨人能来，他肯定已经听到了。莱恩一直在听那家电台的节目，寄希望于打开收音机的人能够听到自己下的战书。

你曾经抓走过一些女孩，我知道你做了什么。我曾经和几个孩子一起待了三天，听到他们的骨头被折断。现在来找父亲吧，你知道那才是你要的，去伤害父亲。

我要在它们的老巢等着你，骨人，在警察把我从天上打下来之前，找到我吧。

可是如果骨人不接受他的挑战呢？又或者他没有莱恩预料的那么聪明怎么办？如果他现在还在山谷里，挠着头想莱恩到底是什么意思，什么叫在它们筑巢的地方等呢？

可是，骨人选择了乌鸦作为信息，说明他不会是一个没受过教育的人。在历史上乌鸦曾经被当成上帝的使者，不管它带来的是好消息还是坏消息。

在印度，比如《摩呵婆罗多》这部书里，乌鸦带来了死讯。凯尔特人、日本人和中国人都把乌鸦当成是神灵的警告。不管是好是坏，这种黑色的鸟都会带来创造和毁灭的力量。

骨人把他看成是给社会的信使，飞得高高的让所有人都看得到，而且他希望莱恩，他最近这个受害者的父亲，来加入他的行列。莱恩采取了进一步的措施，他给骨人发了信息，让骨人到鸦巢来找他。

到那儿的第二个晚上，莱恩强迫自己睡了一觉，可是第二天早晨，当他在邻近树上鸟儿的叫声中醒来时，想到自己并没有去考虑其他的可能性，他感到很泄气。

没有他法，只能等了。一种恼人的等待是不以小时或分钟来计算的，而是用秒来计算，每一秒钟都过得很慢。莱恩听着收音机，想得到这个案子的最新信息，可是没什么新鲜的。贝森妮失踪了，骨人也不见踪影，莱恩 · 埃文斯什么也没找到。

莱恩冒险去了半路上的一个加油站餐厅，付现金买了几个面包和午餐肉，可是他没有胃口，但他要强迫自己吃东西，因为他已经一天没吃东西了。

他的脑子里一片空白，不知道该做什么。他坐在地上，靠着一棵大树，不停地向上帝祈祷。

求求您，上帝，保护她的安全，让她活下去，就让她活下去，很抱歉。

莱恩试图回忆他到底为什么感到抱歉，可是也没想起来。是的，他是对不起贝森妮，如果他那天晚上也在那儿住，骨人没准就会有所顾虑了。如果他是个称职的父亲，骨人没准根本就不会把贝森妮作为绑架对象。

如果他抱着一杆猎枪，睡在门口，随时准备轰掉哪个敢闯进他家的疯子的脑袋……

莱恩花了一些时间，去想象他会怎样杀掉骨人。他也许会把枪塞进骨人嘴里，然后扣动扳机；也许会把骨人打得头破血流，直到打死为止；也许用一根锋利的刺扎进骨人的眼睛，然后直插进他的脑子里去。

他也许会拿起一块石头砸碎骨人的脑袋。

莱恩还想着怎样去救贝森妮，她怎样冲进自己的怀抱里流泪；他怎样拿着枪用一束铅弹轻而易举地杀掉骨人，然后把自己的女儿从死神手里救出来。

而莱恩想的最多的是怎样消灭那个绑架自己女儿的家伙，他一边想一边紧咬牙关，把腮帮子都咬累了。

可是在莱恩考虑了几个小时怎样杀掉骨人救出女儿之后，他还是自己一个人，孤零零地坐在大太阳底下，无计可施。

他感到无望。

那种绝望曾经使卡立德去杀死孩子，想以此来救更多的孩子。那是一种病，而莱恩开始想，他是不是也被传染了。

埃尔文·芬奇往山上走了四十多米远，然后插到右边去，从边上包抄到莱恩的后面，这样他就不会发觉了。埃尔文的心怦怦直跳，开始出汗——他没想到抹完润肤露以后，这么快就又出汗了。

他花了二十分钟，来到了莱恩身后的几块大石头后面，莱恩还是没有动静。如果莱恩意外地发现了他，并且想做蠢事的话，他兜里有枪。不过他女儿还在自己手里，莱恩不会冒险做蠢事的。

“不要转身，莱恩·埃文斯。”埃尔文说道。

莱恩突然一颤，不过他并没有转身。

“好的，就待在那儿，不要站起来，就这么坐着。”

莱恩像根木桩一样一动不动，埃尔文想看看他的表情，不过他自己现在还不能现身。

“你很聪明，埃文斯先生，这很管用，你叫我，我就来了。想想这还是很不错的，很有意思，不是吗？”

可是在两天的恐惧和不安之后，莱恩一时说不出话来了。

“说话。”埃尔文说。

“好。”莱恩回答。他的声音还是很理性的

“知道我是谁吗？”

“知道。”

“你觉得我像他们说的那样吗？”

莱恩犹豫了一下，好像在认真思考。这是真的吗？埃尔文想了一会儿，然后认定一切都是可能发生的。

“不像。”莱恩说。

“同意，不过他们说对了一件事，那就是我抓了你的女儿，而且我要折断她的骨头，除非……”

“我什么都愿意做。”

“我一直通过墙上的裂缝观察你的女儿，我觉得要折断她的骨头而不伤到她的皮肤有点困难，她太柔弱，太娇嫩了，看起来好像从来没干过活一样。”

莱恩没说话，可是他的身子在发抖。

这是多么奇怪的一种景象。

埃尔文盯着正在发抖的莱恩，待了一会儿又说：

“如果你把谎言之父给我带来，我就把你的女儿还给你。我要给你留个条子，上面有一些提示。你要么对这个感兴趣，要么没有，所以我早晨的时候再给你。把谎言之父带来，我就能给你看我怎样折断他的骨头，或者你已经知道怎么折断骨头了吗？”

莱恩没吭声。

埃尔文把折起来的蓝色便条放在石头上，默默走开了。

他花了五分钟时间回到卡车上，又过了两分钟，他开到了石子路上，朝南边的藏身之处插过去。莱恩在他返回的路上说了点什么，不过他没听到，也不在乎。他现在已经在路上了，回家的路上。

回到女儿身边的路上。

Chapter 23 第二十三章

莱恩听到骨人的声音的时候，那种欣喜的感觉就像在荒漠之中，干裂的嘴唇喝到了清凉的水一样。骨人的声音很轻，但是特别清晰，就像天使的声音一样。不会错了，就是骨人来了！这是莱恩在等待的过程中，在感到无助的那段时间里，一直祈祷的事情，现在骨人来了，他几乎要激动地大叫起来。

莱恩曾经想过的杀掉骨人的那些方法，这时都一下子涌上心头。砸死，撞死，枪毙，打死——这些方法都能置身后的人于死地。

莱恩意识到他在发抖，四周继续保持安静了一阵子，他就坐在那儿发着抖，然后骨人说话了。

“如果你把谎言之父给我带来，我就把你的女儿还给你。我要给你留个条子，上面有一些提示。把谎言之父带来，我就能给你看我怎样折断他的骨头，或者你已经知道怎样折断骨头了吗？”

谎言之父……谎言之父……莱恩用不着从一张蓝纸条里去找谁是谎言之父。

“好。”他说。

没有回应。

“喂？”

还是没人吭声。

骨人已经走了！莱恩转过身，看着他靠着的树后面十来米远的那块大石头，旁边有块一米来高的石头，上面有张折起来的蓝纸条。想到骨人刚才就站在那儿，莱恩的心提到了嗓子眼。

莱恩慢慢站起来，然后冲上那块石头，把纸条从上面扯下来，然后朝黑色福特车跑去。

他钻进车里，重重关上车门，用发抖的手打开那个折成四折的纸条。

是骨人的笔迹，用印刷体潦草地写着：

谎言之父

梅纳德县南 11 公里

往西 3 公里

乌鸦下面

我会看着你的，父亲

莱恩坐在那儿，盯着那张纸条看了一两分钟，或许有五分钟，部分原因是他现在明白了自己得做什么，部分原因是他要给骨人足够的时间离开。

骨人是步行离开的，现在正往他的车那儿走。如果莱恩追上他呢？可骨人不是那种被抓到就会说出他女儿位置的人。

而且莱恩知道，纸条上的地点也不是他能找到女儿的地方，骨人会密切注意他的行动，莱恩只有按他说的做，他才会把贝森妮带过去。

莱恩发动了汽车，匆匆忙忙地倒车压过一片灌木丛，然后急转弯拐到出鸦巢农场的土路上。

路上没有其他车的痕迹，很好。他不需要引人注意，当然也不需要警方介入，这不合乎骨人的要求。

莱恩开上公路，左右看了看，没有汽车。他看了看仪表板上的时钟，十二点十分，再过七个小时天就黑了。

莱恩换到最高档，把车速提高到每小时 140 公里。离开这儿到戴维斯堡西边，警察会很少——而莱恩离奥斯汀近的话，情况就不一样了，他还是一号公敌。有很多条路通往奥斯汀，而联邦调查局的探员会在每条路上守着，张牙舞爪地等着骨人冲进陷阱。

莱恩得好好利用时间，坐着不动待了三天之后，嗖嗖的风声就好像是上帝的声音一样，从天上传来拯救他。

得克萨斯在每年的这个时候都很干燥，接近沙漠。莱恩低着头，紧紧握住方向盘，可是他并不想放弃，也不会在自己最终就要找到救出贝森妮的办法的时候放弃。

莱恩想要放慢速度的时候，一个小时已经过去了，然后他才在路上碰到一个警察，那个警察和他是反方向的。显然得克萨斯的警察是不会让时速接近 150 公里的车往路边停的。

莱恩在心里默默地感谢上帝，然后把车速减到每小时 130 公里，朝东开去。电台说要下一场暴雨，地平线上涌起了乌云。

莱恩的目光盯着在前面的路，他把车速又提高到了每小时 140 公里。

莱恩，你要干吗？你不能这样做！

骨人要他做的事情突然让他感到恐惧。

你不能这样做……

可是他有什么选择呢？贝森妮在骨人手里！

一声响雷震得电话亭嗡嗡作响，大雨点啪啪地打在玻璃上，莱恩下意识地低下头。先前暴雨云已经遮住了太阳，天色迅速暗下来，不过还要过一个小时天才会黑。莱恩手里的电话听筒那边在响着，他把听筒拿得离自己的耳朵又近了些，让自己听得更清楚。

雨幕阻挡了莱恩往西边的视线，他只是在心里一直说，神父，接电话啊，请你接起来吧。

如果只有三小时路程的话，莱恩就会在自己良心发现之前完成这件事情,不会去考虑自己面临的道德困境。无知是一种保护,可是时间粉碎了它。

慢慢地，恐惧吞没了莱恩，直到他发现如果事态变糟的话，自己得先进行忏悔，不是为了自己，而是为了贝森妮。

“喂？”

电话那边响起了神父的声音。

“喂？”

“神父？”

电话那边停顿了一段时间。

“莱恩……”

“听我说，神父，你得听我说。我知道我是自作主张，而且联邦调查局跟你联系了。”

“莱恩，说的慢一点，我听不清楚。深呼吸一下。”

莱恩深吸了一口气，然后慢慢呼出来。他给赫顿神父打电话，是在冒一个很大的风险。

“我能跟你谈谈吗，神父？我需要找个人谈谈。”

“当然可以，不过你得知道上面已经接管这件事了，他们正在和联邦调查局全面合作，这对他们来说是公众危机。”

“我需要时间，我在找我女儿，你得给我点时间。如果你跟联邦调查局汇报这个电话的话，我女儿就会没命的。”

赫顿神父没说话。

“你明白我的话吗？她的命运掌握在我的手里，而现在就在你手中。”

“莱恩，我们能帮你，不要把这事自己承担。”

“神父，我跟骨人谈过了，他找到了我，然后跟我谈了。现在我做的事情没人能够理解，可是我需要你的理解，神父。”

“你要做什么呢？”

是啊，莱恩，你要做什么呢？

莱恩看着电话亭外面的雨水从玻璃上哗哗地流下来，就像老天的眼泪一样。有一阵子他嗓子眼里像堵着什么东西，也想和老天一起哭出来。

“上帝也做过很多被人误解的事情，对吗？”

“莱恩——”

“难道上帝没有毁灭整个国家去救他爱的人吗？比方说在尼尼微？”

“他饶过了尼尼微。”

“那耶利哥呢？”

“莱恩，求你了，我不想听到这些。关键是你得自首，你这样是没好处的。”

“神父，你会为了救自己的女儿去做什么呢？”

“半个州都在追寻你的踪迹，因为他们相信你是在这里扮演魔鬼角色的人。你不是上帝，莱恩，你是人，而且你触犯了法律。”

“神父，这和我们在战争中的行为没有什么不同，在我们寻求公正的过程中，也会出现伤害，救出俘虏是需要付出代价的。进行轰炸可能不那么针对个人，但它和我们现在要做的一对一决斗也没什么不同。”

“听起来你要去为正义进行一次绝望的尝试？”

“有什么不对吗？”

“没有人能理解这样的逻辑！”

“他们会像对上帝一样误解我，”莱恩说，“我要做的事情，是为了我的女儿。如果你们不给我时间的话，我和她都会被杀的。”

“莱恩，听我说——”

“神父，我不想这样，”莱恩的喉咙哽住了，他使劲咽了口吐沫，继续说道，“你是了解我的，这是我要做的最后一件事，我不想这样的，可是我没有选择！”

赫顿神父停了几秒钟没说话，最后他还是听莱恩的了。

“莱恩，想想你做的事情吧，如果你变成了骨人的话，上帝不会饶恕你。”

莱恩知道神父的意思，不过他没听，他不该打这个电话。

“如果你说出去的话，我跟贝森妮就没命了。”

“你需要多长时间？”神父最后问。

“几个小时。”

“也许吧。”

“我要你说‘好’。”

“那好吧，我给你几个小时的时间，然后我就要给联邦调查局打电话了。”

“让他们注意梅纳德县南十公里左右的位置，骨人会在那里监视。我需要等到天亮，如果他们天亮前过去的话，我们会没命的。”

电话那边没有回音。

“神父，答应我。”

“莱恩，你要做什么啊？”

莱恩挂断了电话。

Chapter 24 第二十四章

莱恩借着夜色的掩护，开进了奥斯汀。还好有这场大雨，他能够这么轻易地就开到目的地而不被发现。

这辆黑色福特金牛座到现在应该已经报失了，不过还没有人把他和这辆车联系到一起。就算警方在找这辆车，在这样一个漆黑的雨夜他也可以轻易逃脱。

莱恩大概知道他的目的地，因为他之前去过两次，是在两个月以前，那时迫使他离开城区的禁制令还没有发布。那个地方是一个有大门的社区，在奥斯汀西部，叫西班牙橡树社区。莱恩跟在另一辆车后面就开进大门。

莱恩把车停在一棵树底下，离社区那扇白色殖民地式大门有一个街区远，然后从驾驶座滑下来等着。雨点打在车顶和挡风玻璃上，隆隆的雷声掩盖了汽车从湿滑路面驶过的声音。这倒没什么，他已经努力了，谨慎计划和精细执行的时候已经过去了。

下雨对莱恩有利，他试图表现出的粗鲁莽撞对他有利，速度对他有利，而枪也在他身边。

而时间对他不利，理智也不站在他这边，法律在反对他，理性在反对他，道德在反对他。

他只能坐得低低的，让自己的思想压倒那些充斥头脑的警告。

到十点钟的时候，雨小多了，莱恩能很清楚地看到一辆凯迪拉克开上车道，然后消失在车库卷闸门后面。莱恩又等了两个小时，把头脑里最后的警告压下去，然后发动了车，朝社区前门的方向开过去。

他把手枪从皮套里拿出来，打开枪栓，走进濛濛细雨之中。

莱恩没有左顾右盼，直接走到门跟前推了推。当然，门是锁着的，莱恩把领子拉上来，耸耸肩，然后用金属枪托往门板上使劲一挥。

玻璃碎了，掉在里面的地板上。雨掩盖了一部分碎裂的声音，莱恩进去扭动门把手把门打开，门嘀的响了一声，跟着是警报器的倒数声。

莱恩直接冲到右边，那儿有扇大门，好像直接通到一间卧室，不过他发现那只是一间黑乎乎的书房。

警报器的倒数声越来越急促，随时都有可能大声鸣叫起来。

莱恩身上还在往瓷砖地上滴水，他躲进了另一条走廊里。这回他面前是一个大客厅，通向另外一侧的房间。莱恩蹑手蹑脚地走着，可是警报器突然从四面八方响起来，这回他偷偷溜进去的想法破产了。

莱恩冲进主卧室，卧室里有张四柱卧床，床上的人还没来得及有所反应，所以莱恩进去的时候还是占优势的。

他把枪管戳到那人脸上，抓住他的领子，把他从床上揪起来。

“别说话！”那人并没有出声，莱恩还是这么说，因为这可以减轻他的罪恶感，于是他又说道，“闭嘴！”

枪管已经插进了韦尔什的嘴里，可当韦尔什能够说话的时候，他还是开始要抗议了，“这究竟——”

莱恩朝他头上打了一下。“我说了，闭嘴。”

莱恩把韦尔什拽过来，把他往外一直推出卧室，震耳欲聋的警报声一直在响着。莱恩说：“如果你还要命的话，往外走。”

韦尔什穿着棉睡衣，光着脚，被莱恩推着跌跌撞撞地穿过前门，可又停了下来，因为外面下着雨。

“到车里去！”

韦尔什弯着腰，似乎不知道该怎么做，于是莱恩往他的后腰上踹了一脚。“快点！”

韦尔什疼得哼了一声，往前走去。

“进车里去。”

韦尔什还没从这次突然袭击中缓过神来，不过他是个大块头，如果莱恩不好好治治他，他是不会一直忍受这样的暴力的。

韦尔什挤进车后座，嘴里还在恶狠狠地骂着，这可不是莱恩期待看到的顺从合作的样子。

于是莱恩钻进去，抓住韦尔什的黑头发，把他的头拽出车门，然后用枪狠狠地朝他的太阳穴上给了一下。

韦尔什倒下去，失去了知觉。莱恩把他塞回车里，关上车门，又跑回前门。

到目前为止，莱恩干得很成功，因为他行动很迅速，而且他还没有开始用什么计谋。他把车开过一个急转弯，在积水的路上飞驰。

在莱恩身后，那位“谎言之父”韦尔什穿着睡衣，斜靠在车门上。莱恩从一开始就知道骨人选中贝森妮是经过慎重考虑的，可不仅仅是为了对地方检察官韦尔什实施报复，虽说韦尔什曾经虚张声势地宣称要把骨人绳之以法。

骨人知道他和莱恩至少在一件事情上是有共识的，那就是韦尔什是个骗子，他根本不配做贝森妮的父亲。韦尔什是个撒谎的家伙，在所有骨人可能要让莱恩抓的人里面，莱恩抓他更能下得了手。

莱恩在大门口只能把速度放慢下来，等着门打开，不过在第一辆警车驶过西班牙橡树社区，往里面窥视之前，莱恩已经开上了 71 号公路。

韦尔什开始呻吟起来，莱恩探过身去，朝他头上又给了一下子。在他往城外开车的时候，他可不能让韦尔什给他造成什么麻烦。

莱恩在 71 号公路上往东北方向开，然后在 29 号公路上一直往东，朝着梅纳德县方向驶去。如果开得快的话，大概要花两个小时。

莱恩迅速行动起来，他在十分钟内通过了奥斯汀市的边界，然后把车重新加速到每小时 130 公里，现在他心烦意乱地想把自己绑架的这个人赶快送到骨人准备的那个地洞里去。莱恩不知道他们会遭遇什么，只知道可能要折断韦尔什的骨头，这会儿他也不愿意多想那将意味着什么。

从奥斯汀出来半个小时之后，韦尔什又有动静了。人的头部只能承受一定的损伤，而在被揍了两回之后，韦尔什的脑袋已经不能再被揍一次了。

“这……”韦尔什嘟囔着，“这……这……”他的脑袋晃来晃去，像在尽力恢复知觉。

莱恩从腰间抽出手枪，对准韦尔什的胸口说：“别让我找到朝你开枪的理由，如果他要的是死的，我倒是宁愿杀掉你。”

他这会儿已经把情感放到一边，如果他允许自己还有情感的话，也最好是愤怒，而不是罪恶感。

韦尔什好奇地看着莱恩，他的目光停在那支枪上，好像不确定那是不是把真枪一样。

“这……这是怎么回事啊？”

“你要让我再给你一下吗？”

韦尔什看了看前面的路，莱恩想，他又想起自己被绑架的事了，这家伙像头公牛，可不那么容易被制服。

好像在证实自己的猜测，韦尔什皱着眉头说：“现在你是真的出手了。”

这说明韦尔什或者是给自己鼓劲，或者是要吓唬莱恩，不过事实上莱恩早就知道骨人出手的事了。

“你知道有多少警察正在找我吗？”

“比找我的还多？这无所谓，反正早晨之前他们谁也找不着。”

“那然后呢？”

“然后联邦调查局会按着我给他们指的方向找到我们。”

韦尔什看来并没有明白莱恩这么说的意思，他在黑暗中眨着眼睛。

“你要自首吗？”

“现在还不会。”

“那你要做什么？你不会逃脱的……”

“你看到警察了吗？我想我刚才确实是逃脱了。”

“他们会找到我们的……我是地方检察官——”

“你爱她吗？”

“什么？”

“你爱贝森妮吗？”

“这就是你这么做的原因？就因为我跟赛琳在一起，你就不要命啦？”

“你爱不爱她们？”

韦尔什停了一会儿，然后他低低地，很急地说：“我发誓再也不碰她们了，放了我吧，我不会起诉的，我什么也不会说的。。”

莱恩又照着韦尔什太阳穴给了他一拳，韦尔什朝前座上瘫倒下来。

莱恩把蓝色纸条拿出来，插进收音机上面的缝隙里。

谎言之父

梅纳德县南 11 公里

往西 3 公里

乌鸦下面

我会看着你的，父亲.

29 号公路正好在梅纳德县南部与 83 号公路交叉，他们到达交叉点的时候正好是凌晨两点，这两条公路上都没什么人，往远处看，路逐渐变细，消失在远方。

莱恩往右转，从梅纳德小镇上了 83 号公路，在黑暗中向南驶去。

路边没有街灯，也没有星星照着湿乎乎的路，只有莱恩的车前灯亮着。当他接近县境南 11 公里的路标的时候，他有点怀疑了，于是他把前灯也关掉了。

莱恩在一片寂静的黑暗中开在柏油路上，他觉得更不对劲了，于是他打开了收音机。卡伦 · 卡彭特在唱着《保佑动物和孩子们》，轻柔优美的嗓音打破了四周的沉寂。

莱恩向两边扫视了一下，骨人应该把贝森妮放在地下的什么地方，可是从这边开车经过的人不会想到。人们不喜欢关注地下发生的事情，不过这并不能改变那些丑恶的发生，只能放任作恶者杀戮奸淫。

卡彭特兄妹的歌声突然让莱恩感到一阵不舒服，他关上收音机，继续在沉寂中开着车。

莱恩在 11 公里的路标处把福特金牛座车停了下来，一条土路直接从莱恩右边往东边通过去，挂着一个稍微有点斜的绿色路牌，上面说那条路叫登陆者巷。莱恩借着刚刚从乌云里出现的月色，才能看到那几个白字。

莱恩把车在交叉路口停了一会儿，他在裤子上擦了擦手，回过头看着伯顿 · 韦尔什，他在沙漠的时候，这家伙拐走了他的妻子。

莱恩转过弯，驶上登陆者巷的时候，车胎压得下面的石子砰砰响。路两旁是玉米地，向左方延伸，莱恩一边开着车，一边看着里程表。不过不用看里程表就会发现右前方有一个配电站，莱恩马上明白他到了。

乌鸦会停在通向配电站的高压电线上，而且在这些电线下面应该有间屋子，是那种年久失修的储藏室。

然后莱恩看到了那间屋子，在配电站周围的篱笆上有块木板，上面画着个简陋的红色箭头指向右方，那边有一大堆碎石子。

莱恩把车转到山的方向，看到路面上形成了一个大坑，这儿是个配电站，也是个旧碎石坑，或者是个矿坑。

那个储藏室是在山边建的，莱恩能看到它紧贴着岩石，在木门上有个模糊的形象。

那是一只乌鸦。

瑞奇 · 瓦伦丁从梦中一下子醒了过来，脑子里还是灿烂阳光下维京群岛的圣约翰教堂。在菲尔 · 施威策被捕之后，她曾经到那儿去度了两个星期假，离开炎热的得克萨斯，沐浴在无忧无虑的阳光下。那会儿瑞奇在沙滩上走来走去，逛逛游客商店，那里卖一些高价小玩意儿和水上运动器材。当时她都没怎么去想骨人的事，只是觉得很有意思，换一个地方会让自己的头脑从黑暗的壕沟里脱身出来。

瑞奇床头的钟上用红字显示着凌晨两点四十三分，电话铃一直在响着，提醒她自己不是在加勒比海，骨人也还没被抓到。

“喂？”

马克听起来似乎醒了一阵子了。“瑞奇，不好意思这个时间给你打电话，出事了，有人闯进伯顿·韦尔什的家，他好像也不见了。

瑞奇的脑子飞速转动着。

“好像？”

“哦，他一个人住，邻居说他总是不定时地来来去去，所以警察也不确定他是不是在别处过夜了。”

“可是？”

“可是他家的房门显示有人闯进去过，而且他的床上有躺过的痕迹，而他的车还停在车库里。”

瑞奇从床上站起身来。“这么看来他是被抓走了。什么时候发生的？”

“差不多三个小时——”

“什么？”瑞奇匆匆忙忙地进了浴室，一边打开灯。“你才得知这事吗？”

“他是个好色之徒，楼下的邻居还以为是跟什么女人有关系。去找别人问的时候，人家会告诉你韦尔什跟旧情人走了……明白了吧。他还是靠选举上来的呢。”

“好了，告诉我地址，我这就过去。”

“跟他说吧，他都清楚。”

确实，如果是莱恩·埃文斯干的，而他又是真凶，那他是回来抓自认为扰乱自己家庭关系的人。据警方掌握的信息，骨人从来没抓过男的。

瑞奇心想，这还真是有点讽刺，同时她又为自己这种幸灾乐祸的想法自责起来。

“他打破了自己的模式，而且让情况更加升级了。马克，你意识到这意味着什么吗？”

“那个女孩还活着。”

“对了。他把韦尔什也卷进来了，我们找到韦尔什，就找到了那个女孩。没有什么明显的踪迹吗？”

“有个巡警想起来他在接电话的时候，看到一辆黑色福特轿车从71号公路上驶过，那会儿路上还没多少车。”

一辆黑色福特金牛座轿车已经确认被盗，并且和其他车一起，被列入莱恩可能用来逃跑的交通工具名单。

“没别的了吗？”瑞奇用肩膀夹住电话，穿上牛仔裤。

“除了在采集门上的痕迹，没其他的了。”

“去找那辆金牛座轿车，把所有人都通知到，让开着深色福特金牛座轿车的人都停车检查。”

“他们已经去了，我们可以用一些照明设备，他挑的日子可够好的。”

“我们可能没时间等天亮了。”

第二十五章 *Chapter 25*

莱恩坐在车里，车在滴滴答答地响着，它在矿场里已经待了整整十五分钟。在莱恩旁边，韦尔什还在靠着窗户倒在一边不省人事。乌云正在开始散开，透出一点星光，给莱恩四周的荒凉景象增添了一点亮色。电流在附近的高压线上嘶嘶地响着，经过这辆封闭的汽车。

在车的前方，山坡上那堵水泥墙有扇上了油漆的门。除了篱笆上的箭头和这扇门上的乌鸦以外，没有骨人的任何标志。

但是骨人正在监视着，就像他在鸦巢农场监视过莱恩坐在树下的时候一样，他现在也在监视着莱恩，从门板中间的缝隙里，或者在矿场周围的大石头后面，从上面俯瞰莱恩。

莱恩盯着那扇门，坐在座位上像一具没有生气的尸体一样一动不动。贝森妮可能就在那扇门后面，也可能不在。

如果贝森妮就在那扇门后面，那么骨人是要让他们俩很快就要面对最深的恐惧。

如果贝森妮不在里面，那么莱恩就会被迫面对自己最大的恐惧，那就是女儿在什么地方，在骨人的手里，那么莱恩为了救自己的女儿，骨人要他做什么，他就得做什么。

因为这一点，莱恩发现自己只是看着那扇门，却动不了。

还有关于地方检察官的命运，无论韦尔什多么作恶多端，他也不该像那些孩子们在沙漠里的遭遇一样，被卡立德的大锤砸死。

另一方面，莱恩并不想杀掉韦尔什，至少现在还不用这么干，得找个别的办法。

这些想法不断在莱恩脑中盘旋着，可也没给他带来什么安慰。现在的情况是：夜深人静，身边有个被绑架的人，木头门关着。

他得进门，在天亮之前完成骨人要他做的事情。

莱恩打开车门，突然打破寂静的刺耳的嗡嗡声，让他不由得眨了眨眼睛。他平静下来，走到石子路上。

莱恩在一生中最关键的时刻，那就是此刻了。没有一个正常人能在此时控制自己的情感，像莱恩一样做自己必须做的事情。莱恩能够证明自己吗？

那么，莱恩就会用一种冷静计算的方式来处理眼前的情况。

不过这和他自己没关系，也跟发誓要执行法律的伯顿 · 韦尔什没关系。

这个夜晚属于贝森妮。

莱恩深吸了一口气，打开了前门。韦尔什的身体失去了支撑，滑出了车门，他的手碰到了石子地面，看起来没什么知觉了。

莱恩把手伸到韦尔什的颈动脉边上，感觉还在跳动，就用双手抓住韦尔什的身体，把他从车里拖出来，在他的身体还没有沉重得要滑下来的时候，走了三米来远。

莱恩解下韦尔什的腰带，把韦尔什的手臂紧紧地捆在身体后面，然后给了他几个耳光，把他弄醒。

而在韦尔什在地上站稳之前，莱恩紧接着把从车里拿来的厨房纸巾塞住他的嘴韦尔什无力地想要反抗，可是莱恩把手枪往他耳朵里戳了一下说：“往前走。”

韦尔什跌跌撞撞地朝着莱恩料想的工具房走去，那间房子可能是为了存放保险丝，或者一些其他高压零部件而建的，那些部件需要在地下保持凉爽，又或者是为了存放矿场重新运营的必要设备。

这些跟莱恩都没什么关系，不过他为自己现在能够进行一些简单推理而感到好受了一些，他所能做的最后一件事，就是无论那扇门后面有什么面对着他，他都得下意识地做出反应。

那扇门没有锁。

莱恩转到韦尔什的另一边，仍然用枪指着他的脖子，推开了门。房间正中挂着一盏油灯，橘红色的光亮透了出来。

那么，骨人到过这儿，或者还在这儿。

莱恩用枪顶着韦尔什，推着他在自己前面进了屋子，然后从后面关上门。

他们站在这间大概 6 米见方的房间里，房间是用水泥浇筑的，用三根大木头支撑起一个木头的屋顶，那盏油灯从中间的那根大梁挂下来。

莱恩扫了房间一眼，发觉骨人和贝森妮都不在那儿，他差点要跑回去，检查山坡上是不是还有一扇门，一间屋子，其他可能的藏身之处。

不过墙上画着一些图画，明确了骨人的意图。骨人用粉笔画了十几幅医学解剖图，展示了人的骨架。图上还有大圆圈，作为插图来放大图上的骨骼，标注关节，以及每幅图上的特殊点位。

每幅插图旁边都有说明，详细介绍要用多大的力，能使骨头折断而不穿透皮肤。

沿着一面墙放着张铁床，床上放着几堆木块，四个四个摞在一起。

床头几条毛巾叠得整整齐齐，还有几卷绳子。

绳子和毛巾上，放着一把大锤和几把钳子。

一开始韦尔什只是在那儿看着，莱恩也在看着，可是当韦尔什意识到，这间屋子可能是为他准备的，他就瞪大眼睛咕噜咕噜地抗议开了。

韦尔什冲到屋子的另一头，莱恩没来得及拦住他，然后韦尔什就开始使劲拽莱恩匆忙间捆住的他的手。

“别动！”莱恩用枪指着韦尔什的脑袋，可是韦尔什根本没有要停下来的意思，虽然嘴被塞着，他还是在呜呜地叫着，想把堵嘴的纸巾吐出来。

“停下来，不然我开枪了！”

可是莱恩知道自己不能开枪，因为墙上用大号字清楚地写着：

弄破了他的皮肤，他对我就没用了。

把他的所有骨头折断，你的女儿就自由了。

父亲

莱恩的困境让他一瞬间失去了方向，他曾经认真考虑过按照骨人的指示去做，但让他马上感觉到恶心。他不能杀掉韦尔什，不管用什么来交换，他都不能像卡立德在沙漠里做过的那样去杀人。即使是为了救自己的女儿，他也不能杀害无辜。

他能这样做吗？

因为他不能不救自己的女儿！他不能不做一切人类可能做到的事情，去挽救贝森妮的生命。如果他现在放弃了，贝森妮可能会死去，他很肯定这一点。而且，虽然他清楚自己不会去杀也不能去杀韦尔什，他现在也不能放弃，至少现在不行。

会找出办法来的，会找到办法来代替无辜的人去牺牲的。联邦调查局、骨人，甚至莱恩自己的生命，除了自己的女儿以外，无论付出什么代价，都要换回韦尔什的生命。

莱恩已经做了自己所能想到的最佳选择，他控制住自己的情绪，一直把枪对着韦尔什。

韦尔什看起来并不在乎吃一颗子弹，他跳上床，一个劲地拽胳膊上的束缚。

他已经把那块纸巾嚼得差不多能把大部分吐出来了，现在他开始在储藏室里号叫起来。

他试图大叫着抗议，不过听起来更像一只受伤的狼在嚎叫。这种叫声比韦尔什可能逃跑的风险，更让莱恩急于采取行动。

莱恩朝韦尔什冲了过去。

韦尔什占据着制高点，他先假装往右边晃，然后又朝向左边。莱恩拿着枪往两边跳。

这时韦尔什突然挣脱了皮带，现在莱恩面对着一个庞然大物，如果不是已经狠狠揍了那家伙脑袋几下，他有足够的力量打败自己。

然后，肾上腺素又使韦尔什重新恢复了力量，他咬着牙往右边冲过去。

韦尔什的脚踩在了一个金属床柱上，他不由自主地往下跌，这时候莱恩想到的是，韦尔什要伤着自己了，他的皮肤要被弄破了！

不过韦尔什又用伸出去的一只脚找回了平衡，晃晃悠悠地站直了。他用尽全身力气，像一只攻城槌一样朝前门冲去。

一阵惊慌过后，莱恩展开了追捕行动。他朝韦尔什的逃跑路线切过去，在韦尔什碰到门的时候抓住了他。

就在莱恩把枪托朝韦尔什头上抡过去的时候，他知道自己很可能会擦破韦尔什脑后的皮肤，可是他没有选择。另外，还有一种可能是，骨人要莱恩在弄断骨头的时候，不要弄破皮肤，这不包括头上的皮肤。

砰！

枪托砸在韦尔什头上，发出一声令人恶心的响声，韦尔什像块大石头一样轰然倒下。

莱恩站在他身边，喘着气，带着胜利的成就感。不过这种感觉马上就过去了，现在莱恩要按骨人的要求，把韦尔什的脚捆在床上的木块上面，用毛巾缠紧韦尔什的骨头，然后拿那把大锤砸碎韦尔什的骨头。

韦尔什呻吟起来。这么快？

莱恩抓住韦尔什的一只脚，把他往床上拖。莱恩很快地把床上的木块放到地上，给韦尔什腾出地方来。他先把韦尔什的上半身拽上去，然后又把他的两条腿也放到床上去，接着用那卷绳子，分别把韦尔什的双手双脚捆在四根床柱上。

在韦尔什开始挣扎的时候，莱恩把刚才那团吐出来的纸巾又塞回韦尔什的嘴里。

莱恩往后站了一步，对自己把韦尔什弄到床上去感到满意。而在韦尔什上方，细节解剖图在油灯的火焰下忽明忽暗，床头摆着大锤和钳子。

莱恩第一次面对着这样的任务，他开着车到奥斯汀，把谎言之父抓到骨人准备的这间地下室里，他几乎完美地完成了这个任务，什么都不管不顾，只管完成任务。

现在莱恩不得不砸碎韦尔什的骨头，他确信自己没办法完成这件事。

他同样确信自己必须那么做。

奥斯汀在凌晨四点的时候还是一片寂静，瑞奇经过伯顿 · 韦尔什家的前门，在她旁边，明亮的灯光正帮助一个证据调查小组寻找更多的痕迹，在地毯的印迹上收集数据，给早先在雨夜里留下的带着雨水的鞋印照相，那双鞋印很可能是凶手留下的。一个小时之前从插销上提取了三组痕迹，迅速送到实验室检查，他们还在等检查结果。

莫特 · 克雷柯也穿过门厅走了过来，他把长雨衣扔到一边，手插在裤兜里。街上还是湿乎乎的，不过雨停了，月亮从乌云的缝隙里冒出头来。到了早晨，天就会晴了。

“实验室有消息吗？”克雷柯问。

“随时会来。”

克雷柯点了点头，皱起了眉头。他不会经常在凌晨四点钟出现在罪案现场，不过地方检察官被绑架也不是个普通的案子。已经有一份公告在互联网上流通——联邦调查局现在认为是骨人从奥斯汀西区西班牙橡树社区，地方检察官伯顿 · 韦尔什家中绑架了他。现在证据显示，凶手可能开着一辆黑色的福特金牛座轿车，那辆车最近一次被发现，是在71 号公路上往南开。

“城里早晨会开锅的。”瑞奇说。

“这就说明有希望，我们受到的关注越多，我们就越有可能找到解决问题的办法。”

瑞奇点点头。“有些事情不太对劲。”

“没有明显的迹象。”

“不，我是说莱恩 · 埃文斯。”

“我们很快就知道了。”瑞奇的上司声音低沉地说。

“不……不是说这件事是不是埃文斯干的，而是这与我们两年前调查的七宗杀人案的凶手是不是同一个人。”

“我该想到这是让我们朝着那个可能性更近一步，而不是更远。”

“除了一点，那就是这不是骨人的风格。他不会把指纹留在插销上，也不会穿着泥靴子进去。骨人是一个一丝不苟的，精于计算的连环杀手。而这个……”瑞奇朝碎玻璃点点头……“是激情犯罪的产物。”

“这不是多重人格吗？不同的人格特质？”

“也许，不过作案手法呢？”

“瓦伦丁，你在钻牛角尖了。你看，我不是多重人格方面的专家，我都不确定我到底能接受多少这种理论，不过我能肯定的是，这事已经搞得一团糟了。一点都不清晰，这不是一种简单明了的科学理论。我们现有的证据指向莱恩，他跟这个案件有一定关系。在任何一个案件中，我们都找不到他不在现场的证据，他有机会，有动机，而现在，如果我们没搞错的话，他又抓走了地方检察官。”

“你说的对，”马克从后面走过来说，“实验室刚刚确认，一组指纹数据与暴力犯罪缉捕计划档案里，莱恩 · 埃文斯上校的指纹相吻合。”

这正在瑞奇的预料之中，这个结果也让她少了一件担心的事情。

“我们还没有建立不在现场的证据，部分原因是我们还没能讯问嫌疑人，”瑞奇对克雷柯说，“我们现有的证据还都是间接证据。”

“目前为止是这样。”

看来克雷柯明白了她的意思，瑞奇点点头说，“对，目前为止。”

“埃文斯是不是我们两年前调查的骨人，或者是他在沙漠里遇到一些状况，然后回来照着那些案件去做，这些现在都不重要。重要的是，他抓走了韦尔什，而且很有可能抓走了他自己的女儿。我们现在首先要做的是把他们俩活着救回来，看来他好像变得很草率，那我们就来盼望这回他给我们留下点踪迹可循吧。”

瑞奇的手机在兜里振动，她把手机拿出来，看到是赫顿神父的电话。他已经听说了吗？

瑞奇走到栏杆边上，接起电话。“赫顿神父……你早啊。”

“我有件事，”神父说，他的声音又低沉又紧张，瑞奇马上意识到骨人有消息了。

瑞奇转过身朝克雷柯使了个眼色。“他说什么了？“

“他让我告诉你他要去追寻谎言之父了。”神父说。

“他让你打这个电话？”

“而且他坚持说，直到天亮的时候，才能去找他。骨人会一直监视着，如果有人天亮之前过去的话，他们就都没命了。他说在梅纳德南 11 公里的地方。”

神父不说话了。

“他跟你说谁是谎言之父了吗？”

“没有，我猜他指的是骨人。”

“神父，莱恩 · 埃文斯几个小时以前，把伯顿 · 韦尔什从家里抓走了，我想他是在告诉我们他把韦尔什抓到哪儿去了。”

“他是个绝望的人，”神父说，“我强烈建议你等到天亮再过去。”

Chapter 26 第二十六章

“停下来！别动，你老这么动我没法办！”

地方检察官鼓起眼睛看着莱恩，他被莱恩用从自己衬衫上撕下来的一块布塞住了嘴，只能呜呜地叫。莱恩听不到韦尔什想说什么，不过他不用听也知道韦尔什很难受。

韦尔什不愿被这样对待。

莱恩花了整整一个小时才把韦尔什捆好，部分原因是对付一个一百八十来斤还不断挣扎的家伙并不容易，另外一部分原因是莱恩得经常停下来静一静，到此时为止莱恩还只能部分控制自己的情绪。

他一直在告诉自己他不会杀掉韦尔什。他不能那么干，也不会那么干，可是他不能停下来。

如果他是上帝，他就会从天上猛冲下来救贝森妮，不会伤害任何人。可他不是上帝。

韦尔什是一种附带伤害。

但是他不能杀掉韦尔什，他也不会这样做。

而且他也不能不救贝森妮。

莱恩用尼龙绳把韦尔什的手脚伸展开，分别绑在四根金属床柱上，但是他决定不能再把韦尔什往晕里敲了。他不是医生，但是他见过很多案例，包括各种类型的刑讯逼供，明白人的大脑能经受多大力度的钝器伤害，如果大脑无法忍受的话，就会突然停止工作。

墙上的那些图，是骨人对莱恩给出的分步骤行动的指示，成人身上有 206 块骨头，孩子身上有 350 块，不过很多骨骼在长大以后就合上了。

人的骨骼分为两种主系统，中枢骨骼，或者叫躯干；附肢骨骼，或者叫四肢。前者和莱恩没关系，他的任务是要把附肢骨骼的部分砸碎。

在人体的 206 块骨头里，有 52 块组成双脚，而 54 块组成双手，这两个部位就占了总数的一多半。最小的骨头是耳朵里面的镫骨，而最大的骨头是股骨，或者叫大腿骨。

骨人在后墙上画了一张人体骨骼全图，手臂是伸展开的，看起来像是十字架的形状一样。骨人标注出了所有的主要骨骼，从头盖骨一直顺序向下，上颌骨，下颚骨，椎骨，锁骨，肩胛骨，构成躯干上部的肋骨，还有组成臀部的骨盆和骶骨，这些就是四肢之外的骨骼。

胳膊，腿，还有手脚部分的数据就要细致很多，这可能是骨人有意为之。

从这儿用钳子……骨人用粉笔这样写着，然后他画了一个长箭头，指向骨架的门牙。

然后是这儿……骨人又画了另一个箭头指向放大了的右手。

让他安静点，不然会更疼，他晕过去之后会更容易些。

然后，先折断手腕，因为那是最痛苦的。腕舟骨骨折。

还有一幅细节图上是讲怎样折断拇指，让整只手垮掉，不过这样会使受害者手的其他部分不停地颤动，所以骨人坚持从腕舟骨开始。

莱恩一直试图让韦尔什合作，好把他的门牙拔下来，可是几乎没法让他张开嘴，莱恩试了几次放弃了。

他转而去注意手腕，敲掉牙齿太残忍了，不过弄断骨头也是件残忍的事情。

就把这看作战争吧，莱恩对自己说，在任何战争中，都会有人无辜身亡。这也是一样，没什么不同。这就是莱恩一直在对自己说的，抑制感情，把注意力集中到任务上，女儿的模样放心头。

拒绝折断韦尔什的骨头，就相当于杀死自己的女儿。

糟糕的是，腕骨也没比牙容易到哪儿去，杠杆作用在这方面是很重要的，因为从同样的重量来看，人的骨骼是已知最结实的自然物质。它比钢还要硬，比强化混凝土硬四倍，要折断一根健康的骨骼，所需的力量比大部分人想象的要大得多。

很明显，正如骨人在墙上指出的一样，人的骨骼是会向远侧的肢体骨骼结构转移受力的。直接向手掌发力的话，力道会被转移到手臂，而且很有可能会折断锁骨而不是腕骨。人体似乎知道锁骨骨折要比腕骨骨折更容易恢复，因此莱恩不能直接用钳子去折断腕部的舟骨，否则他最后就可能发现断掉的是锁骨，他得利用杠杆作用。

而在利用杠杆作用的时候，如果没有用对压力和角度，他更有可能折断桡骨，这会让腕部下一步的形势更加复杂，因为正如骨人指出的那样，你的杠杆作用就会失败。

莱恩往后退了一步，试图让自己的手不再抖。他已经把韦尔什的衣服脱到只剩一条短裤，然后让韦尔什的右臂垂下来，绑在两块木头上，两块木头之间有十五厘米的距离。

在墙上的说明里，这段距离很重要，距离太远，在折断的时候，骨头就会分离，刺穿皮肤。太近的话，锤头又不能砸断骨头。

伯顿 · 韦尔什躺在那儿发着抖，精疲力尽，他在前一个小时里，已经把大部分精力用在试图挣脱束缚上了。他气喘吁吁，身上汗津津的，闭着眼睛开始呻吟。韦尔什的脖子刮得很光，上面被汗冲得一条条的，他齐整的头发已经湿透了，贴在脑壳上，清鼻涕从两个鼻孔里往外流。

莱恩此时唯一的办法，就是一直让贝森妮的形象浮现在脑海中，对这个试图取代他父亲和丈夫位置的人，他并没有太多的愤怒和怨恨，只是相对于自己女儿的生命，他选择牺牲韦尔什。

他只是要做一切必要的事情去救回女儿，不妥协，不犹豫。

可是他现在犹豫了。

按照墙上的图画去做是一回事，可是半个小时以前莱恩发现，用手去扭曲另一个人的胳膊，直到折断他的手腕，这又是完全不同的另一回事了。

卡立德有勇气去砸断那些无辜孩子们的骨头，是因为他想救自己国家许许多多的母亲和孩子。

莱恩应该同样有勇气去折断伯顿·韦尔什的腕骨，可是他很难鼓起勇气来这么做。

更糟糕的是，他发现要找出为什么折断韦尔什的腕骨的原因是越来越难了。

是的，当然……折断这个人的骨头，而不一定要杀他，作为交换，骨人会延长他女儿的生命，这是个很简单的问题。

油灯的橘红色亮光投射在水泥墙上，照亮了那些图画，很显然，在几个小时以前画的时候，很细致小心。

骨人是个不错的画家。

屋子外面，太阳正在无情地爬上地平线，联邦调查局的人就要来了。如果他们在莱恩执行完骨人的命令之前赶到的话，贝森妮就会遭受更多的折磨。

莱恩的胳膊和手掌都被汗浸湿了，他拿块毛巾擦了擦，然后又擦了擦脸和脖子，这样如果他要按照图上指示的位置，干净利落地折断舟骨的话，汗就不会滴在韦尔什身上。

莱恩把右膝压在韦尔什的前臂背面，拉过来一条长毛巾，按图上的指示裹住韦尔什的手掌。

还没开始加力，韦尔什就大声呻吟起来，他努力想挣开，可是他被莱恩的胳膊压着，根本使不上劲。

莱恩把定位螺栓拧紧，这样把手往回弯的时候，大部分力道会集中在舟骨上。

然后他用力向后拉。

有一阵子，韦尔什的肌肉、韧带和骨头显示出为什么这个部分的骨骼这么难弄断，虽然它那么小。

韦尔什的骨头还没弄断，莱恩的决心已经开始动摇了。无论他有什么样的理由进行下去，用这样的手法残忍地伤害无辜都让他感到厌恶。

莱恩的胸中在翻腾，有一阵子他觉得自己肯定会吐的。

砰。

韦尔什手腕里的一根骨头折断了，他开始惨叫起来。莱恩卸下定位螺栓，把韦尔什的胳膊放开。难道他已经折断了韦尔什的手腕了吗？

韦尔什不叫了，一动不动地躺在那儿，他昏了过去。

莱恩的心猛地一震，血像被强力液压活塞抽出来一样，涌上了脖子和耳朵。他的手在身体两侧发着抖，油灯的火苗映在墙上闪闪发光，可是这间屋子的其他地方都是一片沉寂。

莱恩折断了韦尔什的一根骨头，现在他应该按图上的指示，折断他的手指、两臂和双腿，趁着韦尔什晕过去的时候马上做。

莱恩已经把韦尔什的右臂用毛巾裹起来，放在两块木头之间的空隙里了，他应该把那块腕骨也折断。

可是骨人怎么会知道这些呢？莱恩没有看到任何的摄像头，他也检查了墙壁，没发现有人从混凝土墙上的小洞监视他。到目前为止，莱恩认为骨人会知道这些情况，他现在已经采取了行动，折断了韦尔什的骨头，他是真的希望骨人不会让他失望！

太阳马上就要升起来了，赫顿神父应该已经打了电话，本不该告诉他的，可是现在莱恩已经无能为力。

莱恩跳到墙边，举起沉重的大锤。

电话铃声响起来了。

莱恩放下大锤，无力地跪倒在地上。手机是用胶带黏在床背面的金属弹簧上的，莱恩钻到床底下，扯开胶带，把手机拿过来。

莱恩没有起身，把手机贴在耳边。

“喂？”

“喂，父亲，干得怎么样了？”

莱恩想站起来，可又站不起来，于是他坐在一条腿上。

“他晕过去了吗？”

莱恩往四面扫了一眼，在想是不是有人在监视他。“对。”

“很好，”骨人说，“我还不确定你能照着做呢。你还好吧？”

“我……你在哪儿？我还要做什么？”

“我想我已经说明白了，你忘了吗？”莱恩能听得到电话那边骨人沉稳的呼吸声，“也许我可以……帮你想想。”

“不，不，不用，我想起来了。”

“你按图上说的折断他十根骨头之后，我想让你把他留在那儿，你回到乌鸦所在的地方。如果你是个好父亲的话，我会带你去见贝森妮。怎么样？”

“好。”怒火，这种苦涩的怒火已经压倒一切理由，遮蔽了莱恩的心灵。

“那你最好快点，她在等你。记住，七天，我要在星期日早晨动手。”

“我……我能杀了他，我可以这么干。”

骨人没吭声。

“你不能让我这么干！”莱恩叫道。

骨人再一次说话的时候，他的声音柔和起来，听着很疲惫，甚至有点精疲力尽。

“对不起。”

嘀的一声，电话挂断了。

“不，等等！我不是这个意思。。”

电话那边一边寂静。

莱恩把电话紧贴着耳边，坐在那儿等了半分钟，都没法用力站起来。他知道自己已经越线了，可是他此时没法去考虑自己的错误所要付出的代价。

莱恩慢慢地支撑起身体站起来，把手机放在床上，拿起大锤，走近失去知觉的伯顿 · 韦尔什。

“离你目前所在位置向西约 65 公里。”瑞奇膝上的无线电呼叫机噼噼啪啪地响了起来。她看不到向他们传送消息的直升飞机，因为虽然西边的地平线已经开始泛白，可天空还是暗沉的，时间显示是早晨 6 点 07 分。

“我们看到一辆深色小轿车，重复一遍，我们看到一辆深色小轿车，停在目标变电站附近的一个小矿场底部。”

停顿了一下。

“我们要进去看看吗？”

瑞奇拿起对讲机，按下语音键。“不，等等。”然后转过头问正在开车的马克。“还要多长时间？”

“二十五分钟。”

“争取十五分钟到。”

“不知道这辆旧别克能不能开到时速超过一百六十公里。”

瑞奇转回头跟对讲机那边说，“我要你们往后退，明白吗？我不想让地上的人知道他们被发现了。”

“明白，不过如果他们在外面的话，应该已经听到我们飞来的声音了。”

“那就走远点儿，离开那儿。”

“收到。”

瑞奇把对讲机放下来，端详着前方泛白的天空。路边的一间农场小屋还沉浸在黎明前的寂静之中，瑞奇还记得十年前也有一间类似的乡间小屋，宁静沉寂。走近那间小屋你不会觉得有什么不对劲，当然也不会有什么东西会让你想到，会有那样的悲剧藏在荒野宅院的四壁之内。在里面他们找到了四具尸体，其中两具是一个十七岁女孩的父母，女孩被她的男朋友操纵，答应帮助男朋友杀死她的家人，因为他们不许自己见他。

这样的事情就在全美一直发生着，一般来说不像荒野杀人案这样惊心动魄，可是反映出的社会痼疾都是一样的。那些瘀青的面孔，排成一排的吸毒者，破碎的心灵……

从 2008 年 1 月 1 日起，有史以来第一次，美国人当中的整整百分之一被监禁入狱（准确地说，99.1 个人里就有一个）。这个数字让那些关心此事的人大吃一惊，因为一直以来，美国都把它丑陋的一面隐藏得很好。

没有人想去关注社会中常见的邪恶现象，只有很少的人愿意把他们自己对幸福的追求放到一边，去考虑贪婪和嫉妒会造成什么样的影响。以瑞奇看来，人类从本质上就存在着很多问题。对于每个被监禁的人来说，都有另外十个人应该被抓起来，可这样就会把十分之一的美国人都关进监狱。

这样的话该怎么办呢？你就会集中精力办大案，放过剩下的小案子。当一个像骨人这样的凶手被公之于众的时候，他们会变得暴跳如雷，可是骨人其实只是冰山一角，而像瑞奇这样的调查员就得学会自己承受压力。

他们的车拐了一个大弯，瑞奇往右边看了看，发现两辆黑色的林肯车在他们后面疾驰，一个七辆车组成的车队依次从拐角处飞驰而去，都亮着大灯。

“你会说这是早晨吗？”

“刚刚破晓，”马克说，“我觉得就是这么回事，很难相信我们会在这个时候找到什么东西。你知道就像你追捕某些人几年，而他们根本就不出现，然后你接了个电话，一切就都结束了。”

“不知道为什么，我有点怀疑，”瑞奇说，“别忘了是骨人打的电话，为什么骨人会引着我们去找他呢？”

“因为他不是我们两年前要抓的那个骨人。”

根据锤子侧面的印记来看，它的重量是三公斤。想想你拿着一把三公斤的大锤，去砸断尺骨和桡骨，而不让骨头刺穿皮肤，这得有多难。

这就是莱恩站在韦尔什那个大块头跟前，一直在折磨自己的问题

韦尔什在莱恩的锤头第二次朝他挥过去后在前臂上弹开的时候醒了过来（第一次完全没砸到）。韦尔什也不叫唤了，只是喘着粗气盯着莱恩看。

“对不起，”莱恩说，“我本不想这么做的。”

韦尔什吼叫起来，大概是一长串脏话，然后又开始喘粗气。

“我只需要弄断十根骨头，”莱恩说，“我不得不这么干，没有别的选择，我的女儿在他手里。”

韦尔什又骂了一串脏话。

莱恩又考虑了一下他的困境，都考虑了一百次了，他想找出什么办法不用去弄断这些骨头，可是所有的推理最后都在一个地方结束。骨人要杀害贝森妮了，唯一可能阻止他的办法就是伤害韦尔什。

这儿可能马上就要破晓了。

莱恩把大锤举过肩膀，瞄准韦尔什的胳膊。如果他往后退一步，就按平时抡锤的样子去砸的话，锤头有可能会碰到天花板，而且还有可能砸碎臂骨。反之，莱恩必须把锤头和手臂垂直，然后用比上次更大的力道砸下来。

莱恩的胳膊开始发抖。一根断骨是什么样的？如果就砸断一根骨头就能换来自己女儿的命呢？

可是莱恩没办法止住不抖，现在发展到他的腿也开始抖了，他突然感到一阵恐惧，如果他现在不挥锤的话，就有可能完全丧失决心，也就可能不会有足够的勇气去救自己的女儿。

被恐慌驱使着，莱恩站在韦尔什固定好的手臂跟前大叫起来。

当他开始大叫的时候，他闭上眼睛，用尽全身力气挥动了锤头。

“向左。”

马克向左拐，上了 83 号公里，然后往南一路飞驰，后面跟着黑色林肯车和陆地巡洋舰，每辆车都闪着大灯。他们默不作声地开着车，离直升机定位的矿场越来越近。

双向车道两边的地里种着玉米，晚秋作物在逐渐破晓的天光中，看起来灰蒙蒙的。这个早晨天会亮得慢一些，不会有人意识到，在某处，某些人正在受苦。

曼谷的一个雏妓。

阿富汗村庄里的母亲们。

得克萨斯的一个地方检察官。

瑞奇的对讲机响了，“你们已经接近那条路了。”

前两者没有人赶去救她们。

而她现在正赶去救韦尔什。

“这儿，在这儿！”

瑞奇指着那个写着“登陆者巷”的歪歪扭扭的路标，马克把别克车拐进了那条切入两块田地中间的土路。

路上的碎石子被后面的车队压得噼啪作响，卷起一片尘土。

“好，慢下来，我们离那儿只有一百多米了，矿场在变电站右边。”

瑞奇打开对讲机。“好，我和马克先进去。我们在周围一建立环形包围圈，就向门口进攻，我需要一个小组站在车上掩护我们进去。”

“收到。”来自机动部队的罗杰 · 克莱门斯说。

他们往篱笆那边开的时候，马克把车放慢了速度。篱笆里边是组成变电站的变压器和电线杆。

“跟着路标指的方向走。”瑞奇低声说。

马克把车开进一个空矿场，车灯照到了停在中央的那辆黑色福特金牛座车。这时天空泛起鱼肚白，而且越来越亮，不过太阳还没有跃过地平线。

“停下来。”

马克换到停车档，然后他们俩下了车，走进凉飕飕的晨风中。后面的车陆续开过来，在矿场排成拱形，尘土飞扬。

从车上看，没有生命迹象。

所有人的眼睛都盯着被电力公司标注为废弃储藏室的那扇门。

瑞奇从肩带上取下手枪，对准了储藏室大门，然后等着其他队员占据各自位置。这个预防措施会花费他们一点时间，不过在任何未知环境下都值得这样做，而且事实也证明这样做是对的。

马克低声说：“准备好了。”

瑞奇蹲下来踮起脚尖慢慢往前挪，她的枪一直指着门，以防门突然打开。

但是门没开。

而她听到门里面有一声哀号，像是男人在哭，她背后升起一阵寒气，那声音听起来像是一只受伤的野兽，也许那不是人。

马克上前一步走到门跟前，抓住了门把手。在瑞奇迅速点头示意之后，突然打开门，让瑞奇对门里面有一个全面的视角。

瑞奇走了进去，用枪指着里面，手指扣着扳机，随时准备开枪。马克也上前跟瑞奇站在一起。

进入犯罪现场的第一瞬间，往往是肾上腺素集中分泌，精神高度紧张的时刻。你永远不知道你是会遇到一颗子弹，一个受害者，还是一间空房子。这几种情况都不是什么好事，无论是哪一种情况，都会使真相揭开的那一刻不那么舒服。

在这儿也不例外，瑞奇在一瞬间就看了个清清楚楚，她感到胃里一阵翻滚。

昏暗的油灯下躺着一个半裸的男人，瑞奇认出来那是伯顿 · 韦尔什，他被绑在一张铁床上，两条腿和一条胳膊分别绑在一个床柱上。

韦尔什的另一条胳膊裹在毛巾里，垂下来卡在两块木头中间，前臂用一种很难受的姿势扭曲着。韦尔什胸口一起一伏，毫无知觉地躺在那儿。

地板上躺着另一个人，脸冲下，抱着一把大锤，哭着说，“不，不，不，不……”

那个人慢慢转过头来，脸上是一道道的泪痕，抬起头看着上边，是莱恩 · 埃文斯。

“我不能，”眼泪从莱恩扭曲的脸上流下来。“我不能这么做，我不能。”他就一直那么说着，瑞奇也为他感到难过了。

马克从瑞奇身边走过去，用枪指着莱恩的头。“别动，小子。”

第二十七章 *Chapter 27*

贝森妮躺在床上，蜷作一团，冻得直发抖。她知道并没有那么冷，可是她的皮肤在几个小时之前就开始刺痛，她也没有办法止住不抖。

而事实是，她现在已经坚强起来了，她已经能够战胜恐惧，尽可能平静地呼吸，尽量仔细考虑已知的信息。

有其父必有其女，不过贝森妮恨莱恩让自己也像他一样。

可是，如果她像妈妈赛琳，那她现在就会变成一具感情用事的肉体。

时间一天天地过去了，贝森妮也不知过了几天，不过她很清楚的是，时间每过去一小时，她幸存的机会就增加一分。人不吃东西能坚持多长时间呢？贝森妮看过一个电影，讲的是一个人在阿拉斯加迷了路，饿死了。贝森妮不记得是几天还是几星期了，不过那个人还有水喝，不是吗？而她已经很长时间既没有东西吃，也没有水喝了，也没有要大小便的感觉。

连眼泪也不流了。

这些还都是小事，关键还不是她在这间混凝土房间里做什么不做什么，而是谁把她放到这儿来的。

这才是问题所在。

这就是随着时间一分一秒过去，一直在折磨她的问题。贝森妮对于绑架她的人知之甚少，甚至还没有见过他，不过她确信的是，现在的情况就是让她一个人在这里心怀恐惧。

骨人把她一个人放在这儿，是想让她崩溃掉，而这已经开始奏效了。

首先是她的心理，然后是她的身体。骨人就要像折断其他女孩的骨头一样，去折断她的骨头了。

为什么呢？因为他是凶手，而她是受害者。而贝森妮越往下想，越觉得跟她以前想过的也没什么区别。

她恨骨人的恶行，也恨自己成为骨人猎杀的对象。

自杀的念头这几天来一直在贝森妮脑中盘旋，可是她一想到低下头朝墙上冲过去一撞，一切就都结束了，就又觉得自己还不想死。实际上，这才是问题的真正所在。如果她不在乎生死的话，她也不会这样痛苦地躺在这儿想着把她抓来的那个坏家伙。

一件事情给了贝森妮希望，无论如何，有一样东西能够让她看出问题的症结所在，那就是她的愤怒。

贝森妮一声不响地躺在那儿的时候，她发现当自怨自艾变为愤怒的时候，她的心跳就会加快，而心跳加快的时候，她又想活下去。而这有时候会让她站起来走来走去。

她想要活下去的理由，变成了要看看骨人是个什么样的人，而她自己又是什么样的，她又是怎么跟这个人扯上关系的。

当贝森妮想到骨人的时候，想到如果骨人此时就坐在地上，而她正好手里有只枪或者一块石头的话，她会怎么做——那等她报复完骨人之后，人们肯定都认不出他的样子来。

可这种诸如骨人坐在地上，递给贝森妮一支枪，于是贝森妮朝他头上开枪的想法，就像她能长出长牙来咬穿墙壁，重获自由一样荒谬。

更有可能发生的是，骨人最后进了这间屋子，开始准备折断她的骨头。到那时为止，贝森妮都是无能为力的，而当骨人到了她跟前的时候，她会改变自己，这样骨人就会发现她并不合适。

又或者她会试着改变骨人，让他不再像自己本来所想的那样去对待贝森妮。

贝森妮曾经想了又想，一个十六岁的女孩怎样做，才能让自己和绑架她的人对不上号。骨人并不是要强奸女孩子，她两年前就从新闻报道里看出来了，这至少是个努力的方向。

骨人希望自己被需要，难道这不是所有人的希望吗？这种不被需要的痛苦驱使他去做这些事情，贝森妮至少能理解这一部分。

又或者复仇心理在驱使着他，也许他妈妈打过他，或者把他关在橱柜里，周末才给他吃东西。贝森妮很久以前就觉得，这应该也是一部分原因，骨人孩提时代的遭遇使他成了现在这个样子。

或许他的爸爸抛弃了他，贝森妮就是这样的，她还没有堕落到这样的地步，当然也不可能这样。

为了被承认，被爱，人究竟会走多远？

又或者骨人是为了给社会一个教训，他作为一个征途中的“斗士”，通过杀死那些女孩，来使自己有一种英雄的满足感。他给自己的行为找出正当理由，然后最终得出自己被需要的结论。

又或者他只是精神有问题，做这些事情只是为了好玩，就像一个孩子点着猫的尾巴玩。

这让贝森妮进一步想到，人们究竟是为了什么去做坏事呢？为什么有些暴徒会去杀人呢？为什么父亲抛弃他们的女儿呢？为什么小偷会往加油站员工头上开枪呢？为什么老鸨会强迫女孩卖淫呢？为什么政客会憎恨那些挡他们路的人呢？

而这些最后都会归结于被需要。

贝森妮呻吟了一下，慢慢翻过身来，这样她的左胳膊就可以支撑她坐起来。她觉得屋子在旋转，于是她坐了一会儿等晕劲过去，然后把腿放到地上来。

床垫很脏，把贝森妮的蓝格子法兰绒睡衣下摆弄脏了，把她的白 T 恤也变黑了。

可能听起来很奇怪，此刻贝森妮最希望的居然是看到骨人走进这间屋子，说清楚他到底想干吗。而直到那时为止，贝森妮都被丢在一边，让她自己精神崩溃，而她都不知道自己还能忍受多久。

贝森妮自从第一次在这儿醒过来的时候，就一直在对自己说这些，可是在过去的几个小时里，开始有一些变化了。之前给过她一点希望的愤怒开始减退了，取而代之的是一种被隔离的感觉，甚至是一种被遗忘，被抛弃的感觉。

那些穷困潦倒的人肯定也会有这种感觉，如果连骨人也不来找她了怎么办？

如果根本没人在乎她的死活怎么办？

如果她的一切希望、梦想和目标，就在这么一个大坟墓里，随着她这样一种缓慢的可笑的死亡，而消失不见？

如果……

外面沙沙的声音打断了她的思路，她的心怦怦跳起来。可能是只老鼠，或者风声，或者只是她的想象。

可是那个声音又响起来，还有脚步声。

贝森妮站了起来盯着门口，然后又很快地坐回到床上。也许她应该躺下来！是警觉地站在那儿，耐心地坐着，还是疲惫地蜷在床上，更对他的口味？

她不自觉地擦了擦脸，好像觉得脸上有点脏，至少该让自己看起来像点样子。

像样？她在想什么呢？

贝森妮坐在那儿，合起双手放在腿上，等着骨人打开门。

Chapter 28 第二十八章

他们在讯问室里待着到处看，走来走去，不愿意去相信莱恩说的可能就是事实的真相。讯问室里摆着一张白色的桌子，桌子周围乱放着六把轻便折叠椅，还有一扇很大的单向窗户，可以让警方从隔壁房间监视而不被发现。远处的墙边放着一辆推车，上面有台黑色电视机，正对着莱恩。

这间屋里剩下的就都是人了，在之前的一个小时里来来去去。那时候这些人里面，包括站在角落里的一个警察，瑞奇·瓦伦丁，她的上司莫特·克雷柯，地方检察官伯顿·韦尔什，他刚刚出院，像一头只看得见红色的公牛一样走来走去。人们跟他说，他刚刚胳膊骨折还不到十二个小时，没有必要到这儿来，可是愤怒的公牛是不会听医生的话的。

韦尔什开了一个新闻发布会，他像一个刚从集中营越狱归来的战斗英雄一样出现，好像是他以一己之力结束了战争，把给所有人带来恐惧的暴君绳之以法。

莱恩清楚他正在面对难以克服的困难，除了地方检察官的胳膊以外，还没有什么拦得住他，可现在连他狂乱的恳求和解释也成了阻碍。

在联邦调查局探员进入储藏室的那几分钟里，莱恩一直在求他们理解自己，把他的案子弄清楚。他不能那样做，无论用什么来交换，他都不能杀害无辜的人。可问题是，贝森妮是交换条件！他们一定要阻止骨人。

但是没人去理会莱恩的急迫，他现在紧紧抱着一线希望，就是他还能够去找骨人见面。

莱恩并不是只有一种选择，他可以等律师来处理自己的案子，而贝森妮会因为他没有满足骨人的要求而遇难。

或者他可以设法让这里的人相信他，寻找出去的方法。

“我觉得你还不明白，这听起来有多牵强，”克雷柯皱着眉头看着莱恩说。他若有所思地用手指点着脸，又说，“如果你是在这个所谓的‘骨人’的要求之下做这些的话，那你为什么要用女儿的生命来冒险，去给赫顿神父打电话呢？我觉得你会按他说的做。“

“长官，你试过折断人的骨头吗？“

“好吧，这么说你下不了手。那你为什么要给赫顿神父打电话呢？”

“这难道不是我该问你们的问题吗？”莱恩说，“我为什么会打电话？你们一点都没听我说吗？我要在早晨之前去找骨人，你们把我抓到这儿来，真正的魔鬼还在那边抓着我女儿呢。”

“我们没往你额头上开一枪，仅仅是因为你是唯一知道贝森妮位置的人，”韦尔什恶狠狠地唾了一口，“别拿你这点运气开玩笑。”

莱恩用戴着手铐的手捶着桌子。“我，不是，骨人！”

韦尔什绕过桌子，抓住莱恩的领子，其他人都还没来得及反应。韦尔什把脸凑近莱恩，莱恩都能感觉到他的呼吸。“我该现在就折断你的脖子，你这条鼻涕虫。我还在那儿，你不记得了？”

瑞奇走过来，把韦尔什拉到一边。“韦尔什先生，往后站。”

韦尔什像头受伤的熊一样转过来瞪着她。

不过瑞奇并没被他吓住，她说，“我们没有对他开枪，是因为这样我们就成了凶手，不是吗？他还没有定罪，没必要扣扳机。”

“定罪？”韦尔什放开了莱恩的领子。“这家伙把我从家里抓走，把我敲晕，折断了我的手腕，拿起一把大锤对着我的胳膊，要不是被阻止的话，他还会砸断我的每一根骨头。”

“但是他已经被阻止了，”瑞奇大声说，“我们现在还要去弄明白为什么他会被阻止，为什么他给神父打了电话，为什么他没像骨人两年前做过的那样做。”

“因为他被阻止了！”韦尔什吼道，“你这都不明白吗？”

“你受了伤，”瑞奇毫不畏惧地面对着韦尔什说，“但是请不要用它来做糊涂的借口。我不是在给嫌疑人的行为开脱，只是要指出，他可能不是我们两年前发现的那七宗杀人案的凶手。我们现在还没有足够的证据来确定他就是骨人，还是他由于在沙漠的遭遇而模仿骨人的行为，又或者他只是一个受到伤害的父亲，照他所说的那样去做事。”

韦尔什往瑞奇这边跨了一步说，“我就在那儿，看着他的眼睛。在我看来他毫无疑问就是骨人，而且我要告诉你，一旦我选定了陪审团，他们也一样会这么想。别挡我的道。”

“够了！”克雷柯说，“我们现在是在同一个阵营，伯特，往后站。”

韦尔什看着克雷柯，不情愿地往后走了几步。“这会儿我只想救孩子，”他回过头指着莱恩，“他知道贝森妮在哪儿。”

莱恩坐在那儿，慢慢地清晰地说着，好像他的话里藏着脆弱的真理。“韦尔什先生，你跟他们一样笨。骨人管你叫谎言之父，他想要你的命，因为他认为从你假装爱贝森妮开始，你就都在撒谎。”

瑞奇睁大了眼睛。“他跟你这么说的？”

莱恩得小心从事。“一部分。”

“他就是骨人！”韦尔什叫道。他往喉咙里放了一片止疼片，吞了下去，然后颓然坐在桌子旁边的一把椅子上。

“骨人想要你的命，”莱恩说，“他就在那儿，你要拿命来赌我是骨人吗？”

没人搭腔，然后莱恩又进了一步，他转向瑞奇，她看起来像是这儿最有可能支持莱恩的人。

“你们得放我走。”

可是一说出来，莱恩又觉得自己是在浪费时间。他没按骨人说的去做，现在贝森妮可能就会遇害。莱恩的心头一紧，呼吸急促起来，不过他及时闭上眼睛，控制住情绪。

“他在等我”，莱恩睁开眼看着瑞奇，“我还来得及去救贝森妮。”

“去哪儿？”

“我……”莱恩不能告诉他们，因为任何警方介入的迹象，只能让自己救出贝森妮的希望破灭。警察会去鸦巢，骨人就会知道他已经告诉了警察，警方就只会找到贝森妮的尸体了。

“我不能说，你知道骨人会杀了她的。你可以随时追踪我的去向，或者找别的办法跟踪我，可是你得放我走，我要去见他，他已经说得很清楚了。”

“如果你觉得我们会蠢到放了你……”韦尔什看起来惊愕得都有点语无伦次了。

门开了，可莱恩还是一直盯着韦尔什。“你偷走了我的妻子，你偷走了我的女儿，现在你又要在那个变态杀她的时候袖手旁观？”

“我是要去救你的女儿，”韦尔什说，“从你的手里。”

“你把贝森妮藏在哪儿了？”莱恩呆了一下，然后才把注意力从韦尔什那儿，转到赛琳的声音上面。

莱恩转过头来，看到赛琳站在门口，穿着一件浅绿色的裙子，白色丝绸衬衫上系着一根宽宽的黑腰带，还有黑色的高跟鞋。她盯着莱恩，目光像刀锋一样，就像老鹰盯着自己的猎物。

可赛琳是自己的妻子啊，莱恩还没有完全接受，更不能理解他们离婚的事实。看到她交叉双臂瞪着自己，莱恩在一瞬间涌上了两种感觉，一种是归属感，而另一种是被抛弃的感觉。

这是跟他结婚了十五年的妻子，他们搬了六次家，还一起养大了一个孩子。莱恩一直供养着妻子和孩子，而赛琳一直在照顾孩子。虽然中间他们经历过很多次挫折，还是像十五年前发过誓的那样，一起走过。

可也正是赛琳，不止一次地背叛莱恩，而且已经成了习惯。她竟然会引狼入室，把韦尔什这种人领进家。

赛琳恨他，而且很可能每个没有像她期望的那样去爱她的人，她都会恨，包括贝森妮，虽然赛琳绝不会承认这一点。

赛琳把胳膊放下来，走到桌子跟前说，“你把我的女儿藏哪儿了，猪头？”

赛琳的声音又低又冷地掠过莱恩，莱恩发觉他没法回答。

“告诉我！”赛琳尖叫起来，“告诉我你把她关在哪儿了！”

“我没抓她！”赛琳怎么能这么说他?

人们说，距离产生美，可是在莱恩这儿，他离开的两年以在沙漠里的一场残酷遭遇而告终，而回到这里，又发现另一个男人已经把他对赛琳的美好回忆都偷走了。她变成了一个女巫。

但是再想想自己，莱恩原谅了赛琳，因为她是孩子的妈妈。

可是想到自己的妻子会相信他去伤害自己的女儿，莱恩的大脑一时间一片空白。

他没办法去思考，因此他只是重复着刚才说过的话。

“我没有抓走我们的女儿！”

“闭嘴！”赛琳叫道，眼睛里含着泪。她挥舞着被骨人折断的手说，“别骗人了！你就没有感情吗？你怎么能这么冷酷？”

“我……我是要去救她。”

“去救她？你十五年前就离开了她！你以为有人会相信你这些胡说八道吗？你会在丢下她之后再跑来救她吗？你抛弃了她！”

莱恩没办法再听下去了，因为他知道这里面有真实的部分，他离开了贝森妮……

如果他能重新过那十五年的话，他会就待在贝森妮身边保护她，晚上就睡在她门外，在她早晨上学前就给她做一桌子好吃的。

什么时候贝森妮想要的话，他就去找她吃午饭，跟她的老师聊天，邀请她的朋友下午到家里玩，只要能和贝森妮在一起。

为了吸引人们的注意力，让大家知道莱恩·埃文斯爱自己的女儿超过自己的生命，他可以做一切事情。

他会参加每一场橄榄球赛，用最大的音量和她一起欢呼，半场休息的时候他会去给她买个热狗，这样她就能和其他的拉拉队员一起待在场边。

如果他能重来一次的话……

可是莱恩不能，他只能从现在开始活下去，而现在他的女儿既没在床上酣睡，也没在早晨醒来，又或者在男生的注视下穿过学校大厅。

现在贝森妮正在一个魔鬼的手里，他死也不能让那个魔鬼动她一根头发。

可那只是他的一相情愿，因为事实上，贝森妮受的苦决不仅于此。

莱恩的思绪又转到屋子里的人对他的指控上来，他几乎有一种冲动，要打倒所有挡住他的人，向女儿所在的地方冲去。

这时莱恩意识到所有人都在等着他的反应，瑞奇 · 瓦伦丁一声不吭地走来走去，温和地看着莱恩。韦尔什挑衅地盯着他，而联邦调查局的负责人克雷柯站在那儿陷入思考之中。

赛琳半张着嘴，一副轻蔑的样子，看起来就像被迫吞下一勺烂泥一样。

莱恩深深吸了一口气，双手在桌子下面攥紧。为了贝森妮，他得澄清事实，得把他们拉到自己这边来。

他看着赛琳，咽了口吐沫，然后说："你说的对，我并不总是明白做一个父亲意味着什么，可是我在沙漠里的时候已经变了。"他的声音让人觉得他每一个字都说得很艰难。

"我知道我抛弃了你和贝森妮，现在我发誓要改。当他们把我绑在一把椅子上，强迫我看着他们折断那些无辜孩子的骨头，因为我们曾经对他们的孩子那样做过。他们用了骨人的例子，是因为这是一个典型的案例，而他们觉得自己就像该案的受害者一样，我也是，我们大家都是。"

莱恩觉得一阵头晕，不过他还是强迫自己说下去。"可是我不能像他们那样做，为了救贝森妮，我可以伤害我自己，我可以伤害骨人，仅此而已。我最后还是注定要承担起一个父亲的责任，难道你不明白吗？"

"通过折断我的手指头？"赛琳又用包扎着的指头指着韦尔什说，"通过绑架我的爱人，用枪指着他，剥光他的衣服，然后拿着大锤往他胳膊上砸？当然，现在可以解释了，我过去是瞎了眼？去当你的好父亲吧。"

莱恩听不下去了，他噌地一下站起来，用拳头捶着桌子叫道，"我欠她的！”

“莱恩，是你欠她的，不是伯特。”赛琳回嘴说，“你不是上帝。”

莱恩犹豫了一下，说，“我现在明白了，让我走吧，让我去救她，我不是骨人。”

所有人看着莱恩。

莱恩看到大家都在注意他，就有点着急地继续说道，“想想吧，贝森妮出事一整天以后我才知道，你们都没告诉我。可是，凶手给我留了话，要我去找他。我承认，我有点失控，然后我就发现自己成了个嫌疑犯，可是骨人还在等我。”莱恩往墙上捶了一拳，“他已经提出了挑战，我没有选择，只能接受，因为我不能去找警方——因为你们都认为从各方面来看，我就是骨人！所以我就自己去找他了。”

莱恩看着瑞奇，“我得解释多少次，你们才能明白？”

“我认为问题是你的解释只是一种可能”，瑞奇说，“而十二个小时以前，我们发现你在一个地下室里，手里还拿着把大锤。”

“可是我已经在这儿了，看着我的眼睛，难道我没有说实话吗？我抓走了地方检察官，只是因为骨人命令我去抓他，把他带到矿场，在天亮之前折断他的骨头。我只有一晚上的时间让他找到我，否则一切就都结束了。看在贝森妮的份上，你们得放我走，然后再抓我，起诉我，怎么都行，可是一定要给我这个机会。”莱恩现在对着赛琳说，尽管她无权决定。

“求求你。”

赛琳又往前走了一步，抬起手，用那只没受伤的手重重地给了莱恩一个耳光。

“你是个被嫉妒冲昏头的坏家伙，”赛琳说，“你以为你是谁，胆敢伤害我爱的人？我要尽一切力量让你死在电椅上，听到了吗？你对我来说已经死了。”

赛琳丢下这番令人震惊的话，重重地往门边走去，她心里想的更多的是自己和她的新情人，而不是女儿。

“还有你的女儿，”莱恩说，“我是她唯一的希望，你离开我，也就意味着离开了贝森妮。”

可是莱恩心里清楚，赛琳的头脑已经糊涂到不会想到要转身回来的，她一言不发地走出门去。

莱恩颓然地坐回到椅子上，贝森妮，他唯一的女儿，他爱她超过自己的生命，就要悲惨地死去了。

“从他嘴里掏出点东西来，不然就让我来，”韦尔什一边说一边跟着赛琳往外走。“我上午第一件事就要传讯他，相信你们能一直把他关到那会儿。”

韦尔什把那份措辞严厉的起诉书留下，关上门走了。

莱恩把双臂放在桌子上，发现两条胳膊都在发抖，当他的感情不可控的时候，他的胳膊就会发抖。手铐也跟着在振动，就好像手腕上有什么东西，触动了他的内心深处一样。

也许是因为这象征着他的弱点，作为一个父亲，他只能做这么多了，又或者可能在提醒他人性的束缚，人的生命最后以不可避免的死亡而结束。

他不是上帝，他不能让天空裂开，扫除一切敌人，来拯救大声呼救的迷途孩童。可现在他却是嫌疑人，被铐着坐在讯问室里……

莱恩的头脑里突然充满了骨人在储藏室墙上画的一幅图，一只断手。

“莱恩，告诉我，”瑞奇 · 瓦伦丁拉过一把椅子，坐在莱恩对面说，“乌鸦在哪儿飞？”

莱恩抬起头来。“不好意思？”

“你跟骨人在哪儿见的面？”

“你该知道啊，你在那儿找到我的。”

“你在矿场里待了三天吗？”

“对。”这是在说谎，可是莱恩还不能说出鸦巢的位置，得等到他绝对肯定没有其他选择之后才行。“我还能做什么呢？我得等着他。”

“那你在电台发布消息，是要告诉他你会在哪儿对吗？可是他让你到矿场去等着？不好意思我还是没弄明白，可这对不上号啊，讲得详细点好吗？”

“我们有空的时候会把这些都弄清楚的。现在已经八点钟了，我跟你说，我们没时间了。”

“上校，如果你真以为我们会放你走，那你就大错特错了。”克雷柯说。他走到桌子顶头的一把轻便椅子跟前坐下来，翘起腿，把手放在膝盖上。“你想引导我们把两件事混为一谈，可事实上你犯了一项重罪，这件事已经尽人皆知了，从我们发现的证据来看，也没有什么争议。你绑架了一个人，还对他造成了身体伤害，这可能会判入狱二十年。我觉得你还没有意识到你现在的处境。”

莱恩看着瑞奇和善的眼睛，正如他相信瑞奇会信任自己一样，他也很清楚瑞奇现在无能为力，没办法帮他。

“求你了，长官，如果我在太阳出来之前不出现的话，骨人就要杀害我的女儿了。”

“哦，莱恩，这是个问题，我听你说了这件事，可是你没说她在哪儿。你也能意识到这里面是有矛盾的。”

“我不知道她在哪儿！我要是告诉你们骨人让我到哪儿去见他，他会知道这事的。你能跟我保证不让骨人知道吗？”

瑞奇皱了皱眉头说，“在我看来，你没有别的选择，或者你来告诉我们，或者我们自己去查，当然，如果我们有密报的话……”

克雷柯补充说，“如果我们找到另一个骨人的话。”

瑞奇看了克雷柯一眼说，“另一方面，如果你不告诉我们，你和我们都没出现，骨人还是会杀害贝森妮。还有别的可能性吗？”

莱恩没回话。瑞奇说得对，可是他半夜之前没必要打那个电话，那样还是会给他们时间，在拂晓之前赶到鸦巢，如果他们用直升飞机的话。

“不告诉我们见面地点的话，只会危及你女儿的生命，”瑞奇说，“我知道你对她的感情，我得承认我被你的沉默搞糊涂了。我们要谈谈怎么把她救出来，而不是干脆什么都不说。”

莱恩想，除非你知道这事比不知道对她还要危险。

“对不起，我不能冒这个险。”莱恩说。

“埃文斯先生，因为你没有完全说出真相，不是吗？”克雷柯说，“也许，我是说也许，你会因为抓走你自己的女儿而被判有罪。”

“不。”

瑞奇朝桌子这边探过身来，说，“好，假设我们在你身上安一个电子标签，然后我们放你走，通过一架保持安全距离的直升机跟着你，比如说离你几公里远，另外还有地面力量支持，你会同意去见骨人吗？”

“这不行。”克雷柯说。

瑞奇举起一只手，“我是说假设。”

“如果我确定你们不会干涉的话，可以。这不仅仅是见面，我不知道骨人会做什么。那个标签不能是录音设备，或者能在他搜我身的时候发现的东西。”

“如果他出现的话，我们就冲上去抓住他。”

“他不会上当的，我怎么知道你们会不会恪守诺言呢？”

“她不会的，因为这根本就不可能发生。”克雷柯说。

“长官，如果你想想目前的情况——”

“我已经考虑过目前的情况了！”克雷柯站起来朝门边走去。“他已经跑过一次了，公众会气疯的，不行，不用讨论了。”

莱恩看到瑞奇紧咬牙关，看来她不愿意被马上拒绝，不过她并没有继续争辩下去。

瑞奇拉开椅子站起身来说，“埃文斯先生，那我建议你坦白，如果你是对的，时间在一分一秒地过去，你会希望竭尽全力救你女儿。但事实是目前为止只有我才能行动，而且不管你相不相信，我和你一样，希望能在事情变得太坏之前找到贝森妮。”

瑞奇转身往外走，在门口又停下来回过身说，“请你帮我找到她，什么时候给我打电话都行，我会等着的。”然后瑞奇也离开了，莱恩自己坐在那儿，站在角落里的警卫在默不作声地打量着他。

莱恩盯着腕上的手铐，在想骨人是不是已经开始折断贝森妮的骨头了。

想到这儿，他心里一阵难受。

Chapter 29 第二十九章

贝森妮一动不动地坐着，眼睛紧盯着门闩，门闩嘎嘎地响着，然后慢慢地抬了起来。她的心怦怦地跳着，她又一次开始考虑是不是躺下来，因为骨人可能是那种会被任何不屈服的东西激怒的人，如果是这样的话，她就会屈服。

又或者他可能是那种尊重力量的人。

力量，贝森妮下了决心，她坐在那儿面对着门，门慢慢开了。

一个人走了进来，他个子很高，短发贴着头皮，深陷的眼睛在昏暗的光线下闪闪发亮。他穿着一条大腿上有口袋的那种休闲裤，衬衫扎进裤子里，是一件普通的棉衬衫，技工或者管理员穿的那种。

可是那个在门口看着她的人并不是什么技工，除非把医生的工作也看成技术活。

这是骨人，从骨人的角度看，他是个骨科医生，就像两年前帮贝森妮接好锁骨的约翰逊医生一样，贝森妮当时在做一个常规下法的时候，把锁骨摔断了。虽然贝森妮的手在腿上直发抖，她还是想把骨人当成一个医生来看待。

"还好你最后还是进来了。"贝森妮说。

贝森妮的声音有点生硬，很明显比较紧张，不过她只能做到这样了。

"你介意换个房间吗？"

贝森妮没料到骨人会问这个问题，于是她只好本能地回答，“好的。”

骨人走到一边，伸出手来说，“抓住我的手。”

贝森妮朝他走过去，犹豫了一下，然后握住了他的大手。他的手又软又凉，不像是干重活的人的手。

贝森妮还没好好考虑措辞，就说了出来。“你的手不是我想象的那样。”

骨人只是看着她。

贝森妮过去一直盼着见到骨人，她清楚自己活下来的唯一希望就是要么改变骨人，要么改变她自己，要么改变他们俩。她太着急了，骨人马上就会看穿的！

“你的手很软，在这种地方不太可能见到一个抹着润肤露，手感很柔软的人。”

“谢谢。”骨人说。

骨人紧握着贝森妮的手，但并没有使劲，领着她出了房间，穿过大厅，上了混凝土楼梯，然后走到最里面的一间屋子跟前。

“你可以在盥洗室里方便，厕所里没有抽水马桶，我过一会儿得去冲。我已经把里面可能作为武器的东西都拿走了，所以盥洗室里的装置都没有了，不过至少你能有点隐私。”骨人推开门走进屋子，然后转过身看着贝森妮。“请你快一点。”

贝森妮走进一个很小的地下盥洗室，光线从门缝透进来。沿着墙有个瓷马桶，看起来好像最近清洗漂白过，另外除了一小包面巾纸以外，这间屋里就没有别的东西了，甚至马桶盖也不见了。

骨人不但很爱干净，还很细心。

贝森妮试着方便，可是马桶边沿很冷，而她的未来又不确定，她没法放松自己。而花点时间小便也会让骨人明白，她还能够保持基本的身体机能。贝森妮已经开始对骨人表现出尊重和力量，现在方便只能帮助她。

于是贝森妮慢慢方便，最后终于把身体排空了。

贝森妮对于骨人知道她还有继续活下去的意志力感到满意，于是她拿了那包面巾纸，走进大厅。骨人还站在厅那边耐心地等着她。

“你介意我拿走这个吗？”贝森妮举起那包面巾纸问。

“请便，你的房间在最里面，门开着。”

想到要进另一个房间，尤其是被说成是“她的房间”，有点吓人，可贝森妮还是转过身，毫无惧色地朝那间屋子走去。

骨人跟在她后面进了屋，指指里面墙边放着的一张铁床说，“坐在床上。”

贝森妮照他说的坐下，骨人走到一盏挂在横梁上的油灯跟前，点亮了油灯，然后吹灭了火柴。油灯驱赶了角落里的黑暗。

骨人关上门，用挂锁把它闩上，把钥匙放进兜里。这间屋子比前几天贝森妮待的那间大一倍，不过看上去跟那间很像，也有张床，屋子中间也有根柱子一直撑到天花板。同样的墙，同样的天花板，墙根一格一格地刷着棕色的漆，看起来毫无生气。

唯一的区别是固定在贝森妮左边墙上的一种装置，看起来有点怪，像个十字架一样。那个装置由很多木块组成，那些木块像是被黏在一起，或者钉在后面的墙上。每个木块之间都有缝隙，这些缝隙组成了一个自上而下的 Y 字形，顶上还有个横梁。贝森妮不知道那是什么意思——好像是以前在墙上留下来的东西。

“我叫埃尔文。”骨人说。

贝森妮转过身来，看到他双手插着兜站在那儿。

“有些人叫我骨人，我也喜欢把自己比作撒旦。你可以叫我埃尔文，或者撒旦，但请不要叫我骨人，在纸上看到没什么，可我不爱听。”

这就是了，贝森妮想，这一刻终于来了。她还不清楚骨人的计划，不过现在并不重要了。重要的是他找到了一个跟这个魔鬼、撒旦，或者是埃尔文，沟通的办法。

她要跟这个魔鬼做个交易，而他此时就站在她面前，手插在兜里，身上散发出润肤露的味道。

贝森妮站起身来问。“你用什么牌子的润肤露啊？”

“Noxzema。”骨人说，把手从兜里拿了出来。

“没听说过。”

“我妈妈过去经常用，我还小的时候，她给了我一瓶，以后我就每天用了。这种润肤露里面有药物成分，可以使皮肤保持光滑。因为我的皮肤不如我妈妈光滑，她还嘲笑我来着，不过自从我用了这种润肤露以后，情况就不一样了。不过贝森妮，我们不是来这儿讨论润肤露的，对吧？”

“我想不是的。”

“知道我为什么把你带到这儿来吗？”

“折断我的骨头。”

“那你还是没有明白。”骨人停了一下，皱了皱眉头说，“又或者你跟其他的女孩一样傻，如果你是这样的，那我就只好折断你的骨头了。”

贝森妮慢慢走到支撑天花板的金属柱旁边，扶着柱子稳住自己。

“我想你知道我不傻，埃尔文，我只是处在劣势而已。因为并不是你邀请我来的，我这几天一直在等你跟我解释。如果你不告诉我的话，我怎么可能知道你带我来这儿的原因呢？”

骨人的手还插在兜里，仔细打量着贝森妮。贝森妮曾经在街上，在商场，在球场的看台上，见过成百上千的像埃尔文这样的人，从来没多想过。可是此时，骨人的目光却有一种深邃黑暗的感觉。

如果她曾经看到骨人在球场看台上，那么与他的目光相接，无疑会让自己发抖，然后永远也不会忘记那种目光。

那种目光意味着一种无尽的邪恶，他的瞳孔就像深陷入地狱一样。贝森妮想，撒旦这个名字还真适合他，这时她又抖了一下，不过她还扶着金属柱子，稳住自己，而她也在想骨人可能还没发现，骨人让她感到多么不安。

贝森妮决定要打破骨人这种无情的目光，于是说，“嗯？你要告诉我为什么把我带到这儿来吗？”

“如果你不傻的话，你自己会发现的。”

“我已经考虑了很长时间，还是没法理解为什么，有人会在半夜把他们不认识的人从床上抓走，锁在一个地下室里，里面什么也没有，只有一个尿盆，被绑架的人就只有在那儿等死。”

贝森妮突然感觉到这像是在控诉骨人，于是急忙换了个口气。

“至少我最初是这么想的，然后我意识到你可能认识我，你这么做也许是有原因的。你并不是一个漫无目的的疯子，你有一个深思熟虑的计划，作为计划的一部分，你已经杀了七个女孩。”

骨人没说话。贝森妮已经说的太多了，她需要骨人说话，需要骨人跟她有沟通，这样也许最终骨人会重新考虑要不要折断她的骨头把她弄死，虽然这种情况发生的可能性很小。

“埃尔文，我希望能明白，真的。别人不明白，但是我死之前，希望能明白。”

骨人的手放在身体两边，好像他还不确定该怎么放，他轻轻地说：

“我很快就杀了其他的女孩，到现在她们的骨头已经折断了一半，在地上扭曲着喘气。可是你……”骨人深深吸了一口气，说，“你不一样，我希望你能意识到这一点。”

骨人在发抖，他站在离贝森妮一米半远的地方，用湖蓝色的眼睛看着贝森妮，还和贝森妮一样发着抖。

一个男人和一个女孩，在这么一间地下室里面对面，一声不吭地发着抖。

“你知道你的名字是什么意思吗？”骨人问。

贝森妮在圣米歇尔学校上神学课的时候学过，她的名字是从伊丽莎白里来的。“上帝的誓言。”她说。

“那么你父亲遵守他的誓言了吗？”

骨人用“父亲”替换了“上帝”。

“没有。”

“我妈妈也没有，我恨所有的母亲，恨所有的父亲，她们都是骗子。”

“所以我们还是有点一样的地方。”贝森妮不再发抖，她又开始思考了，而且首先她明白了，自己不应该试图掌握主动权，包括对谈话的控制，这会让骨人感到有威胁。

骨人看了贝森妮好一阵子，就像去衡量她的诚意一样。

“你喜欢我的眼睛吗？”骨人问。

骨人的眼睛很漂亮，可是也很令人不安。“挺好看的。”

“你的眼睛也很好看，我喜欢蓝眼睛。”

贝森妮不自觉地抖了一下。

“想看看我的皮肤吗？”骨人问。

此时让贝森妮最震惊的是，和骨人在一起，她居然并没有多么害怕，奇怪的是，她甚至会感到放松。这比她前几天那种惴惴不安的感觉要好多了，和骨人站在一块，她有种奇怪的轻松感。她明白自己要和骨人分享一些感觉，而且这并不像她之前想象的那么可怕。

面前的这个人现在是贝森妮活下去的保证，是她的拯救者，是她生存的唯一希望，贝森妮此时只能寄希望于骨人会让她活下去。

“好的，埃尔文，我想看一看你的皮肤。”

骨人开始解开衬衫，解到最后一颗扣子的时候，他把衬衣脱下来，叠成四折，轻轻放在地上。

埃尔文 · 芬奇肤色雪白，就像是半透明的一样，皮肤下面是蓝色的血管，从肩膀和手臂一直通下来。他的胸部很光滑，虽然不像是常常健身的样子，但看起来也很结实。

按说这会儿有挺多事情会让贝森妮哭出来的，她被一个男人绑架了，那人每天给自己身上刮毛，抹润肤露，抓走女孩子折断她们的骨头，刚刚又脱掉衬衫，用骇人的目光盯着她。现在那人又慢慢地往她跟前走，像斯蒂芬 · 希尔追求她的时候一样，还好他们只约会了一回。

可是在贝森妮心里，哭是万万不能的。

骨人在离贝森妮一米远的时候站住了，低头看着地面，缓缓地吸着气。贝森妮不敢看着骨人的眼睛，就看着他的胸口，正好和自己的视线平齐。骨人身上的润肤露有股香味，又混着药味，他的皮肤看起来就像在灯下闪着光。

贝森妮曾经看过一个系列的小说，讲一个女人爱上了一个吸血鬼，那种受到引诱的形象闪过她的脑海，可是在这儿可没有偷尝禁果的诱惑。

在这儿她只觉得恶心。

一滴眼泪从贝森妮脸上滑落，她在哭吗？不能哭！不能在骨人面前哭。骨人皮肤下面的深色血管里流着的看上去就像黑水，而不是鲜血。他的胸口一起一伏，刮得很干净平滑，贝森妮真想伸手去摸一下，可是又不敢。

“喜欢吗？”骨人轻轻地问。

喜欢，不，可是我希望能喜欢。

贝森妮不知该说什么好，不过她还是按骨人想听的说：

“喜欢。”

“我还以为你会被吓到。”

“是吗？”

“看起来几乎很完美，而其他的女孩被我吓住了。”

骨人的话音里有种悲哀，不过也有种隐隐的怒气，贝森妮想。这时她觉得自己更了解骨人了。

和她在一起的是一个强大的人，把生命不当一回事。他是个野兽，或者像他自己说的那样，是撒旦。

可是骨人和贝森妮一样也有渴求的东西，他只希望被需要，被爱，在两样都缺乏的情况下，他通过杀戮来减轻痛苦。

就像一个十几岁的孩子，会通过划伤自己来减轻被忽视的痛苦一样，人们也会做很多疯狂的事来吸引别人的注意力。

“怎么有人会被你的皮肤吓到呢？”贝森妮问。

骨人没吭声。关心别人总归没错，就像妈妈说过的那样。

“当你从家里把女孩们绑架到这儿来，她们不会像正常的情况下那样反应，”贝森妮说，“她们看到什么都会被吓到的。”

“或者她们是嫉妒。”骨人说。

贝森妮抬起手来，发现手在抖，又放了下去。“我可以摸一下吗？”

骨人想了想说，“好吧，摸一下吧。”

“我的手在发抖，我不太习惯这样，有点紧张。”

“最好这样。”

贝森妮伸出发抖的手来，摸了摸骨人右侧胸部的皮肤。皮肤摸上去很凉，贝森妮的手指在皮肤上滑过的时候，她吃惊地发现果真十分光滑。

有那么一阵子贝森妮有点晕头转向，她更多的是感到好奇，而不是恐惧。然后她告诉自己，那是因为她在这儿关得太久了，没法好好考虑问题，她摸到骨人的皮肤感觉到舒服，是因为她的意志已经被骨人摧毁了。

骨人折断受害人的骨头，但还不止于此，他还摧毁人的意志。

可是贝森妮没有去抵制这种手段。

“你刚才说你用哪种润肤露来着？”

“Noxzema。”骨人说。

自己和骨人之间已经建立了联系，贝森妮想，他选中了自己，而现在自己也在用独特的方式去选择他。之前的七个女孩并没有这样去回应。

贝森妮抚摸着骨人的皮肤，对自己并没有抗拒这种感觉而感到意外。这个人有能力决定她的生死，而此时她寄希望于这个人会救她。

贝森妮举起了另一只手，她特别想抱住骨人的肩膀，把他拉得离自己近一点，请求他开恩，发誓自己会和他在一起。

这些感觉混杂在一起，贝森妮恨自己被吸引，可是她也知道这是性命攸关的事情。

于是贝森妮把两只手都放在骨人的胸口，慢慢地移到他的腰侧。

“你的妈妈后来肯定明白她说的不对。”

骨人没有马上回答，也许对贝森妮的大胆感到惊讶。

“她的皮肤特别美，”骨人说，“我杀了她。”

贝森妮浑身一震，原来这就是原因。埃尔文·芬奇嫉妒妈妈和她的皮肤，她让骨人感到失落。因为不能使自己像他妈妈一样，他甚至杀了他妈妈，而且在杀死每个女孩的时候，都像是在杀他妈妈一样。

这就是他把自己称为撒旦的原因，埃尔文由于那个给了他生命的人而堕落。

在贝森妮身上，埃尔文发现有人能够理解那种背叛，当然没有达到驱使他做这些的程度。

“你的父亲该死吗？”骨人问。

贝森妮向上看着骨人的眼睛，让他目光背后的黑暗涌向自己。

“他对我来说已经死了。”

“他对你来说该死吗？”

“他从来没有关心过我，我小的时候常常会找他，可他从来都不在。在很长的一段时间里，他对我来说就跟死了一样。”

“那么你会折断他的骨头吗？”

贝森妮不喜欢骨人说话的方式，可她无力反抗。而和他在一起，接触过他的皮肤，理解了他的愤怒，贝森妮觉得自己也可以更加直接。

“我试着不去想他。”

“为什么？因为他让你生气吗？”

“对，部分原因是这样，我不喜欢想到他的感觉。”

“什么感觉？”

贝森妮耸耸肩，“悲哀。”

“生气？”

“对，有点生气。”

“因为他抛弃了你？”

“对。”

“那么你会折断他的骨头吗？”

贝森妮不想让骨人再问这些问题了，于是她说了骨人想听的话。

“对。“

“那你就明白我的感觉了。”贝森妮惊讶地发现，一滴眼泪从骨人的右腮上流下来。他们之间有了共鸣，骨人肯定没从其他女孩身上发现这一点。

贝森妮受到了鼓励，甚至还有一点点希望，她慢慢地把手从骨人的腰部向他的背部滑过去，发现骨人皮肤上起了鸡皮疙瘩。

“你想要我做什么，埃尔文？”贝森妮轻声问。

骨人喘着气，在贝森妮的抚摸下发着抖。

“怎样会让你开心些？”贝森妮问。

骨人抬起手，像钳子一样握住了贝森妮的手腕，把贝森妮的手从他身上拿下来。他看着贝森妮的手腕，然后翻过背面来，发现了她右手腕上的划痕。

“这是什么？你……你自己割的？”

骨人突然发起怒来，把贝森妮吓坏了。

“你这臭婊子，你把自己的皮肤割破了？”

“没有……”

“你怎么能这么干？”

“我……”贝森妮能说什么呢，她发觉一滴眼泪从脸上滑下来。

骨人瞪着她，慢慢地神情缓和下来。“我绝不会让你这样做，我绝不会让你独自感受这种痛苦。”

骨人平静下来，放开了贝森妮的手腕。

“如果你再这么干，我就折断你身体里的每一根骨头。”

“我不会了。”

骨人在发抖。

“我希望你做我的女儿。”

然后骨人转过身离开了房间，锁上门，他叠得整整齐齐的衬衫还放在地板上。

贝森妮走到床边，慢慢地跌坐在薄床垫上，哭起来。

Chapter 30 第三十章

莱恩最后没有崩溃，把骨人在西得克萨斯鸦巢农场等他的事情告诉瑞奇，有两个原因，首先是他清楚就算联邦调查局竭尽全力，他们也救不了贝森妮。

第二个原因是莱恩知道他有机会可以救贝森妮，不管可能性有多小。

莱恩已经发现自己不能为了救女儿去折断一个无辜的人的骨头，可是他会为了女儿，折断自己的每一根骨头。

这间牢房是用来关押等待押送的犯人的，这种牢房一共有五间。它不像莱恩在电视里见到的那种靠墙有个铺位，还有抽水马桶和水槽的那种牢房，而是两面白墙把 3 米乘 3 米的房间隔开，墙中间是铁栅门。最里面的角落里只放着一张床，还有一根锁链，用来把犯人的手腕铐住，不让他们接近栅门。

“为什么要用锁链？”莱恩问把他押到牢房的两个看守。

“不让你跑回家找你妈。”其中一个笑着说。

另一个更直接些，把规矩讲出来了。“在牢房里，犯人一直都锁着，想上厕所的话，告诉我们。你站起来对着墙，我们就进来给你戴上手铐，取下锁链，带你去厕所，再把你带回来。”他把一个桶放在地上，说，“要撒尿用这个——我们不是护工。”

看守把莱恩推进牢房，用一个 2.5 厘米宽的钢箍扣住莱恩的左腕，上面还带着一个碰锁。

让每个犯人都能用上抽水马桶的新装置快要弄好了，而莱恩刚到十分钟，就去试验了一回。

“干吗？”

“我得去厕所。”

“你刚才来的时候怎么不去？现在你想让我们把你带到公厕去，在那儿等着你？”

“除非你们想让我就在这儿解决。”

矮个子秃头看守，总爱拽着腰带走来走去的那个，骂了一句。

“把手放在墙上。”

莱恩面对着墙，把双手放到墙上，看守打开了牢门。

“手放到背后，一次放一只手。”

莱恩照做了，手铐很快把他的手铐上，锁链被打开了，掉到地板上发出砰的一声。

“转过身来。”

莱恩走到公厕，在那儿他又被类似的程序折腾了一回，不过他的思绪回到了牢房，回到那些锁链上面。

五分钟之后他又被戴上了锁链。

只要莱恩被锁着，他就出不去牢房。而一旦打开锁链，看守又会使用其他的预防措施，这使逃跑白费工夫。

莱恩坐在床上，看着手腕上的钢环，想起了骨人的图。图上有一根骨头支撑着大拇指，是大拇指下面的一块球形骨头，叫大多角骨。莱恩按着那个位置，在感觉皮肉下面那块骨头的大致轮廓。

如果他折断大多角骨，他的整只手就会萎缩两厘米多，当初墙上那幅画说得很清楚。要把手从铐环里挤出来，他可能还要再折断一根掌骨。

不过如果莱恩能忍住疼的话，他就能处在一个有利地位，去袭击看守，夺走他的武器。

而当莱恩坐在床上，想着折断自己骨头的时候，他突然又有了一个新的想法，那就是他的女儿在骨人手里受的苦也不比他少。他折断自己左手的骨头，虽然很痛苦，但是在某种程度上，至少可能有一点去救贝森妮的希望。

至少莱恩还可以这样做，而且他也知道怎样做，就在这儿用床板和铐环的杠杆作用，加上自己的体重，也许就能折断骨头。

他陷入了沉思。

"我不喜欢这样。"瑞奇举起一瓶科罗娜啤酒，好像是要喝的样子，却挥舞着酒瓶加强着自己的语气。"这就像菲尔 · 施威策给我的感觉一样，切合的环境，相关的动机，一切都对，就是抓错了人。"

马克 · 雷斯纳摇摇头说，"他可能不是骨人，但是他犯了罪，不是吗？而且我同意克雷柯的看法，现在得抓个人，即使他不是我们两年前要找的那个。"

他们俩坐在奥斯汀城里第四大街的 Tattle Tale 酒吧，那个酒吧在周末的时候，会给附近大学的学生们提供现场演出，只有站着的位置。而今晚，一架孤零零的钢琴演奏着小夜曲，周围是稀稀拉拉的几个成年人。

在他们右边，一架三足古董钟在报着时，指针几乎已经指向了半夜时分。即使是在工作日的夜晚，奥斯汀，作为世界音乐现场之都，都不会沉寂的。不过瑞奇和马克，已经决定十二点钟分手，回家睡觉。

"你知道韦尔什要使尽一切手段，把这些指控都加到莱恩身上，而且我们之前也见过的，你知道他在最后一刻会做什么。”

“做什么？栽赃血液证据？”

瑞奇喝了一口酒，然后放下酒瓶，没去回答马克的问题。“问题是，不能够排除莱恩的证据。我看了好多遍现有的骨人案的证据,时间,地点，法医学证据……没有一点能排除莱恩的。甚至我们在矿场找到的那个电话也是一样，电话上有来自于同一地点的手机呼叫，可他也有可能给自己打电话。”

“还有呢？”

“还有，你看看他的眼睛，然后再跟我说。”

马克慢慢地咧嘴笑了。“你喜欢这家伙？”

“好了，你刚才不是说过他有罪吗？”瑞奇又拿起酒瓶，转过瓶子瞅着标签。她感觉……有种尊重在里面，没有一点浪漫的感觉。

马克的身子朝后一靠，“你得承认，对于一位绝望的父亲而言，有一种冲动迫使他去救自己的女儿。”

“如果这是莱恩要做的。”瑞奇说。

“你不是这个意思吗？”

瑞奇叹了一口气，跟马克一样身子也往后靠过去，说，“这一切都还没发生的时候，我两个月前在莱恩住的旅馆里询问过他，他的眼睛里有一种感觉。那时候他刚打了韦尔什一顿，这我倒觉得没什么，他的婚姻也快要完了，他有的是理由暴跳如雷，而他只是在那儿哭泣，我的心都碎了。”

“我说什么来着，你确实相信他的话。”

瑞奇看了看马克。不久以前，她也许会在这样的夜晚，投入马克的怀抱寻求安慰，可现在自己跟莱恩一样孤身一人。

瑞奇把目光从马克身边移开，看着钢琴师。“如果非要让我选的话，对，我认为莱恩说的是实话。我认为他抓韦尔什，是因为有人告诉他，如果他不那么做的话，他的女儿会死掉。”

“那我们不接受他的建议，就是不对的。”

瑞奇回过头来看着马克，“如果我没说错的话，是这样。”

“哦，那我们马上就会知道了，不是吗？”

“怎么？”

“当我们找到女孩的尸体的时候，验尸官就会告诉我们，她的骨头是在我们抓到莱恩之前，还是那之后被折断的。运气好的话，你就能得出结论，她是在莱恩被抓之后死去的，那莱恩至少不会背上这项罪名，你还可以继续和韦尔什抗争。”

这实在很糟糕，可这是事实，他们在这儿坐着，无所作为，而贝森妮还处在险境，这已经足能使瑞奇诅咒这该死的工作了。

“如果莱恩不是骨人的话，陪审团就会原谅他对地方检察官做的事情。在经过假释，或者一个很短的刑期之后，因为没人会把一个备受折磨的父亲关很长时间，尤其是这么多父亲的女儿在骨人手里丧命的时候。这一切过去之后，他会成为公众的头号英雄。”

“前提是如果……”

“如果什么？”

“如果他不是骨人。”

瑞奇把半瓶酒放下来，拿出手机看看有没有在喧闹中漏掉来电。

“没电话吗？”

“没有，不过他说凶手给他的时间是到天亮，我们几小时内就能赶到本州的任何一个角落。在时间耗尽之前，他还可以等到凌晨三四点钟。”

“现在到凌晨三点钟又能有什么改变呢？如果他要跟我们说什么，为什么不现在就告诉我们？”

“我们可以改变，”瑞奇说，“我们能改变看法。韦尔什可能会重新考虑，离开莱恩之后，我跟克雷柯详细谈了一下，为什么要让莱恩戴着一个定位发射器，去进行最后行动，克雷柯答应再去游说韦尔什一次。”

“没戏，尤其是今天下午他在媒体面前的卖力表演之后，韦尔什已经决定再去竞选一次了。”

无论多么沮丧，他们俩也不能吵起来。

瑞奇掏出五美元，放在桌子上当小费。“那就让我们寄希望于，莱恩会在凌晨四点之前给我们打电话吧，我得去睡会儿了。”

“你跟警察局的人联系过？他还醒着？”

“半个小时以前，就在我来这儿之前联系过，他还醒着，就在那儿坐着。你走吗？”

“你去吧，我喝完再走，有什么消息给我打电话。”

瑞奇顺着第四大街朝 Trulucks 走去，她让服务员把车停在那儿了。瑞奇把存车证递给侍应生，然后在等候的时候给警察局打了个电话。夜班值班的约翰逊，接起电话来，答应去看一下。

过了半分钟，约翰逊回来说莱恩还醒着，现在躺下了，不过看来一时半会还睡不着。

“怎么？”

“他不像是要睡的样子”，约翰逊说，“他看着天花板，好像是在盼着天花板塌下来，身上被汗湿地像是从水里捞出来一样。”

“汗？”

“他整件衬衣都湿了。”

瑞奇皱起了眉头。不错，他确实是在出冷汗，也许他会改变主意。

瑞奇在半夜十二点四十分回了家，给克雷柯打了一次电话，看他会不会接，结果没接，瑞奇坐在电视跟前生了一会儿闷气。

她调换着电视频道，看了一点脱口秀节目，然后踢掉鞋子，躺在沙发角落里眯着。他们会打电话来的，她把电话都给他们了。

如果有什么变化的话，他们会打电话来的。

主持人还在电视上笑着，瑞奇突然从熟睡中醒来。两点，她抓起茶几上的手机。

“喂？”

“瓦伦丁探长？”

“他说了吗？”

“什么？”

“埃文斯！埃文斯说了吗？”

“哦……不……没有。我是帮克雷柯先生打来的，你能等一下吗？”

“克雷柯？好的。”

两点钟，那韦尔什应该是同意了。如果这样的话，他们就得抓紧了，瑞奇把手机紧贴着耳朵，一边穿上靴子。克雷柯打来的电话？

瑞奇先把电话放下，又从地毯上拿起来放在耳边。“喂？”没声音。

克雷柯熟悉的低音传了过来。“瑞奇？”

瑞奇马上明白出问题了。她站了起来。

“出什么事了？”

“瑞奇……我在伯特 · 韦尔什的家，上帝啊，我不知道这样的事怎么会发生。。”

“怎么了？”

“他死了，看起来是骨人干的。”

瑞奇的心怦怦地跳着，就像要停了一样，然后又缓了过来。“死了？”

“几分钟前刚发现的，有个匿名电话报告说，他家发生了凶杀案。”

“发现死因了吗？你怎么知道是骨人干的？”

“他躺在床上，四肢绑在床柱上，没穿衣服，四肢上的骨头都被折断了。上帝啊，他看起来就像……”克雷柯说不出话来了。

“没有血迹吗？”

“没有，除了头上被击昏的伤口之外，没有出血。我真希望他那时候是失去知觉的。”

瑞奇感到两条腿像灌了铅一样。“莱恩说过这事会发生的。”

电话那边没动静。

“他警告过我们骨人要杀掉韦尔什，谎言之父，不是吗？莱恩没能按骨人说的杀死韦尔什，骨人就亲自出动了，然后他打了电话，让我们去找韦尔什，他不想让我们去怀疑莱恩。”

“他死了，瑞奇，看在上帝的份上，奥斯汀的地方检察官就像他发誓要为之复仇的受害者一样，被残忍地谋杀了。而这就在我们的眼皮底下发生的！你能想象大家怎么看吗？”

可是瑞奇一点也不在乎谁怎么看，她的脑子里突然出现了一个想法。

“莱恩呢？”

“他被关着。”

“你给那儿打电话了吗？”

“瑞奇，他被关着呢。”

“可你核实过吗？”瑞奇大声问道。

电话那边停了一下。“没有，我的第一个电话是……”

“我一会儿给你打回来。”瑞奇挂掉了电话。她很快地扫着通话记录，找到第一个呼出电话，然后按下拨打键。

电话那边响了七下没人接，瑞奇挂掉了，确认她拨对了号码，然后又打过去，这回响了十声之后有人接起来了。

“请不要挂机。”那边说，然后接线员就突然切断了线路，把瑞奇晾在那儿等着。瑞奇把手枪插进枪套，然后往自己的车那边走去，把车发动起来开到大街上，电话线那边还是没声。

瑞奇骂了一句，挂断电话，给克雷柯拨了过去。

“我是克雷柯。”

“我想请你帮个忙，你有第八大街的备用线路吗？主线路没反应。”

“什么意思，没反应？”

“我是说那边接不过去，我想让你帮我接过去！”瑞奇大声说。

“等等。”

克雷柯拍了一下簧。瑞奇打开 Mo Pac 程序，朝南边开过去。公路上在凌晨两点的时候几乎没什么车，瑞奇把车速加到了每小时 160 公里。根据州法律，每小时车速超过 160 公里就构成超速驾驶，会马上被送进拘留所，不过反正瑞奇也是要去那儿。

瑞奇刚开了没多久，克雷柯的线路又通了，他那边有电话铃在响。

“瑞奇？”

“我在。”

“我在开会，手头只有这一个电话，所以……”

“第十四大街狱管处，请不要挂机……”

“联邦调查局的莫特 · 克雷柯。你叫什么名字？”

“约瑟夫 · 斯皮内利警官。”

“好，约瑟夫，我想跟负责人谈一下。”

“我……是跟出的事有关吗？”

“出什么事了？”

“对不起，这儿有点乱，有一个犯人越狱逃跑了。他打昏了一个看守，在警铃响之前跑出去了。夜班负责人——”

“哪个犯人？”瑞奇追问。

“埃文斯，”警官说，“绑架地方检察官的那个。”

他们也没法指望听到更多的东西了，瑞奇把车速加到了每小时 180 公里。

“什么时间？”

“半个小时以前。”警官说。

“那现在本案进入联邦调查程序，”克雷柯大声说，“锁定本案，明白吗，斯皮内利警官？证据反应小组半小时之内到，不要让人动任何东西，现在这个案子是联邦案件了。”

“先生，负责人想跟您谈一下。”

“接进来吧。”

“等一下。”警官把话筒放下，发出了沉闷的响声。

“瑞奇？”

“我已经在路上了，长官，十分钟以后到。”

瑞奇戴着手套的手里拿着锁链，慢慢地把锁链翻过来，在想着背后发生的事情。马克 · 雷斯纳刚到，瑞奇打电话把他叫醒了。

一位罪案现场调查员已经在拂去灰尘和探测取样了，不过现场只有很少的情况需要去继续调查，他们都清楚发生了什么事情。

他们知道那个犯人是谁，就是他们把他抓起来的。

他们清楚他是怎样挣脱束缚的，他叫看守带他去厕所，看守约翰逊听到了，按照程序打开牢门进了牢房。当时犯人还面对着墙，手上铐着锁链。

他们清楚莱恩制服了约翰逊，在他按响警铃之前把他打昏了，然后拿上他的枪，穿上他的警服，走出了警察局。直到另一个警察来找约翰逊的时候，才发现他穿着短裤倒在牢房里。

他们还清楚莱恩拿走了约翰逊的车钥匙，现在他那辆白色本田雅阁车已经不在停车场了。

他们不清楚的是莱恩的去向。

或者他是怎么挣脱锁链的。

马克看着瑞奇手里的钢制铐环。“他们可以找个更有效的办法束缚犯人。”

“这是个临时措施，他们不常在这儿关押犯人，只有在地方检察官要求的特殊情况下。”

“特殊情况？我们的人是特殊情况？”

“这是他们的说法。”瑞奇把黑色的铐环转过来，试图把自己的手伸进去，不过没能进去，也许抹点凡士林能行。

“莱恩个子并不低，他的手肯定比我的手要大得多。”

“只有一种方法能出得去。”

“他折断了自己的大拇指。”

“起码得这样做。”

瑞奇把锁链递给马克。“我管这叫承诺。”

“看来他是吃了点苦头。”

瑞奇看着马克说：“我不认为有什么能够超越真相，在世上没有什么事，能比想到自己的女儿会被折断骨头更恐怖的了。在这一点上他会愿意折断自己手上的骨头，去寻找一切可能救女儿。”

“嗯，这是一种看待问题的方法。”

“而骨人杀韦尔什的时候，他还在那儿戴着锁链。莱恩是一个为了救女儿什么都能做的父亲，这是目前唯一看待这个问题的方法。”

马克点点头，勉强同意了瑞奇的观点，他把锁链扔到床上，铛铛作响。“从头开始吧。”他说。

“一辆本田雅阁车在某处公路上超速行驶，至少那车不是黑色的。”

“从某种情况而言，我觉得这也没什么关系了，到早晨的时候，那辆车就已经走得很远了，那时莱恩应该找到骨人了。”

这话让瑞奇身上闪过一阵寒意。

“上帝保佑。”

Chapter 31 第三十一章

夜很深，夜很冷，通向地狱，地狱就在汽车大灯照亮的地方之外，就在下一个转弯处，在鸦巢。莱恩一脚把油门踩到底，用左手紧紧抓着方向盘，祈祷着他不要去晚。

莱恩拇指下面折断的那块骨头，带着胳膊一抽一抽地疼着，他当时是把铐环插进床板和一根床柱中间，把手放在用身体的重量能够落在拇指的地方。然后他把整个身子倒下去，失败了两次之后才压断那块骨头。

骨头终于“扑”的一声断掉的时候，莱恩疼晕了过去。

而在莱恩试图把萎缩下来的手从铐环里褪出来的时候，他又晕过去一次，不过他还是在五分钟之后醒了过来，把手褪了出来。莱恩把锁链缠在手腕上，这样看起来他还被锁着，然后他叫了警卫。

如果折断手上的骨头有什么好处的话，那就是不会肿得很厉害，因为手上的肉要比其他部位的肉少得多，比如说大腿或者胳膊。

莱恩的左手还肿着，就好像那手不是他的，而是一个比他胖一百斤的人的。它还在那儿抽抽着，像一辆艰难穿过山路的蒸汽机车，不过比起莱恩面对的痛苦，这点疼还是可以忍受的。

没有一种疼痛，能和向莱恩心中不断袭来的恐惧相比，他开着本田车在夜路上一直向西驶去。

莱恩的脑海里不断闪过贝森妮可能已经丧生的凶信，那些凶信像毒蛇一样咝咝地吐着信子。贝森妮，他一心扑在工作上而忽视的孩子，已经死去了，在一个地洞里被折断了骨头。

如果贝森妮还活着——莱恩终于说服自己，她一定得活着，如果骨人只是想多折磨他们一阵子，那么贝森妮有可能受重伤，身体会受到伤害。就在莱恩拼命开车这会儿，贝森妮可能已经在被折断骨头，扭曲着身体了。

莱恩决定，如果警察在他到鸦巢之前发现他的话，他不会停下来，直到到达戴维斯堡为止。在那儿他会投降，然后要求跟瑞奇谈谈，领着他们再走一段路到见面地点。

到鸦巢农场。

待在一辆车里四个小时任思绪翻滚，对于莱恩来说，只能让他离度过危机需要的平静理性的状态越来越远。他发现自己没办法忍住眼泪，而因为他只是自己在开车，就让眼泪流了下来。不过后来眼泪一直流，妨碍他开快车，他就擦掉眼泪，咬紧牙关，忍住恐惧。

东边的天空开始泛白，莱恩离开了戴维斯堡，重新把车加速。

他开上那条通向鸦巢的土路的时候，地平线毫无疑问又亮了一些，不过他还需要大灯来照亮前面的路。骨人说过第一缕阳光，难道这就算黎明了吗？不管怎么说，现在既不是黎明，也没有第一缕阳光，现在还是黎明前。

莱恩在驶到指向鸦巢农场的路标下面的时候，放慢了速度——他走了这么远都没被发现。前面只有几百米了，现在他是真的担心自己来得太晚了。

莱恩把车开到两天前用过的营地，熄了火和大灯，看着黑暗。

他打开车门，走到土路上。四周还是夜晚的微弱声响，蟋蟀在叫，微风在吹，有一两只蜥蜴爬过。汽车的引擎在逐渐冷却。

不过对于莱恩来说，夜晚的声响他充耳不闻，想起之前的漫长等待，他突然开始焦虑起来，绕着车走来走去，盯着营地周围看。

“喂？”

四周没动静。

“我来了。”

可是骨人不像是会走出来握住他的手，就像他不会因为贝森妮表现好而放了她一样。他在想什么呢？

“有人吗？我来了，看在上帝的份上！”莱恩的声音响彻夜空，一只蜥蜴飞快地从他右边蹿过去，不过似乎就没别的什么东西注意到他在那儿了。

莱恩松开拳头，走到上次他坐在下面等待的那棵树跟前。他站在那儿看着四周，精疲力尽，他都一整天没睡觉了。

他现在什么都做不了。

于是莱恩慢慢地坐回车里，胳膊放在膝盖上，无力地倒在座位上。他深深地呼吸了几下，试图让自己紧张的心情平静下来，可是却无法缓解手上和胳膊上的抽痛。

除了睡觉没有别的办法能缓解疼痛，可他现在又不敢睡。骨人说过第一缕阳光的时候，这个时刻马上就要到了。然后天气会暖和起来，他又会变成独自一人，而那个很可能一直在监视他的人，也许突然改变了主意，决定今天不来了，或者再等两天，没准以后都不会来了。

那么莱恩该怎么做呢？他能信任谁呢？除了一直等待，还能有什么好主意呢？难道就这么等一天，等一个星期，直到最后他只能承认那种可怕的现实，就是贝森妮找不到了，或者最终找到了。

没有一个父亲能这样，没有一种心灵能够承受这么多……

那一击来得还挺是时候，从后面打在莱恩头上，打断了他的思绪，莱恩沉重地倒在地上。

Chapter 32 第三十二章

伊登，得克萨斯州。

埃尔文 · 芬奇把他那辆福特 F-150 皮卡车开进谷仓，然后关上车门和大部分车灯。他在那儿站了一会儿,整理思绪,并且感谢命运的安排。

不过给他前所未有的机会，让他能到这里来的可不只是命运，联邦调查局还没有嗅到他的踪迹，这和运气关系不大。他能在大白天连续三次在州公路上开车而不被发现，这绝不是靠运气。

出于周密的计划，他在这个散发出味道的旧谷仓里，和爱撒谎的父亲在一起。另外，他来这儿是因为今天他要做魔鬼做的事情。

虽然他之前还不能完全明白，可是当他站在那个叫贝森妮的女孩面前，她把手放在他的胸口，他终于明白了，开始全身发抖，他从来没有过这样的感觉。

那个要做他女儿的女孩，是他见过的最漂亮的女孩，完美无瑕，承载着世间的一切美好。

贝森妮是一项完美的创造，不管埃尔文自己有多好看，他发现贝森妮比他预想的要漂亮的多。这种意识强迫他保留最后一点控制力，以免自己会伸手去折断贝森妮的胳膊，因为她试图引诱自己。

只有贝森妮要成为自己女儿的事实才能阻止他，现在他还想要更多，要她永远爱自己，要她完完全全地依靠自己。

他一定要成为贝森妮的父亲！她得做他女儿，只有这样他才能满意。

有两件事是埃尔文不喜欢的，而他会因为三件事杀人。一个要成为他女儿的女孩的爱慕；那个女孩毫不退缩地投入；要跟一个女儿一起用一瓶 Noxzema 润肤露，而那个女孩宁愿死去也不愿意让他生气。

他明白这些事情就像一堆不可理喻的想法一样，会让心理专家把他当成疯子，可是他们会管撒旦叫疯子吗？

这种想法给了埃尔文一种满足感。虽然他经常经受心理上的折磨，可是做一个魔鬼还真是有一些隐秘的好处。

他打开后挡板，看着装在蓝色帆布袋子里的那个人形。莱恩在里面醒过来了，不过由于药物的作用，他还不能动，让他明白自己有多失败，这很重要。

埃尔文把袋子拽下来，抓住莱恩的一只脚把他往出拖，不过在拖的过程中靴子掉了，露出了棕色的袜子，他抓住莱恩的脚后跟用力拽着。

莱恩的身子出来一半的时候，埃尔文停住了，手里抓着脚后跟觉得怪怪的。是跟骨，他还从没折断过一根脚跟部的骨头，而总是去折断脚趾和跖骨，要弄断跟骨就得需要用锤子砸。抓着莱恩的脚跟，埃尔文决定要从这儿开始。

莱恩睁着眼睛，看着车库天花板，眨了眨眼睛。药劲要过去了。

埃尔文把莱恩的脚放低了一点，把他从袋子里整个拽了出来。莱恩的身子砰地一声，倒在谷仓铺着的稻草上面，没有呻吟声，也没有折断骨头的声音，因为莱恩还没办法出声，这一下也不会折断他的骨头。

埃尔文凑近莱恩的脸，他清楚莱恩能看得见自己，然后说：“他们管我叫骨人，不过我其实是撒旦，你女儿在我手里。”

他朝莱恩笑了一下，不过莱恩没笑。

埃尔文把莱恩拽起来，把他扛在肩上，也没检查周围有没有别人就走出了谷仓。这座他妈妈留给他的农场，离最近的柏油路还有十几公里，只有时不时过来的猎人，才会不理他在这四百多亩地上设置的禁止闯入的标志。

谷仓和房屋周围的柏树形成了天然的屏障，院子里的草都长得老高。二十多年前他把他妈妈葬在后院以后，就锁上门去了城市，再也没有管过这栋房子，这房子已经不适合他这种品位的人住了。他现在用这栋房子只是因为它的地下室，他在那儿练习手艺。

他在半路上停了下来，转过身观察着四周。他们可以在这儿待上一年无人知晓，州里都在查骨人，而他却在这儿，伊登往南三十多公里，跟莱恩和贝森妮一起待在地下室里。

埃尔文进了房子，走到地下室门跟前。他已经好好地打扫了厨房和卫生间，房子里还都是漂白剂的味道。一把莱恩放进地下室，他就去冲个澡，去见女儿之前最好干净一点。

他没关门就下了楼，十几年前这个农场的电就被掐断了，不过油灯挺合适的，这样看不出来屋里有多脏。

埃尔文下了楼，往对面贝森妮的房门看了一眼，门还锁着。他在想贝森妮在做什么，油灯里还有油吗？她在想着怎么讨自己喜欢吗？还是在研究自己钉在墙上的十字架？

埃尔文喘了口粗气，然后转过身去。第二间屋子是他开始几天关贝森妮的地方，门开着，里面黑乎乎的。

埃尔文把莱恩换了个肩膀扛着，穿过走廊进了那间屋子。他把莱恩放在床上，莱恩一只胳膊绕着脖子，另一只胳膊在身子底下压着，盯着天花板看。

埃尔文想过要跟莱恩谈谈，可是又觉得这是浪费时间。地下室里透着一点昏暗的光亮，是从角落的几条裂缝透过来的。镇静剂的药劲马上就会过去，莱恩就会发现自己的房间，他其实还挺聪明的。

不过他们有的是时间，过几天他再跟莱恩谈，他的命运现在掌握在他女儿的一念之间。

埃尔文站在床前，又想起了贝森妮，他的呼吸又一次粗重起来。

他想把贝森妮拽到这间屋子，当着莱恩的面折断她的骨头，像自己以前做过的那样，用膝盖做支点折断她的胳膊腿。这种突然的断裂很可能会撕裂她的皮肉，所以埃尔文不会这样做，可是他还是忍不住想。

埃尔文突然感到怒不可遏，他弯下腰朝莱恩脸上狠狠揍了几下。他不知道是不是打断了莱恩的鼻梁，不过他也不在乎。在这一切结束之前，一个被打坏的鼻子无关紧要。

然后埃尔文走出了屋子，锁上门，到楼上的盥洗室去洗澡，再抹上润肤露。

Chapter 33 第三十三章

一股樟脑味和好几个小时之前就熄灭的油灯的煤油味在屋子里弥漫着，贝森妮蜷缩着躺在陷下去的垫子里，盯着从窄缝里透出来的光亮，那一点点光给屋子里增加了一点亮色。

躺在床上，贝森妮刚好能看到墙上那些组成X形的木块结构，她心不在焉地想，那个像十字架一样的东西是做什么用的，可是她的头脑没办法轻易把这些想法联系起来。

她在地下室待了多长时间了？五天还是六天？也许更长。自打埃尔文·芬奇，也就是骨人，向她作自我介绍以来至少有一天了。而骨人走了以后，她又心怀恐惧地等待着，在和头脑里的作法做思想斗争，她曾经觉得离骨人开始一块一块地折断她的骨头，也就是个时间问题了。

一件事可以改变一个人对生活整个的理解，前一周还在计划去纽约，对着镜头微笑，而下一周你在浪费时间想取悦别人。

可你不也想取悦埃尔文吗?

哦，如果你把试图在埃尔文手里活下去，叫做试图取悦他，那么对，也许贝森妮是会去取悦他。

这种想法从贝森妮心里一闪而过，什么能够去打动埃尔文?

是的，没错，她想打动埃尔文，或者撒旦还是骨人，随便他想叫什么吧。

当贝森妮在黑暗中等待着，既没有吃的，也没有地方小便的时候，她明白了一件事，那就是她在这儿是无力的，完全没有任何价值，也无法改变任何事。

纽约的合同救不了她。

联邦调查局救不了她。

爸爸也没有来救她。

妈妈什么事也做不了，只有对所有人尖叫着说，他们没有尽力去救自己的女儿，她就要成为一个出名的模特了，看在上帝份上！不过，还是要感谢妈妈带给她生命，她想妈妈，想听到她那种尖刻讽刺的话。

那种担心她会不会去带领拉拉队跳舞的想法，现在已经变得荒谬可笑了，这时一只小蟑螂从她身边仓惶爬过，让她走了一下神。

她看到蟑螂爬到了墙上。

贝森妮还明白了一件事，那就是她爸爸的失败让她有多难过。她甚至可以说，她最恨的是她爸爸，因为他不是一个称职的父亲。她只能有一个父亲，她需要他的时候，他在哪里？他还说自己多想当贝森妮的父亲，他这会儿在哪儿呢？

爸爸对她来说曾经就像上帝一样。我会在那儿，我会在那儿，我会在那儿，可从来，从来，从来都没在。

她会去依赖一位威风凛凛的上帝，从天上降下来，把埃尔文扫除掉，然后把她揽在怀里。如果真的有这样的上帝存在呢？爸爸救不了她，却会有上帝来救她。

这个想法让贝森妮心中充满了渴望，她甚至对着天花板低声地做了个祈祷。

可是贝森妮只能看到黑暗中恐惧在生根，没有闪电，没有爱她的人，没有父亲出现。

不,事实上埃尔文 · 芬奇是唯一有能力救她这条小命的人。而现在,事情只与他们两个人相关。

这就是贝森妮发觉埃尔文对她有奇特的吸引力的原因。在埃尔文的世界里，他掌控所有的牌，而要在他的世界里取胜，唯一的办法就是按照他的游戏规则去赢他手里的牌。

就像赛琳说过的那样，“你要在世上领先一步，就要按世间的规则行事。”赛琳也是这么做的。

在这里，埃尔文既是天使，也是他自己承认过的撒旦。而且虽然贝森妮怕他，她也很清楚埃尔文可以让她活下来，随着时间一点一点过去，她发现自己希望埃尔文回来。她想她现在几乎像了解自己一样了解埃尔文了，而且这并不那么想当然。

这种感觉很奇怪，就是她明知道自己是被操纵的，可又不由自主地会那么想。作为一位海军情报军官的女儿，爸爸在家里总给她讲些故事，她知道斯德哥尔摩症候群，这是一种严重的反社会情绪，通常是由于受害者深切的痛苦经历而表现出的对加害者的同情，甚至支持。

莱恩有一次跟贝森妮讲过自己曾经参与过的一个项目，或者叫行动，行动的名字是“红色牢房”。海军情报人员化装成恐怖分子，去抓走一班军校生，从心理上折磨他们十二个小时。那些学生们在六个小时的考验之后，就开始精神崩溃了。

斯德哥尔摩症候是一种个人的绝望尝试，来开始喜欢他们的迫害者。莱恩说如果再把范围缩小一些，这也就是为什么那些优秀的德国公民去追随希特勒的原因。又或者是为什么人们会去进行妥协，而他们并没有意识到自己这样做是为了被认可，为了被需要。

这个世界到处充满着斯德哥尔摩症候群。

贝森妮清楚自己现在也有了前面所指的症状，可是意识到自己毫无价值也不能给你价值，就好像意识到你是一个俘虏也不能让你获得自由一样。

如果给她一个机会选择割断埃尔文的喉咙或者感谢他，取决于她是不是头脑正常的话，无疑割断埃尔文的喉咙是很正常的。

而感激地亲他一下是很不正常的。那么她是疯了吗？她已经走了那么远了吗？

对，是的，因为她是有几次真的想尽力打动埃尔文。就像现在，埃尔文都没有打过她，当你想到其他可能性的时候，也就是折断骨头，那么埃尔文对她算还不错了，不是吗？又或者她只是——

门锁轻轻响了一下，贝森妮从床上猛地坐起来，门开了。

贝森妮看见门开了，被埃尔文·芬奇突然闯进来走到灯跟前惊了一下，他都没关门，当然如果想逃出去的话，他两大步就能追上。

埃尔文面对着贝森妮，他没穿衬衫，大口大口地喘着气。他的皮肤是抹过润肤露的，像丝绸一样光滑，胸口隐约透出血管的痕迹。他的棉质长裤提得很高，上面系着条黑腰带，腰带就系在肚脐下面一点的位置，比贝森妮之前习惯看到的要高一些，除了老人以外还没怎么见过这么系腰带的，而埃尔文又不老。

他穿着双才上油的黑皮鞋。

贝森妮意识到埃尔文是在炫耀自己，他是在想这已经足够让贝森妮心烦意乱的了。贝森妮上次已经跟埃尔文有了共鸣，也许自己的大胆还让他有些吃惊，应该没有其他可能了。

于是，贝森妮感到有一种冲动想去抱住埃尔文，不管他是不是魔鬼，只有他能救自己，这就是他的陷阱。贝森妮还是看不清埃尔文深陷在眼眶里的眼睛，不过她想象着埃尔文在用期待的目光看着自己。虽然有些严肃，不过他知道自己要什么。

埃尔文回到门跟前，把门锁上，然后朝贝森妮走过来说，“你能站起来吗？”

站起来？

贝森妮把腿从床上放下，站了起来，她感到一阵激动。

“你能走到屋子中间来吗？”

贝森妮按他说的做了。埃尔文慢慢走到贝森妮身后，然后从左边抱住了她。埃尔文小心地掀起她的 T 恤衫，在掀到上面之前看了看她的腰。贝森妮闻到了埃尔文身上润肤露的味道，她发现自己很喜欢这种清新的香味。

这回不知道埃尔文会待多长时间，他也许只是看看贝森妮，然后又会让她一个人待着，这次贝森妮不能让他再这样了。

埃尔文转到贝森妮面前，腰带松开了。“你是个很特别的女孩。”他说。

“对，我知道。”贝森妮一边说着，一边在考虑该怎么说。她当时心有点乱，于是就按梦里想过的话说：

“而且我知道你很受伤，你杀了自己的妈妈，因为她让你觉得自己很差劲，因为你不像她那么漂亮。也因为这一点，你杀了那些女孩。”

埃尔文一动不动地站在那儿，不过贝森妮现在能看清楚他的眼睛了，她倒是没看出什么不高兴，她看到的只有那无尽的黑暗。

“不过我跟她们不一样，埃尔文，我更像你一些，我属于你，能在你的世界生长，我们能在一起。”

埃尔文还是没说话，贝森妮就走过去，握住他的右手，抚摸着他的手指，把他的手拽过来放在自己的肚子上。

“这是你想要的吗，嗯？”贝森妮诚恳地轻轻说道，因为她知道自己会很愿意投入埃尔文的怀抱，这样会使她不再因为被绑架而感到无助。

“你不会伤害我，埃尔文，你是要爱我。”

贝森妮撩起T恤，把埃尔文冰凉发抖的手放在自己的肚子上。“我是你的，完全属于你，埃尔文，这就是我想要的。”

埃尔文只让自己的手接触了一下她的皮肤，就把手抽回去，说，“这是父亲对待女儿的样子吗？”

啊！贝森妮还是在用自己的眼光来看待世界，而在埃尔文眼里，她是女儿，而自己想做她的父亲，他这么说过的。贝森妮觉得自己真傻，想当然地认为埃尔文是个男人，就会被引诱。

不过这确实是一种引诱，只不过不是性引诱而已。埃尔文想把贝森妮引诱到他那边，他希望自己能像一个父亲一样被女儿爱着。不过贝森妮并不清楚怎样去爱一个父亲……这让她开始有些发慌。

埃尔文站在贝森妮面前，神情镇定，并没有讨厌贝森妮的样子。

“你看，这就是问题所在，”埃尔文说，“所有的父亲都是骗子，而且没有一个女儿知道被父亲爱着是什么样的，而且也不知道怎样去爱父亲。”

“那你为什么没穿衬衫就来了？”贝森妮问。

“我是想让你看看，你的皮肤跟我的很像。我们已经在一起了，我可以做你的父亲，贝森妮。”

“可你把我搞糊涂了”，贝森妮说，“如果你释放出很多乱七八糟的信息，怎么能指望一个女孩按你想要的去做呢？”

“什么意思？”

“比方说你上身没穿衣服就来了，炫耀你皮肤好，又或者离开这儿之前，嘴里说着你想怎么折断我的骨头。这很难判断你到底是爱我还是恨我。”

“这是因为我既爱你，又恨你。”埃尔文一副实话实说的样子。

“我……我还以为你喜欢我。”

“我是喜欢你，不过我也发现自己同时想折断你的骨头。你知道，和你站在一起的时候，很难不让这种想法占上风。”

“这么说你真的想杀我？”贝森妮叫道。

他们的目光好像紧紧交汇了起来，最后骨人转过头去看着门。

“你能跟我说实话吗？”骨人问。

“好的。”

“你跟我一起在街上走会害怕吗？”

贝森妮希望自己说实话，于是想了想。

埃尔文转过头来看着她。“在其他人袖手旁观的时候，我在你身边牵着你，爱着你，你会感谢我吗？”

“为什么不会呢？”贝森妮回答道，“每个人不都这样装模作样吗？要是能开着漂亮车子，穿着时尚衣服，他们都会每天睡在魔鬼身边的。”

“我就是这种魔鬼吗？”

“你跟我说过你是撒旦，难道你不是这么看待自己的吗？”

埃尔文看起来有些吃惊，贝森妮觉得可能自己对他的大胆接受，让他感觉有点不太适应，而这就是自己争取主动的时候了。

贝森妮朝骨人走近一步，把一只手放在他的肩膀上。

“埃尔文，你对我来说已经像个父亲了，在某些方面甚至比我自己的父亲还要像。”

“你真的这么看吗？”

“你能救我，”贝森妮说，“保护我，难道这不是一个父亲起码应该做到的吗？”

埃尔文皱了一下眉头，然后走到那些木块跟前，平静地说：

“我把他带到这儿来了。”

“把谁带来了？”

骨人摸着摆成十字架形状的木块。“那个装成你父亲的人，我昨天把他带来了。”

“伯特 · 韦尔什？”

“不是，我把他杀了，因为他是个骗子。我带来的是另一个谎言之父。”

莱恩 · 贝森妮的心怦怦直跳。

“他抛弃了你，不是吗，贝森妮？”骨人转过身来说，“现在你变得孤身一人，所以我把他带来了。”

“你……你把莱恩带来了？”

“他在你以前的那间屋子里。”

贝森妮就像被人猛击了一拳似的直发晕。莱恩在这儿？

一方面她不希望再有人掉进这种陷阱里去，另一方面她发现自己觉得莱恩比她更该被抓。

而她居然会这么想，倒让她更加心烦意乱起来。

虽然她陷在埃尔文的世界里，神智不太清醒，可还是有一些真实感觉的。

“看得出来你有点不知所措。”骨人说。

“你要杀他吗？”

“我应该这样吗？”

“不，没人该这样死的。”

“可你不能有两个父亲啊。”

最后还是回到这个问题上来了，找个女儿的问题。

“有个女儿真那么重要吗？你反应过度了吧。”

埃尔文·芬奇站在那儿一动不动，开始的时候贝森妮还想，他不回答是被自己问住了，可随后她就看到埃尔文咬着牙，双手在身体两侧直发抖。也许他不说话是因为在控制怒火，贝森妮不知道该怎么办好，所以埃尔文发抖的时候，她只是在那儿站着。

然后埃尔文朝她走过去，抬起她的左手，捏住小拇指折断了。

扑。

一阵剧痛蔓延到贝森妮的胳膊上，可她还是咬紧牙关盯着埃尔文，一声不吭。

埃尔文放下她的手，走回去说：“很抱歉，可这真的是一个很蠢的问题。”

眼泪刺痛了贝森妮的眼睛，从她的脸上滑落下来，可她还是没有当着埃尔文的面哭出声来，她不想表现出自己的恐惧。她想问问埃尔文，如果每次一生气就要折断她的骨头，这样怎么可能去考虑当她父亲呢。

“对不起。”

“去让一个女孩子明白为什么她的爱这么重要，看来是过分了，我该现在就杀了你。”

“那你就永远不会知道有个女儿是什么样了。”贝森妮说，用另一只手握着折断的小拇指。

埃尔文的胸前出了一层汗，混着润肤露的白色，一道道地顺着身子往下流。

“你会宁愿我杀了你妈妈吗？”

“不，那会比你折断我的骨头伤害我更厉害。如果你想找个知道怎样去爱的女儿，那你就不能指望我不去爱我的妈妈。”

“我见过你妈妈，她是个巫婆，我妈妈也是个巫婆。”

“这并不意味着你能杀她！”手指的疼痛让贝森妮感到一阵恶心，她回到床边坐下，缓解自己的眩晕，“你不能因为嫉妒别人，就杀了他们。”

“我比你能想象的要有力得多，我就是这样的。那个自称是你父亲的人，你需要的时候他从来都不在你身边，我绝不会让你离开我的视线。”

骨人的逻辑总是有一种强迫的意味。贝森妮说：“可是这并不意味着莱恩该死。”

“只有我才能让你和你爸爸活下来，你现在在我手上。”埃尔文深吸了一口气说，“如果你不想让我杀掉你父亲的话，那他就不能再当你父亲，因为你只能有一个父亲。”

贝森妮现在脑子里有点晕头转向，她的手还在疼，而头脑在努力思考着。

“我想折断你的骨头，我也想折断他的骨头，”骨人说，“我恨你，我更恨你父亲，因为他是你父亲，可是我更想当你的父亲。”

贝森妮咽了一口吐沫，她实在跟不上骨人的思路了。“那你想要我做什么？”

“我想要你像我会去做的那样伤害他，然后我要你赶他走，这样他就永远不会再想回来找你了。”

“可……你怎么会想到让我那么做呢？”

“用我的方式吗？”

“我做不来。”

“你已经做了，我是魔鬼，而你是我女儿，现在我们彼此开诚布公。”

“那如果我做不到呢？”

“我就会像我通常的那样去做，可能这样最好。”

贝森妮不知道该怎么回答骨人，她可以气冲冲地反驳他，可是在这个地洞里待了六天之后，就连自己的怒气都好像变小了，反而急于去讨好他。她可以和骨人争论，可也不想激怒他，自己的命还在他手里。

她可以答应骨人的条件，可她没办法去伤害任何人，不管由于什么原因。当然更不可能去伤害莱恩，他是个糟糕的父亲，可也不应该受到伤害。

不应该吗？当然不应该。

“我能喝点水，吃点东西吗？”贝森妮问，“我已经很长时间没吃东西了。”

这个问题似乎转移了骨人的注意力。

“如果你是我的女儿，我绝不会让这种情况发生。”他说。

天黑了下来，莱恩·埃文斯发现了这一点，是因为屋子里又像地窖一样暗了。这是他醒过来之后，在这间屋里待的第三个晚上，所以如果他没搞错的话，他在骨人的地下室里已经待了两天半了。

这已经是他三个月里第二次被关押在地下室里了，而抓他的人并不知道，给莱恩注射药物，让他动不了但是又神志清醒的这种关押方式，已经让莱恩占了上风。

莱恩之前从看守所里跑了出来，偷了看守的车，像蝙蝠飞出地狱一样穿过了得克萨斯州，自从这些荒唐事发生以来，他还没那么激动过。而在他被击中的一瞬间，对于再次被抓的恐惧消失了，塞在骨人卡车车厢里的那一大段时间里，莱恩接受了这个新挑战，用曾经在沙漠里使他脱身的方法开始推理。

因为缺乏睡眠，莱恩一被扔到床上，就马上睡着了。在睡了很长时间以后醒来的时候，药物的影响已经过去了。

莱恩仔细检查了这间屋子，没发现什么地方可以逃出去，然后就回到了床边。除了从门跟前的一个大瓶子里喝水，往罐子里小便之外，他几乎在床上躺了两天。

莱恩说的“几乎”，是因为他发现无法阻止自己的悲伤，隔几个小时，他就会崩溃，然后哭起来。

莱恩的胸一起一伏，眼泪涌了出来，眼前一直浮现着女儿贝森妮的样子，从来没想过会这么爱她。

莱恩花了几个小时去仔细回想贝森妮过去的种种，他能想起来的事情太少了，真是罪过。他对贝森妮最初的印象是一个小婴儿的样子，裹在赛琳从塔吉特百货买来的粉色襁褓里，然后他俩去办妥了收养手续。

莱恩想起粉色襁褓里的小脸，乱动的小手，他转过身，哭了起来，因为一个星期之后，他就离开了家，去执行一个为期两个月的任务。

莱恩还记得贝森妮有一天跑回家来，她滑冰摔了一跤，手上和膝盖都破了。一看都是些破皮的小伤，自己还不以为意地拍拍贝森妮，告诉她这会让她变得更结实。

可他的鼓励并没有让贝森妮觉得好受些，她还是涨红着脸大哭，这个样子浮现在莱恩眼前，他流泪了。

如果他能回到那一天，他会冲到门前，把女儿浑身上下打扫干净，然后把她带到厨房里，紧紧抱着她，告诉她一切都会好的。他会给女儿包扎伤口，然后把她带到童话里的女王跟前，表扬她是个勇敢的好孩子。

上帝啊，我都做了些什么？我怎么这么蠢啊？

莱恩又想起贝森妮十岁的一天，到他办公室，问他要不要跟自己玩一种棋。莱恩才去了一趟诺福克，参加了一次为期两周的情报会议，刚回来很累。于是他像往常一样跟贝森妮说，下回吧。

可他再也没有跟贝森妮玩过棋，一次也没有！

如果他现在能这样做，他会把自己所有的东西都卖掉，来换取自己回到那一天。

莱恩搜寻着头脑里的记忆，把随之而来的痛苦也存了起来。然后，他没法忍受这么多的痛苦，于是翻过身开始哭起来。

他在忏悔，他的心正在慢慢地痛苦地撕裂，而这些记忆又在往伤口上撒盐。

渐渐地莱恩不再陷在回忆中，然后他发现这比回忆本身更让他难受。不过他终于在两天之后，重新控制了自己的情绪，平静地躺在床上。

不过莱恩也并不是无所事事，他还在思考，衡量，控制自己的情绪。他决心一直等到就要到来的那个时刻，他要摆脱自己的情绪，不惜一切代价，救出贝森妮。

莱恩在考量着，而且第一次做起了祈祷，祈求上帝理解他的痛苦，救救他的女儿，无论要付出什么代价。

因为莱恩觉得，他在一生中第一次理解了上帝的想法，上帝会像莱恩一样，去从魔鬼手里救出自己的孩子，而魔鬼要把他的孩子据为己有，折断她的骨头，摧毁她的意志。

第三十四章 *Chapter 34*

瑞奇 · 瓦伦丁坐在一张金属折叠椅上，双手交握放在膝头，盯着墙上被300瓦灯照着的人体骨架粉笔图，而矿场外面有个便携式发电机在提供电能。赫顿神父站在她旁边，抱着胳膊。画这画的几乎可以肯定是骨人，他拿粉笔的角度很好，不像小孩们用粗的一头在人行道上画的那样，而且画得也相当不错。

算上四天前他们第一回把莱恩带走的那次，瑞奇已经是第三次回到这儿了。头回看到的时候，墙上的图还跟这个案子没有太大的联系，瑞奇已经知道凶手对骨骼很痴迷，而且对人体也相当了解。而他在墙上画满了骨骼图，就像解剖学课本一样，只是加深了他们之前的印象。

过了一天，莱恩越狱逃走了，瑞奇开车回来又看了一遍。她承认自己并不是完全为了调查的目的，而她从来没有在一个案件当中偏离一点点调查的方向，她需要休息一下了。

三天前，市民们一醒来，就震惊地得知，地方检察官伯特 · 韦尔什，被骨人或者模仿骨人的凶手残忍地杀害了。而就在前一天晚上，韦尔什还宣称他已经抓到了骨人。

而让事态更加恶化的是，之前被怀疑是骨人的莱恩 · 埃文斯，在韦尔什被杀一小时之后，从关押他的牢房里逃走了。而关于仍然没有完全摆脱骨人嫌疑的莱恩 · 埃文斯，各种推论纷至沓来，瑞奇仍然无法作出一个确定的结论。

她知道莱恩不是骨人。

她知道今天早晨刚接到的笔迹分析，已经把莱恩从墙上粉笔画的作者排除出去了。

她知道莱恩是一个痛苦的父亲，如果换了自己，也会跟他一样的。

她比公众知道的更多的地方是，骨人还在一个什么地方，计划着下一步行动。奥斯汀正在恐慌中四分五裂，可是她目前最要紧的还是阻止骨人，而不是安慰公众，因此目前为止，这意味着还要隐瞒一些相关的细节。

现在骨人给得克萨斯州的奥斯汀也留下了印记，令人震惊的一系列事件，使整个案件走到了死胡同。现在有关的报道覆盖了所有的主要新闻网，关于此事的博客文章和新闻报道吸引了数以千万计的点击。在当今这个科技世界里，信息量几乎已经达到了要爆炸的程度。

所有这些都使处在媒体所称的“杀戮地区”的人们更加恐惧。这并不奇怪，因为很多骨人的受害者都是学生，而奥斯汀的所有公立学校和大部分私立学校都停课了，直到联邦调查局确保他们的安全之后才会复课。瑞奇可能两天前就会这样做，可是克雷柯在这个案子遭遇这么多挫折之后，变得小心翼翼了。

一个野营者昨天在西得克萨斯一个叫鸦巢农场的营地，发现了莱恩偷走的那辆白色本田雅阁车。这样莱恩之前的广播信息就很明确了，他看来是找到了骨人的地点，然后给骨人发出广播信息向他挑战，让他到鸦巢农场和自己会面。

从达拉斯调查处来的证据调查组已经对轮胎印迹完成了定位和制模，证实它和骨人两年前用过的那辆福特 F-150 皮卡的印迹完全吻合。

骨人想让他们知道，自己已经抓走了莱恩 · 埃文斯。

可是知道这一点，跟发现鸦巢的犯罪现场一样，并没给他们带来多大帮助。于是今天早晨，瑞奇说服自己再次逃离奥斯汀的紧张气氛，请赫顿神父和她一起来到矿场，想听听神父对墙上图画的看法。神父既是一位神职人员，也是一位心理学家，有自己独到的见解。

“神父，您觉得这是什么意思？”

“当然是十字，很显然他对这个比较痴迷。”

“像对骨头一样痴迷吗？”

“对呀，这些骨骼就能说明一切了。”

“目前为止还没有这方面的证据，可我觉得我们会发现这是骨人的笔迹的。”

神父走到他们正在研究的一幅图跟前：那是一幅与人体等高的骨架图，图下面叠压着一个匆忙画的十字架，骨架图和十字架之间并没有钉子或者绳子相连。骨架的头骨用两个空洞的眼眶瞪视着他们，咧开嘴露出牙齿来，好像在笑着。

“这是他自己的绰号，还是其他人给他取的？”神父探过身去看着骨架图的手腕说。

“厄尔巴索的报纸一开始叫他骨人，然后就传开了。”

神父顺着图旁边的一行拉丁文看过去。“他的骨头一根也不可折断；他们要仰望自己所扎的人。”

“这是什么意思？”

“预言耶稣基督被钉十字架。”神父扫视着墙上说，“我觉得他对钉十字架比骨头更痴迷。”

“这是我们发现的第一个十字架。”瑞奇说。

“光从他的受害者没有被悬挂在十字架上，并不能看出他不把自己每次的行为看成是一种十字架处决。从墙上的这些话看来……我会觉得他是在复制耶稣基督的死。”

瑞奇站起来走到神父身边，往左边挪了挪，这样不会挡住灯光。

“怎么是这样呢？”

“罗马士兵总是会用一把大锤，把要钉十字架的人的骨头砸碎。”神父伸出手指着腓骨的位置。“他们会把腿骨砸断，这样受害者就没办法支撑自己身体的重量，迫使他们很快窒息。可是在把耶稣基督钉十字架的时候并没有这样做，这也是关于他的死的一个最鲜明的特征。”

“我没太明白您的意思。”

“在耶稣基督死前几千年，就有预言说当犹太人的先知被悬在空中杀害的时候，他的骨头一根也没有折断。而根据路加福音的记录，和耶稣基督一起被钉十字架的那两个人的骨头都被折断了。”

“但是他没有。”

“对。就是因为这一点很久以前就被预言过，所以使它显得更引人注意。而我觉得骨人在折断骨头的时候，是在间歇性发怒的状态，像一个被宠坏的孩子一样。”

神父看着瑞奇说，“如果是这样的话，这个杀手有部分原因是他对父亲的怒火。”

“莱恩。”瑞奇说。

“你说过莱恩曾经宣称，骨人把伯顿 · 韦尔什叫做谎言之父。”

“对，是引用了路西法。”

“或者他是在语带双关，谴责那种骗子。我会觉得他更像是把这个名字移到其他人身上，因为他把自己当成路西法，但是不愿意承认这个绰号，谎言之父。”

瑞奇点点头说，“可能吧，你的话有点启发。那么还有别的因素促使骨人去行凶吗？”

“我会觉得他是想去惩罚那些父亲，然后自己取而代之，他想做父亲。”

如果是这样的话，这种看法倒挺敏锐的。瑞奇问，“从墙上的一幅画就能看出来吗？”

神父耸耸肩。“那为什么他没杀莱恩？他有的是机会。我觉得他是在玩弄莱恩和贝森妮，惩罚父亲，引诱女儿。”

“那为什么他把别的女孩杀害了？”

“因为她们不符合她对自己女儿的想象。”

这确实有些道理，可怕的推理。他们之前在类似的各种理论中间绕来绕去，可是听赫顿神父讲得清清楚楚，瑞奇不禁想为什么他们早先没想到。

“你们要找的人被憎恨和嫉妒所驱使，”神父说，然后又耸了耸肩，“不过这只是我的看法。”

“那他为什么不刺破他们的皮肤？”

神父考虑了一会儿。“这是耶稣基督之死的另一个奇异的地方。”

“他的肋部被刺穿了。”

“没错。骨人是要复制钉十字架的做法，折断骨头而不刺穿皮肉，都是预言里说过的。他甚至是从双手开始的，不过这次并没有用钉子。”

“真是个大变态。”瑞奇说。

神父和瑞奇彼此看着对方，陷入沉思。目前来看，这对寻找骨人并没有什么帮助，不过了解这个人很快就会让他们得益，如果赫顿神父在的话。

瑞奇的手机响了，是克雷柯打来的，瑞奇接起手机。

“是我。”

“瑞奇……我们又发现了一个受害者。”

地下室就像在瑞奇眼前旋转一样，她感到浑身冰凉。她想到的第一个名字是贝森妮，然后是莱恩，骨人肯定没空再去找一个受害者。

瑞奇说不出话来。

“邻居们今天早晨打电话给赛琳 · 埃文斯，她没有接，然后他们发现赛琳头朝下栽倒在游泳池里。没有血迹，她的骨骼包括脊柱都被折断了，是骨人干的，我想要你马上回来。”

“上帝保佑。媒体知道了吗？”

“他们一个小时之内都会得知消息的，快回来吧，瑞奇。”听起来好像克雷柯还有话要说，不过他把电话挂断了。

神父看着瑞奇。“怎么了？”

瑞奇合上手机。“骨人昨天晚上把赛琳 · 埃文斯杀害了。”

第三十五章 Chapter 35

莱恩先是听到了从大厅里传来的脚步声，可是他的头脑还沉浸在悲痛之中。他用尽全身力气，从那种要吞没自己的黑暗的力量中挣脱出来，那种轻轻的脚步声，听起来更像是他自己的心脏在咚咚跳动。

莱恩成功了，痛苦还在他周围环绕，刺痛他的身体，可是他现在可以很轻易地把痛苦踩在脚下，而让思路更加集中。

就连手上断了骨头的地方，虽然伤口肿了起来，也没那么疼了。

莱恩在很久以前就不再哭泣和咬牙了，他要让自己为终将到来的那一刻做好准备，就像第一场暴风雨即将到来一样。

他是贝森妮的父亲，骨人把他抓到这儿来，唯一的可能就是要折磨他，或者贝森妮，而可能性更大的是，折磨他们两个人，把他们拆散。

邪恶是可以预知的，然后又经常被痛苦地等待着。

莱恩知道贝森妮的生命（如果她还活着的话，莱恩坚信这一点）很可能要靠他硬起心肠来，采取任何必要的方式来挽救。

莱恩会让自己完全投入这个目标中去，不管因为什么他失败了，无论死活，他都会带着失败的痛苦，可是他同样会成为一个自己从没做过的父亲。像他今天这样，深陷在一个黑暗的陷阱中，只能寄希望于一个机会拉着女儿的手，带她走出黑暗。

莱恩闭着眼，听着心跳的声音。脚步声，他睁大眼睛。

这是什么？难道是……

莱恩所有的推论，很多小时以来的思考过程，数天以来坚持寻找与伤害自己女儿的人面对面的机会，一霎那间都崩塌了，他的心都要跳出来了。

骨人，那是他的脚步声，朝门这边走来。

莱恩快要从床上跳起来了，想要朝门那边冲过去。可他马上又回过神来，重新恢复了之前的神智。

莱恩静静地躺着，抑制住自己快要发狂的情绪。

门锁打开了，生锈的门闩咔哒响了一声，莱恩听到门吱地一下轻轻打开了。有人在门口停了一下，然后走了进来，他没有关门。

莱恩一直都没有看他，他不想马上看到骨人，只是躺在那里，盯着天花板上密密麻麻的植物须根。他明白骨人在好奇地窥视他，带着一点点不确定。

莱恩先开口说话了。“骨人，你好。”

那个人过了几秒钟以后才答道，“我叫埃尔文 · 芬奇。”

埃尔文，不知为什么，莱恩觉得这个名字听起来别扭。

“你好，埃尔文，很高兴你终于来了。”

“你还可以叫我撒旦。”

这话倒没有让莱恩吃惊，骨人说得轻描淡写，像一个孩子在给邻居展示他攒的弹子一样，虽然听起来让人不舒服，不过莱恩并不感到惊讶。

“你可以站起来了。”埃尔文说。

莱恩坐起来，让头脑清醒一下，然后把双脚放到地上。他还穿着一个多星期之前的那条土黄色休闲裤，已经变得脏兮兮的了。他的棕色平底鞋上都是灰尘，袜子也粘在了脚上。

而相比之下，站在门口的那个人，就好像是刚刚洗完澡，换上一件才熨好的衬衫。隔着这段距离，莱恩还能闻到对方身上香皂或者古龙水的味道。

埃尔文身材高大，肤色白皙，头发剃得很短，长得就像购物中心橱窗里的模特一样。他的眼窝深陷，眼神飘忽。

莱恩慢慢站起身，不顾骨人正在盯着自己，而正是骨人让他们陷入黑暗之中。他感到深深的痛苦，又怒不可遏。

而更让莱恩感到不安的是，从开着的门外透出一小点光亮。骨人挡住了路，可是前方的过道却吸引着莱恩的注意力，使他不由得想冲到地下室深处去寻找女儿。

"我们把这事了结之前，我想让你明白几件事，"埃尔文说，"我两个月前第一次在报纸上看到你的消息的时候，就想折断你的骨头，要控制住自己很不容易，可是我做到了，而且我也觉得这样很值得。"

这个人很聪明，不是那种凭运气逃脱联邦调查局追捕的愚蠢杀手。

"不过我要先坦白一件事情，好吗？"

这个人在请求莱恩的许可。

"好。"

"感谢你折断了他的骨头，这是个不错的开始，第二天晚上我去了他家，折断了他剩下的骨头。"

他杀了韦尔什？

"谎言之父已经死了。"埃尔文说。

莱恩不知道该说什么，就没吭声。

"昨天我回了一趟你家，把那个巫婆的骨头折断了。他们会发现她漂在游泳池里，散发着氯气的味道。"

赛琳?

莱恩觉得一阵恶心，他想叫出声来让骨人别说了，可是他知道这样不行，在骨人身后的的大厅向他招手的时候，他不能削弱自己的控制力。

赛琳？上帝啊，赛琳死了……

“全州上下都大惊失色，”埃尔文说，“他们好像比你更震惊。你不爱那个巫婆。”

莱恩什么也没说，也没法说什么。

“你从来都不是个好丈夫，做父亲更不称职，我要听听你怎么坦白自己的罪过。”

不！不，我不会向你坦白的！你怎么敢来评判我?

莱恩心里有个声音在轻轻地对他说话，警告他要按自己想好的那样去做，要保持平静理性，时刻做好准备，等待时机的到来。

骨人盯着莱恩看了很长时间，最后他的肩膀松弛下来，撇撇嘴说，“那她说的对，你是谎言之父。你否认自己的失败吗？”

“不。”

“可是你拒绝承认自己不配做她的父亲。”

“因为我配得上做她的父亲。我正在努力做她的父亲。”

“太晚了。”骨人说。

“我过去没做个好父亲，并不等于我现在不想做她的父亲。她不是我亲生的，我收养了她，我从来没有成为一个称职的父亲，可这一切在沙漠的时候都不同了。”

“那你是承认了，自己根本就不是她的亲生父亲。”

“对。”

莱恩的回答好像把骨人搞糊涂了，莱恩意识到这样的理性和自控会给他们带来希望。而且尽管骨人知道怎样比大多数人发泄更多的憎恨之情，而真爱会让他挫败。

“我承认，我不是她的父亲，不是亲生父亲”，莱恩说，“但现在已经不一样了。”

“现在你在我这儿。”

“现在我要追寻她的爱。”

这些话好像解除了埃尔文·芬奇的武装，他本来是那种少见的有自控能力的人，可他现在眨着眼睛，开始出汗。

“她恨你。”骨人说。

不，她才不会恨莱恩，也许有一天下午很热，他们会为贝森妮的男朋友吵起来，可在他们俩都在为她自己的生存而战的时候，才不会这样。

埃尔文·芬奇是如此缺乏爱，以至于他不知道怎样去认识爱。他是个为爱疯狂的魔鬼，一心一意要赢得俘虏的心，可是没人会去爱他。他的俘虏可能会给他一种假象，但他们绝不可能用真爱去回报他。

“你是个谎言之父，”莱恩说，“你不可能成为真正的父亲。”

骨人的呼吸粗重起来。“她想让我当她的父亲。”

“可是她内心深处还是想让我做她的父亲。”

“你在撒谎，你是谎言之父！我和她有同样柔软的皮肤，她是我见过的最美的人，我要去爱她，她也想要去爱我。”

“有机会的话，她会杀了你。”

“你在撒谎，你这个卑鄙的骗子。”

“有机会的话，她会回到我身边。”

莱恩明白他离自己之前为了贝森妮保持理性的想法越来越远了，可是意识到骨人把自己当成魔鬼的化身，莱恩想要小心地指出，在现实世界里，每个人都会离邪恶远远的，而会去追求一个充满爱心的父亲。

这个想法彻底地阻止了他。

骨人拿出一副手铐，扔在莱恩面前的地上。“把它铐在你受伤的手腕上，然后转过身。”

莱恩按骨人说的做了，双手背在身后。埃尔文把莱恩的右手铐上之后，抓住莱恩脑后的头发，把他转了过来。骨人一直抓着莱恩的头发，推着他往前走。

骨人是不是在其他受害者身上也用过这种方法？他把莱恩押出屋子，穿过大厅，朝另一端的一间房门走去。他转过身，从门闩上把没锁的碰锁拿下来，然后推开门。

屋子里被橘红色的灯光照亮了。

骨人把莱恩推进去，关上身后的门。

莱恩已经睁大眼睛搜寻起来，可是他的头不能动，没法看清楚整间屋子的情况。

莱恩只想搞清楚一件事，他的心已经提到了嗓子眼，只有看到贝森妮才能放下来。

可是贝森妮不在。

贝森妮不在这间屋子！

骨人打开手铐，松开了莱恩的头发。莱恩转过身来四处看着，搜寻着。

他看到了油灯。

他看到了床。

他看到了墙上安着什么东西。

他看到了地板上有个罐子。

他看到了身后的埃尔文。

可是他没看到……

一个瘦瘦的女孩，穿着一条脏乎乎的绒布睡裤和一件发乌的T恤衫，从一根遮挡他视线的木柱子后面的阴影中走了出来。

这是他的女儿，她的脸上脏乎乎的，哭得一道道的。她的长发打了结，暗淡无光，眼睛看起来好像也陷进发暗的眼窝里去了。

这就是贝森妮。

然后莱恩发现贝森妮的左手肿了起来，三个指头扭歪着，埃尔文折断了她三根指头。

莱恩花了两天时间让自己平静下来，慢慢回到理性的状态中去，在那种状态下，无意识的膝跳反应都不会出现，这样再聪明的敌人也会上当。他知道自己不仅仅是要打败骨人，更要同时救出贝森妮。莱恩曾经一直都在很多地方运用自己的技能，花了大量时间，救出了无数生命。

可是此时，在两个月里第一次见到贝森妮，莱恩终于控制不住自己的感情了。

他马上啜泣起来，像个孩子一样地哭着，张开双臂跌跌撞撞地向前冲过去。

莱恩甚至都没法喊出贝森妮的名字，他不应该就这样朝贝森妮扑过去，这样会吓着她的，可是他停不下来。

莱恩冲过去一把抱住贝森妮搂在怀里，痛哭失声。

贝森妮没有动。

骨人在身后也没有去阻止他们。

然后莱恩慢慢缓过劲，开始大声哭起来，抱着贝森妮浑身发抖。他亲吻着贝森妮的额头，紧紧地抱着她流泪，贝森妮的头发散发出混着麝香和浴液的混合气味。

泪水从莱恩眼睛里涌出来，沾湿了贝森妮的头发，可他没办法停下来，此时没有什么比抱着女儿更让他在乎的了。

贝森妮还活着，她曾经失踪了，可是莱恩现在找到她了，现在贝森妮回到了自己的怀抱。无论发生什么，他都会记住这一刻。

“我爱你，”莱恩终于说，“真的很抱歉，我太爱你了。”

贝森妮的一只手轻轻碰到了莱恩。这个魔鬼对她做了什么？她几乎都不能动！骨人给她灌输什么了，她现在站在那儿跟被下了药一样，动都动不了！

想到这里，莱恩只觉得冷入骨髓，他一次又一次地亲吻着贝森妮的额头。

“亲爱的贝森妮，贝森妮，我非常爱你，上帝知道我爱你！”

贝森妮的手在用力推莱恩，她还有劲，这样挺好的。现在贝森妮的另一只受伤的手也开始把莱恩往外推。

“不要。”她说。

她的声音也有底气，而且很痛苦。

“不要！”

贝森妮更用力地推了一下，这时候莱恩才反应过来，自己的女儿在被关押一周之后，要把他往外推了。他把贝森妮抱得喘不过气来了，她需要呼吸的空间。

可莱恩好不容易才把贝森妮抱在怀里，他怎么敢就放开贝森妮？

“停下来！”贝森妮挣扎着，“放开我！”

贝森妮不要他了吗？这怎么可能？骨人对她做了什么？决不能放开她，无论如何都不行。为了她，自己曾经看到那么多孩子在沙漠里死去，曾经折断过伯顿 · 韦尔什的手腕，曾经折断过自己的手骨，只为赶到这里来救她。

莱恩的脸上挨了一下，他本能地松开了贝森妮。贝森妮盯着莱恩身后，脸上流露出嘲弄的神情。莱恩转过身顺着贝森妮的目光看过去，以为她看的是骨人，可只看到了一面空空的墙壁。

莱恩转过身来。“贝森妮？”他的声音沙哑，“他……他对你做了什么？”

贝森妮慢慢把目光转回到莱恩身上，莱恩从她的眼里看不出一点点温情。

“他就是要把我们俩都杀了。”贝森妮说。

“不会的，真要这样他早就——”

“你从来就不是一个称职的父亲，”贝森妮声音低沉地说，“我需要你的时候，你从来都不在，我大部分时间都在恨你。你怎么会认为你到了这儿，我就会在乎他对你做什么？”

“贝森妮，我……求求你——”

“他说如果我对你说出我的感觉，然后让你走，你就能活下去，这就是我现在要做的，只能这样。”贝森妮看着莱恩说，“你希望我活下来，对吧？”

“对！对！”

“那我们就把这事了结了吧。”

这一切都来得太快了，就像半夜里的罪恶勾当一样。莱恩没想到贝森妮这样冷漠算计，如果自己得知之前发生的一切，她说得也许有道理。可是她声音里的怨气，她眼睛里的阴影……

也许是骨人强迫她这么做的，可是她说的时候，就像自己是骨人一样！她怎么能这么无情？

为了救自己吗？也许她是为了挽救自己的生命，可是更像是她的思维被骨人控制了，骨人已经把她拉到自己这边了，她不知道自己在做什么！

“贝森妮……”

莱恩的头上挨了一下，他倒在地上失去了知觉。

第三十六章 *Chapter 36*

埃尔文 · 芬奇，或者叫骨人，有两样东西他想要，不，有三样东西他会不惜代价去获取。他的女儿，因为贝森妮是他生命的一部分，和他有着一样好看的外形。

让父亲心碎，莱恩被拒绝之后，会因为自己最终的失败，而过着悲惨的日子。

如果他不能拥有贝森妮的爱，就把两个人的骨头都折断。

当然，他也会允许贝森妮用其他的方式来表达这种爱，比如说，也许她会定期跟自己出去寻找其他的女孩，折断她们的骨头。

埃尔文在折断骨头的时候通常都能保持平静，可是这回要控制自己的冲动，这比之前料想的更难些。之前他想过的那个主意，现在又浮现在脑海中，在灯光下勾勒出来。

骨人把莱恩头朝下吊在了十字架上，然后把莱恩的双腿伸展，分别用两根从木块上穿出来的绳子拴住脚踝。骨人把莱恩的手也拴在十字架下方，然后用胶带封住他的嘴。

然后他让贝森妮去把莱恩弄醒，贝森妮眯着眼睛看了看莱恩，打了他几个耳光，把他弄醒了。

现在莱恩被吊在那里，红着脸，眼睛突出，嘴被封着，可他内心深处一定在大声喊叫，好像要用尽全身的力气一样。

这就是埃尔文·芬奇领悟到的一点：你可以折断他们的骨头，不过能让他们心碎更好。

现在足可以说，他已经让莱恩心碎了。

骨人满意地拿起墙边的大锤，走到贝森妮跟前，贝森妮正面无表情地看着十字架。骨人把大锤递给她。

贝森妮右手接过大锤，然后又伸出左手握着它，虽然左手肿得厉害。大锤比贝森妮的胳膊还要长，黑铁锤头有她的小腿那么粗。她这么小的个子，拿着那么大的锤子，看上去有点滑稽。

骨人冲贝森妮鼓励地点点头，指着莱恩头边上的一个小凳子说："我去抓紧他的脚。"

贝森妮只是无神地看着他，是不是她要反悔了？

埃尔文感到一阵恼怒，连脖子也发起烧来。如果贝森妮现在反悔了，那自己可就不为她身上遭受的痛苦负责了。没人能指责他要对莱恩做的事情，不但是四肢的骨头，每一块骨头都要砸碎。如果贝森妮现在背叛他的话……

贝森妮手里拿着大锤，从骨人身边走开，踩到凳子上面。

骨人的怒火像秋天的落叶一样飘散了，而事实上，他后悔自己刚才怀疑了贝森妮。他怎么能怀疑这样一个可爱的女儿呢？她每次都和自己保持一致，尽管自己为了显示自己是对的，曾经折断过她三根手指。

骨人赶忙走到十字架跟前，抓住莱恩光着的右脚，把它从十字架上拉开一些，这样贝森妮能有足够的空间砸下去。

"就砸在脚踝上，你要使劲挥动大锤径直砸下去，不然就滑开了。别砸着我。"

贝森妮把大锤扛到肩上，盯着脚踝。"是砸脚踝吧。"

“对，只砸脚踝。”

“然后你就放了他？”

“我们之前说好了啊。”

“我不能杀人，我不愿意那样做。”

“不会的，孩子，我保证只砸脚踝就行。”

“孩子”这两个字骨人说的有些不习惯，不过假以时日，他会把这两个字说得像“宝贝”一样流利，而假以时日，贝森妮会求着他去折断人的骨头，不管那人是谁。

骨人曾经想过，贝森妮可能会直接拿锤子砸向他的头，而此时站在她旁边，骨人又想起了这一点。她很聪明，也许会试着这么干，换了他他会的，而贝森妮很像他。

“等等。”

骨人弯下腰，拿起一根绑剩下的一米多长的绳子。他很快地把绳子缠在莱恩的脚趾头上，往后退了几步，拉直绳子，这样莱恩的脚就被拉平了，不会翘起来让贝森妮没法往上砸。

现在骨人站在贝森妮身后，就不可能被锤子砸到了。

贝森妮麻木地看着他。

“去吧，”骨人说，“记住，使出浑身的力气来。”

贝森妮又重新面对着莱恩，莱恩想说什么，可是嘴被堵住了。贝森妮没看他，把大锤拿了回来。

贝森妮眼里含着泪，可是她紧紧地咬着牙。她的胳膊在发抖，大锤太重了，而她左手还不大方便。除此之外，第一次下手总是最困难的，自打骨人决定要杀他妈妈之后，他花了三个月时间才下决心折断她的骨头。

每下一次手他都会哭。

“没关系，孩子，你会习惯的，我就在你后面。”

贝森妮握着大锤，在莱恩脚上方停了很长时间，她的胳膊一直在发抖，埃尔文都怀疑她能不能直接挥下去。她会砸偏，然后丧失信心。

可是她非得挥动锤头不可！她必须砸断莱恩的脚踝！埃尔文确信自己从来没这么迫切地需要过什么，而现在，他是无比希望亲眼看着贝森妮下手。

骨人往下扫了一眼，莱恩已经安静下来，闭上了眼睛。他已经接受了自己的命运，因为他明白自己已经失去了贝森妮，现在任凭他们处置了。

以后，再过一天，再过一个月，骨人也不知道什么时间，他会去莱恩家杀了他。而今天，他只想让莱恩心碎。

而且他要让贝森妮完全臣服于他。

“挥锤。”骨人说。

贝森妮轻轻地哀叫了一声，埃尔文要发疯了。

“挥锤啊！你这小坏蛋，挥锤！”

贝森妮挥动了大锤。

贝森妮觉得自己并没有像之前想象的那样，拥有那种人之常情，而记忆中的感情又都一下子涌了上来。看上去好像不可能，可是在她挥锤的时候，就像自己的头脑裂成两半了一样。

一半在为自己的行为感到恐惧。

而另一半则感到愤怒。

可是她有一部分原因只是想取悦埃尔文，想让埃尔文喜欢她，尽管她隐约感觉到，自己不应该那样想。她和埃尔文站在同一阵营，尽管从内心深处，她认为埃尔文是个魔鬼。

就算这样，她也宁愿和埃尔文一起做个魔鬼，也不愿意孤零零地死掉。

因此埃尔文叫道“挥锤”的时候，贝森妮感到既害怕，又被迫使出全身力气挥动了大锤。

锤子重重地砸在莱恩脚踝上，弹了开去。

砰！

有什么东西被砸断了。

贝森妮大口地喘着气，莱恩还在那儿没动，除了偶尔抽搐几下，像刚被宰杀的牲畜一样。

好吧，有什么东西断了。

贝森妮浑身无力，她退了一步想站稳，可是忘了自己还站在凳子上，骨人在她倒下之前扶住了她。

骨人大步走到十字架跟前，迅速检查了一下莱恩的脚踝。“你干成了，”他高兴地大声说，“我觉得你干成了。”

贝森妮看着莱恩，心里一阵难受。莱恩已经不发抖了，贝森妮觉得他可能昏过去了。他的神情已经平静下来，身体还绑在十字架上，衬衫滑落在地，露出了突出的肋骨，莱恩静静地呼吸着。

他是来救自己的，他是来拥抱自己的，而自己却要把他赶走，不明白为什么要这样，还能做些什么。

贝森妮看着莱恩的脸，这时莱恩突然睁开了眼睛直视着她。贝森妮眨了眨眼，然后再看他的时候，他的眼睛闭上了。

可是在那时，贝森妮看到了父亲的形象，而不是为了海军的任务抛弃她的人，不是那个不爱她妈妈的人，而是为了挽救她的生命，不惜付出生命代价的父亲。

可是贝森妮已经做出了选择。在骨人这里，活下来的唯一方式，就是成为和骨人一样的人，而骨人会用杀戮来强迫她认自己做父亲。

贝森妮走到尿罐跟前，开始呕吐起来，她胃里是空的，吐出了黄色的胆汁。

然后她上了床，面朝着墙躺着，闭上眼睛。她想，自己是在地狱。

而埃尔文 · 芬奇就是撒旦。

第三十七章 Chapter 37

“醒醒，”一只手扇了莱恩一个耳光。“醒醒。”

莱恩动了一下眼皮，睁开了眼睛。一个穿着棉布衬衫，下巴刮得很干净的人朝他俯下身来，莱恩在想这是谁，发生了什么，他在哪儿，为什么在躺着，有多长时间。。

骨人。

莱恩又眨了眨眼，上个星期发生的种种又涌上心头。他是来救贝森妮的，却陷入了地狱中。

贝森妮把他推开了，她挥动了大锤，她那会儿一定精神不大正常，不过她拒绝了自己，这倒并不太出乎莱恩的预料，因为他们从来都没有亲近过。

“站起来。”骨人说。

莱恩闻到了一股汽油的味道。

“站起来。”

莱恩费力地直起身子，疼得缩了一下。他的右脚跟在抽痛着，骨人往脚踝上缠了些绷带来做支撑。

“站起来。”

莱恩用左腿支撑自己站了起来，小心地把重量放在右腿上。空气中弥漫着汽油味，太阳被乌云遮住了，四周什么声音也听不到。骨人把莱恩带出去的时候，莱恩曾经看了看四周，明白他们离城镇很远，因为开车的时候他注意过四周的声响，可是站在一片死寂的院子里，莱恩感觉自己彻底地被抛弃了。

骨人右手拿着一把弯刀，朝石子路那边扫了一眼，然后转向莱恩。

“顺着那条路走三里地，就上了柏油路，我给你二十分钟的时间过去，然后我跟我女儿就把这儿烧干净，开车离开。如果你还没走，我们就会杀了你。别费劲报警，他们到这儿之前我们早走了。”

莱恩想不明白，他们是要放了他，然后消失？

“为什么贝森妮在的时候你不给她更多的关心？”埃尔文问道，不过他的话音里倒没有询问的意味，而仅仅是往莱恩的伤口上撒盐而已。

“你对于她来说已经死了，她已经杀了你，现在你已经在地狱里了，无时无刻不在游荡悔恨之中。不过如果你回来找她的话，我就要把她身体里的每一根骨头都折断，从她的牙开始，一颗一颗地往下拔。然后我会把你们俩都烧死，再去找下一个女儿，你信不信？”

莱恩不敢回想那种深入骨髓的恐惧感，他已经完全不知所措了，要么在骨人面前倒下死掉，要么逃走。

拖着伤脚能跑多快跑多快，向着地狱跑去，这就是他的宿命。

“你聋了吗？”

“没有。”莱恩瓮声瓮气地说。

“你怀疑我做不到吗？”

“没有。”

“那走吧，如果你以后再来找我们，我就去找你，在你睡觉的时候折断你的骨头。你信不信？”

“信。”

“那走吧，”骨人又说了一遍，“快点。”

莱恩蹒跚地迈出一步，又往前走了一步，他还不太肯定。

骨人用刀背往莱恩背上用力打了一下，说：

“快滚！”

骨人的声音在院子里回响着。

莱恩跑了起来，确切地说他是在跌跌撞撞地往前冲，他咬着牙忍着眼泪，每走一步都会觉得腿上的疼痛不那么痛苦，心里也不那么空荡荡的了，然后尽管脚步蹒跚，他还是跑了起来。

莱恩感到自己就像被抽了一鞭子的狗一样，从那个房子往外跑，那儿不要他了。他去找自己的女儿，可离开的时候，既没有带着女儿，心也留在了那里。

他之前没有想到事情会变成这个样子，贝森妮怎么能就这么背弃了来救自己的父亲呢？

莱恩，你不是她的父亲，他们说的对，你从来就不是她真正的父亲。

不，不，我是真的想做她父亲，我来这儿找她就是为了这个，为了把她从那个魔鬼身边带走，紧紧地抱着她，赶走她的恐惧，好好爱护她，给她买好多礼物。

莱恩回过头，看到骨人站在院子边上，警觉地盯着他。想象自己还能有最后一线希望回去，无疑是很愚蠢的，他打消了这个念头。

莱恩被一股怒气驱使，低着头在路上往前冲，也不管脚疼不疼，脚下的砾石在咯吱作响。

三公里，再有三公里他就能走到大路上搭一辆车，然后给瑞奇 · 瓦伦丁打电话，可是贝森妮在外援到来之前，肯定已经不在那儿了。莱恩喘着粗气一直往前跑。

贝森妮被绑架让莱恩心头满是恐惧，而他甚至不敢去想这带来的痛苦，可是被贝森妮拒绝比那还要糟。

他的头脑已经麻木了。

莱恩又更快地跑起来，紧咬牙关忍住脚跟上的疼痛，灰色的路面在他脚下闪过，但这只不过是在抽离心头疼痛而已。柏油路就在前方，他很快就会跨越那条线，他得用尽全身气力一直向前，没有其他选择，哪怕是死，也要冲到那条路上去。

当然那是不可能的，他不会想要去自杀，反之，他会把贝森妮从自己的情感中排除出去。

莱恩大口地喘着气，同时也是要让脑子清醒下来思考。他迈着沉重的步子摇摇晃晃地走在路上，就像一匹受伤的马要去被屠宰一样。莱恩已经走了一半路了，他看到前方柏油路上有一辆卡车的灯光。

能够活下来的唯一方式，是承认一个现实，就是贝森妮对他来说已经死了。只有这个办法，才能在这样的痛苦之中活下去。

贝森妮抛弃了他，伤了他的心，要了他的命。他要让自己的情感萎缩掉，把剩下的爱藏起来永远不去打开。

莱恩突然停下来，喘着气，他被这种想法吓住了。沙漠里被折断骨头的孩子的形象，突然出现在他的脑海中，还有贝森妮，拿着大锤站在他面前，而埃尔文·芬奇拽着绳子，大叫着让她挥锤。

他怎么能这么想呢？怎么能把贝森妮从内心深处割裂开呢？他怎么能怨恨贝森妮呢？他怎么能把自己唯一的女儿留在魔鬼手里呢？他怎么能自己到路上去逃生呢？他怎么能忍受这种从骨髓深入头脑的痛苦呢？

这样还不如死了算了。

莱恩站在路当中动弹不得，感到天旋地转。

可是他也不敢回去，怕骨人把贝森妮的牙打掉，拿大锤去砸断她的骨头，残忍地杀害她，让他们两个人都死掉！

那该怎么办呢？

他无能为力，无能为力，无能为力！

莱恩感到一阵心烦意乱，浑身发烧。

无能为力……

他突然发起抖来，一下子全身都开始发抖，他知道自己就要在路当中精神崩溃了。他开裂的嘴唇发出了呻吟，因为他不知道还能做什么，只能站在那里发着抖，呻吟着。

他的女儿还活着，可是现在已经死了，就要死了。不是死在骨人手里，而是死在自己的心里。她正在变成骨人的样子，憎恨欺骗，在生存的绝望中沉沦，即使那对她自己来说就意味着死亡。现在，她需要自己去救她，同样也需要自我拯救！

莱恩不由自主地仰天长啸，虽然他还不清楚到自己想干什么。

莱恩一想到虽然离骨人的房子已经有一段距离了，可是还是有可能听得到，他就闭嘴了。可在仰天长啸的那一刻，莱恩明白了。

他明白了自己无法在骨人设定的地狱里独自存活，他不能这样行尸走肉地活着。

莱恩转过身看着远处的院子，院子已经被树挡住了，骨人离开了那条路，回去找贝森妮了。

莱恩慢慢地不再发抖了，不，他不能在骨人设定的地狱里活下去，他也不会那样做。

莱恩开始往回跑，往那座房子那里跑。

往地狱跑。

自从莱恩消失以来，已经过了五天，赛琳被发现死在自家游泳池里，也过了两天。而瑞奇对于可能阻止骨人继续作案的调查，仍然没有什么进展。

瑞奇坐在办公桌边，转动着一枝铅笔，看着福克斯新闻里格莱塔·范·苏斯泰瑞，在和一位联邦调查局的退休犯罪心理分析专家马里贝斯·阿诺德分解这个案件。媒体围绕这个案件已经进行了各式各样的猜测，不过他们正在慢慢地向公众把那些推测集中起来。

埃文斯很有可能不是骨人。

骨人还抓着贝森妮，她很可能还活着。

骨人可能也扣留了埃文斯。

如果埃文斯不是骨人，那么他是在尽力救自己的女儿，而且抓走了韦尔什并且折断了他的胳膊，作为一种交换。如果是这样的话，他们一直在说“如果”，莱恩·埃文斯也许是一个最勇敢的父亲，他做了长时间的努力。

工具房里十字形的骨架图也被展示给公众看，他们对凶手的动机也作出了一些启发性的分析——骨人把他做的一切定义为世界观的一部分，围绕上帝、撒旦和他们对于孩子们的争夺，这是很典型的类型化杀手的精神症状。

精神病人往往认为除自己之外的世界是扭曲的，而事实上是他们陷入一种纠结的状态无法自拔，不过通常在他们的世界观里面，都有足够的论据来支持这种推论。

比如卡立德的例子，他仿效骨人，使莱恩精神崩溃。卡立德把自己国家众多妇女儿童的死，与他要牺牲的那几个孩子等同在一起，以使他做的事情在更大范围内能够为人所理解。

骨人也在做着类似的事情。他在对社会的一部分造成伤害，来说明他的观点。

用大洪水毁灭世界，来使世人明白他们走了邪路又怎样呢？用少数人下地狱来换取那些人的得救又怎样呢？

如果他们无论如何都要下地狱，那么如果用八个女孩的生命能够唤醒整个国家呢？

很明显骨人有一种上帝情结，或者更糟，他觉得自己是魔鬼。

“有什么消息吗？”

瑞奇抬起头来，看到了马克，他刚刚探头进来。“没有。”

“没有，大家都在大声疾呼，要求有个说法，可我们只能告诉他们，没有。”

“跟他们说，是他们创造了骨人，然后告诉他们我们无能为力。”

“我还不知道我们放弃了呢，那谁来从骨人的手里拯救世界？”

瑞奇把橡皮往桌子上一顿，说，“贝森妮的父亲，莱恩·埃文斯。”

Chapter 38 第三十八章

在莱恩全力往回冲的时候，他的脑海里回旋着三个想法。第一个想法是他已经救了贝森妮。另外七个女孩在骨人的手里很快就死去了，可是他给了埃尔文 · 芬奇发泄残暴的另一个出口，这样就让贝森妮活了下来。

第二个想法是贝森妮肯定已经接受了埃尔文 · 芬奇的游戏规则，因为她被骨人所蒙蔽，看不到其他选择，这是典型的斯德哥尔摩症候。

第三个想法是唯一能挽救贝森妮的办法，也就是阻止骨人对她的企图，这样就只能杀掉他。

最后就只有这一个想法真正有意义了：杀掉骨人，杀掉这个魔鬼。把他消灭掉，这样他就绝无可能再绑架一个女孩。

怎样杀掉骨人倒不是问题所在，一个人拖着一只伤脚，没有武器，几天没吃饭，怎么能指望去杀掉一个像埃尔文 · 芬奇这样的大个子，这一点莱恩都没怎么去想。

要么活下来，成为贝森妮的父亲，要么根本就不要活。不杀骨人，誓不为人。

然后莱恩直盯着那栋房子冲过去，对周围的事物视而不见。他意识到自己不会杀人，因为事实上那是骨人的世界，而在骨人的世界只有他才杀人。

可是莱恩没有停下来，也没有放慢脚步，因为贝森妮就在房子里，而自己是她的父亲。

他，而不是骨人，他才是贝森妮的父亲！

莱恩冲过院子的时候，差点要喊出声来，可是突然像当头棒喝一样，他停住了，然后意识到自己不能就这样冲进房子去地下室救贝森妮。

莱恩在离房子前面十来米远的地方来了个急停，呼呼地喘着气。他右脚还在抽痛着，可是他不想把注意力放在脚上，他在凹凸不平的小道上一瘸一拐地走着，深感自己除了杀掉骨人以外没有任何选择。

不杀骨人，誓不为人。

房子外面的白油漆已经剥落得一条条的了，露出了里面正在朽烂的棕色木头。前门只安在一个铁合页上，有点变形，整座房子有点稍稍往右倾斜。

汽油味从莱恩右边飘过来，那是谷仓，房子还没浇上汽油。埃尔文可能正在房子里转悠，向这座地狱之家致以最后的敬意，或者他正在地下室里，给贝森妮戴上锁链。

过了一小会儿，莱恩蹒跚地走向房子，他的头脑清醒了。他看到了没有玻璃的窗户，前门后面空荡荡的门厅，天逐渐暗下来，莱恩发觉吹起了小风，他闻到了汽油味，他马上考虑要停下来偷偷进房子里面去。

莱恩的冲动占了上风，他抓住生锈的门把手，拉开门，进了骨人的房子。

合页吱地响了一声，莱恩把门关上。他转到右边，快步往前走，不是因为知道该往哪儿走，而是因为他不是到这儿了解这间房子的，是来采取行动的。他的呼吸稳定了下来，双手握拳，根本就不管自己的拇指还伤着。

这房子得有个楼梯通往地下室。

房子里面也跟外面一样年久失修，不过他这时只在乎脚下的地板和地板下面的地下室。

莱恩从门厅尽头转过身来，看到了厨房，一个旧冰箱旁边有扇门开着，看到右边的门厅和斜下来的木制天花板。

还有其他的细节，漂白剂的味道，墙上歪歪斜斜地画着一只公鸡，一本旧烹调书，带着红白格子封面。

可是在莱恩就要穿过厨房的时候，他发现了通往地下室的那扇门。

莱恩脚下的地板在松动，他明白了如果埃尔文就在自己正下方的话，肯定已经听到了楼上的地板在动。就像吱嘎作响的门，以及关上的时候那砰的一声，这时候地板的震动可能已经让埃尔文警觉起来了。

莱恩被发觉了，已经没有机会瞒过骨人了，只有用勇气来对抗那个折断自己女儿手指并且败坏她心灵的恶魔了。

莱恩就要走进楼梯间的时候，突然从冰箱旁边那扇门里，有一种景象让他停了下来。从门口望进去，莱恩看到了一间有一张床的卧室，不过墙上的照片让莱恩打了个寒战。这毫无疑问是贝森妮的黑白照片，之前就贴在奥斯汀家里贝森妮的房间窗户上，难道那个绑架她的恶棍是用变焦镜头拍下来的吗？

一张剪报贴在骨人的那张战利品旁边，上面写着：骨人又抓走了一个受害者。

那一大张贝森妮照片的另一边，钉着另一张照片，是一张老旧发黄的照片，照片的左上角有条斜着的折痕。尽管离得那么远，莱恩还是认出了照片上那个正在笑着的圆脸小孩。

那也是贝森妮，她当时还是个小婴儿。

莱恩眨了眨眼，走进房间出神地看着墙上的照片。他知道自己应该赶快冲下楼梯，他知道骨人随时都有可能突然出现在他身后，往他头上猛击一锤，他知道他是来和骨人正面交锋的。

可是他也很明白，一些其他的东西让他停住了脚步。那张照片里的小婴儿是他的贝森妮，可那是在他收养贝森妮之前拍的。

他从来没见过那张照片，这不是骨人从他们家拿走的，那他是从哪儿得到的？为什么在他这儿的墙上？莱恩明白贝森妮的大照片应该是去年拍的，可是那张小照片却让莱恩的心收紧了。

莱恩像一个失明的人一样，顺着床转过去，凝视着那张照片。他站在照片跟前，抬起手，抚摸着照片上的贝森妮，她就像一个纯洁的天使一样，在傻傻地笑着。然后莱恩发现了照片旁边还有个信封，上面有邮箱地址。

邮戳上显示那是一个月之前，骨人在三十天前才收到的这张照片？

莱恩嗓子里好像堵住了什么东西，可是现在又有什么加了进去，他感到胃里一阵不舒服。

那间屋子的其他地方都很平常，只是床上铺着白床单，梳妆台上摆着四根点了一半的蜡烛。骨人就睡在这儿，他躺在这里，梦想着做贝森妮的父亲。

莱恩从墙上一把扯下那张照片，信封飘到了地上。

当然在骨人的房间里，发现贝森妮小时候的照片，没什么特别之处。不，不对，不可能是这样……

莱恩翻过照片的背面，看到用蓝墨水新写的一段留言：

这就是你的女儿，你这忘恩负义的家伙

我照了这张照片之后又忍受了她一个月

就把她送人了，因为她太吵了

下地狱去吧。帕蒂

名字被一条红线划掉了。

莱恩的手不由自主地发起抖来，可是他不得不再看一遍那段留言，因为他觉得自己理解错了，不是那样的，他得再看一遍！

莱恩双手抓着照片，又重新字里行间地看了一遍，不可能的，不会是贝森妮，不会生在……

莱恩顿时感到一阵恶心，他意识到自己憋住了气，然后开始断断续续地喘着气。他一分钟之前感到的那阵难受劲涌上喉咙，实在忍不住呕吐起来。莱恩的胃是空的，所以他只是干呕着，可还是难受地流着眼泪，弯下了身子。

贝森妮就是埃尔文·芬奇的亲生女儿，他是最近才得知的，然后去找贝森妮，他还会因为爱折断贝森妮的骨头，因为在骨人扭曲的心灵中，这二者没什么区别。

莱恩觉得自己没法再思考，他几乎要大吼起来。不管在别的什么时候，只要想到贝森妮是骨人亲生的，都会使莱恩忍不住要去砸碎窗玻璃，用拳头在墙上砸到流血，来表达自己对于这种不公的愤怒。

可是在此时，贝森妮是莱恩的女儿，她正缩在地下室里，把自己的灵魂给了骨人！

莱恩的手里还紧紧抓着照片，他一下子跳到床那边，奔出屋子，根本不在乎这样会泄露他的行踪。

莱恩抓住楼梯间的墙，转过门廊，插进通往地下室的水泥楼梯，冲向黑暗。他每走一步都感到末日即将来临，这里是骨人的地盘，是骨人杀戮的所在，可是即使如此，他仍然没有慢下脚步。

这里有贝森妮，她被骨人绑架了。

莱恩当初被关的屋子在走廊尽头，门开着，贝森妮的屋子在走廊的另一头。

莱恩走到台阶顶下面，转过底下的扶手，停了下来。贝森妮的房间门口空荡荡的，门开着，透出橘红色的光。

他们在等着他，莱恩心里一惊，骨人要说到做到了。

又或者他们已经从后门走了。

莱恩松开了扶手，把照片往腰带上一插，蹒跚着穿过门厅，想着贝森妮，心里又怒又怕。

刚走了一半，莱恩就听到了骨人的声音，低沉柔和，就像莱恩印象中那些沙漠孩子的哭泣声一样。

“看着不错嘛。”

莱恩头脑一片空白地走完了最后几米，来到了那间屋子门前，看着屋里的十字架。

似乎这一切莱恩之前已经计划了很久，而不是在那一刻需要他去明白自己在看什么。

埃尔文 · 芬奇站在那里，他没穿衬衫，用自己的后背挡着莱恩，不让他看到贝森妮。埃尔文太嫉妒了，都没有转过身来。

那间屋子的其他地方还跟莱恩印象中的一样——木头天花板上钉着一盏油灯，顺着墙放着张床，床上空着，床旁边放着尿罐。大锤倚着十字架，大头朝下搁在地上。

“我妈妈个子不高，”埃尔文 · 芬奇说，“你再长一两年，就穿着合适了。”

埃尔文往前走了一步，他一动莱恩就看到了贝森妮。贝森妮站在那儿，穿着一件白色的结婚礼服，那件礼服装饰着蕾丝花边，已经变旧发黄了。

“你要摸摸我的胸口吗？”埃尔文问。

莱恩几乎按捺不住自己的怒火，他的脸像洗桑拿的时候一样涨得通红。骨人那个魔鬼站在他女儿面前，就让他感到一阵恶心。他无法呼吸，无法思考，无法移动。

他只能发抖。

“我刚抹了润肤露。”埃尔文说。

贝森妮看到了莱恩，她的眼睛转了一下。

埃尔文开始转过身来。

莱恩不知道自己为什么会动，是怎么动的，甚至连自己在走动都不知道，可他的确在动，一边喘着气，咕哝着穿过房间，蹿到了十字架跟前。

莱恩两只手抓起了大锤的长柄，转过身把大锤抡了起来。

他朝埃尔文和贝森妮冲过去，像公牛一样怒吼着，调整了一下锤头的方向，然后用尽全身力气把锤头挥了过去。

骨人还是背对着莱恩，正转过身的时候，呆住了。锤头砸在骨人脑袋的一边，发出了一声令人作呕的闷响。

莱恩的手臂突然震动了一下，他感到大锤从手中滑了出来，掉到贝森妮旁边的地上。他的死敌骨人眼睛大睁着，脑袋一边流着血。

骨人摇摇晃晃地往左边走去，身体撞在屋子中间的柱子上，咚的一声倒在锤头旁边，不动了。

莱恩盯着骨人看了几秒钟，还是不敢相信他就这么把骨人放倒了。

骨人自己的病态害了他。如果他不是那么沾沾自喜的话，他那时就应该已经听到了莱恩的动静。

而此时，他倒在地板上，要么已经死了，要么奄奄一息，莱恩一点儿都不同情他。

贝森妮还看着莱恩，莱恩扫了贝森妮脚边的大锤一眼，然后重新看着贝森妮失神的眼睛。把这一切都结束吧……

莱恩感到有一阵怒火往上冒，大锤就在贝森妮脚边，那个把她抓来的魔鬼已经倒在地上了，莱恩想大吼一声，让贝森妮拿起大锤，朝骨人的脑袋一下又一下地砸过去，直到骨人为他的轻率付出应有的代价为止。

"杀了他。"莱恩喃喃地说。

可贝森妮只是看着他，她还站在那儿，像个僵硬的洋娃娃一样，套在一件不合身的结婚礼服里面。

莱恩突然意识到，到了那会儿，贝森妮的心里还留着骨人的形象。她还是对骨人付出了自己的一部分感情，得需要挣扎着把那一部分感情夺回来，还要等一阵子才会表达出自己的愤怒。

"你回来找我了。"贝森妮仍然看着莱恩说。她伸手把礼服从肩上脱下来，礼服滑到了她脚下，她就站在那儿穿着睡衣看着莱恩，而莱恩也不知道她是高兴还是不高兴。

贝森妮的神情慢慢变得扭曲起来，眼睛里含满了泪水，她的肩膀开始发抖。

莱恩的嗓子里像堵了什么东西一样说不出话来，他没法告诉贝森妮自己有多爱她，尽管他最想说的就是这个。

贝森妮低头看了看倒在她右边的骨人，然后抬起头对着莱恩，开始哭起来。莱恩都快疯了，她在哭骨人？

不！不，贝森妮，亲爱的，不要这样！是我把你从那个魔鬼手里救出来的，不要哭，不要……

贝森妮张开双臂，朝莱恩跌跌撞撞地奔过来，这时候莱恩才意识到贝森妮是要拥抱他。

莱恩激动地叫了一声，往前跨出一步，抱住了贝森妮。贝森妮紧紧抱着莱恩，依偎在他胸口。

“谢谢你。”贝森妮终于说话了，然后又有点紧张地说，“谢谢。”贝森妮用力抱着莱恩，莱恩本以为她被关了这么长时间以后，已经没什么力气了。然后贝森妮开始痛哭起来。

“对不起。”莱恩说。

“不！”贝森妮哭着说，“别说了！”

“我想当你的父亲。我……”

贝森妮搂着莱恩亲吻他，说，“你终于回来找我了，你是我爸爸，我永远和你在一起。”

莱恩实在忍不住了，他说不出话来，只是搂紧贝森妮，眼泪滴到了她头发上。

可是在他们悔恨的哭泣声中，又加进了一个声音，那是骨人在他们身后的呻吟声。

贝森妮听到之后吓得跳了起来。

他还没死？

莱恩慢慢转过身，盯着骨人的脸。骨人看看莱恩，又看看贝森妮，然后又把目光收了回来。除了头被砸了以外，骨人还是神志清醒的，莱恩觉得骨人的目光里还有一点固执的坚持。

莱恩一动不动地站在那儿好一阵子，感到身体里的血逐渐涌上来。

他紧握拳头，指甲都要掐进肉里了。

骨人还活着，他每吸一口气，莱恩都觉得是在掠夺生命。在对贝森妮的企图失败之后，骨人从眼睛里流露出的那种赤裸裸的邪恶让莱恩感到不寒而栗。

莱恩大吼一声，朝骨人扑过去。

莱恩揪起骨人的衣服，就像举重一样把他举了起来。莱恩转过身，仍然在吼叫着，把骨人摔在墙上。

骨人被按在那堆木头上。

贝森妮尖叫了一声，她冲过来，抓住那些还拴在木头上的绳子，之前那些绳子还拴过莱恩的手脚。

“把他绑起来！”莱恩叫道，“把他绑起来！”

贝森妮抽泣了一声，然后她迅速把骨人的手脚绑了起来。莱恩和贝森妮只花了很短的时间就弄好了，他们此时的目标是完全一致的。

这已经让莱恩高兴地要哭了。

贝森妮往后跳了一小步，眼睛睁得大大的，看着绑在木头十字架上的埃尔文·芬奇。莱恩放开了他，也往后迈了一步。骨人的身体松弛下来，然后一动不动地挂在那儿，胸口一起一伏。

贝森妮从头顶上拿下那盏灯，伸出手说：“走吧。”

他们一起蹒跚地走出了屋子，把骨人自己扔在那儿。莱恩回头看着房门的时候，他按捺着不去想拿起大锤，把骨人砸死。

“走吧。”贝森妮拽拽莱恩说。

他们一声不吭地穿过大厅，上了楼梯。

贝森妮砰地一声把门从身后关上，她看到光亮还有些不适应，眯起了眼睛。莱恩拉起她的手，两个人匆匆离开了房子，朝着大路，朝着那棵路旁的大橡树走过去。莱恩停住脚步，转过身来，还是不确定他们是不是真的逃了出来。

蟋蟀在叫着，微风吹过头顶上的树叶，那座年久失修的房子在太阳下晒着，无声无息地掩盖着多年以来在里面发生的恐怖。破碎的窗玻璃，歪斜的大门，剥落的油漆，从外面看起来，只是得克萨斯州随便一座路边的房子而已。

贝森妮在莱恩身边抽着鼻子，然后晃晃身子啜泣了一声。莱恩的注意力转回到女儿贝森妮身上，那座房子似乎不存在了，现在他唯一在乎的就是贝森妮。

莱恩从贝森妮没受伤的那只手里把灯拿过来放在地上，然后转过身面对着她。莱恩还没完全转过身的时候，贝森妮就搂住了他的脖子，紧紧抱住他，把脸埋在他怀里。

莱恩站在那儿一动不动，他慢慢地搂住贝森妮的腰，抱紧了她，父亲和女儿就这样拥抱在一起。

他们就这样抱在一起，莱恩记不起来曾经有过这样感激，这样满怀挚爱，这样幸福的时刻。

午后的热浪环绕着他们，而他们心中的爱被深深的思念和解脱点燃了。如果莱恩那时突发心脏病死去，他也死而无憾。即使他面前是天堂，也不会更让他全身心充满感激之情。

“爸爸，我爱你。”贝森妮在莱恩耳边低声说，“我非常爱你。”

莱恩想推开贝森妮，这样他就能看着贝森妮的眼睛，对她说她不必感到内疚，都是自己的错，自己不会再离开她。

可莱恩意识到贝森妮不是抱着他表达内疚之情的，她是在抱着自己的救星，自己的父亲，竭尽全力来救她的人。

然后莱恩心里突然升起一个念头：他们此刻就在天堂，不是字面上的天堂，而是事实上的天堂。莱恩就是天父，来拯救自己迷失在地狱的孩子，他正在拥抱着回头的浪子。“

“贝森妮，我决不再离开你，决不！”

莱恩不知道他们在橡树的粗壮枝条下面拥抱了多久—时间好像过的很快，又好像过得很慢，可是慢慢地，蟋蟀的叫声和树叶的沙沙声好像又回来了。

贝森妮松开手，轻轻亲了一下莱恩的脸，低声说：“谢谢。”

莱恩还在哽咽着，不知道该说什么好。

贝森妮转过身面对着那座房子，紧紧抓着莱恩的胳膊。莱恩脑子里都是骨人绑在十字架上的形象，想到他们还让那个地狱来的魔鬼活着……他们怎么能那样做?

如果他还活着怎么办?如果他已经逃走了怎么办?如果那堵墙里有什么安全通道怎么办?如果那家伙活下来又去追踪他女儿怎么办?

莱恩艰难地咽了一口吐沫，耳朵里嗡嗡响着。

“他们会来找咱们吗?”

“附近有条路，我们能走出去。”

可是贝森妮没有动，她喘着气，双手僵着。

“我恨这个地方。”她说。

“我也恨。”

他们盯着那座房子。

“这房子对我来说就像地狱一样挥之不去。”

莱恩想，是的，而且他不会让这种东西在自己女儿心中挥之不去。

“那就烧掉它。”莱恩说。

“他还在地下室。”

莱恩弯下腰，拿起还亮着的油灯，朝那座房子走去，一想这件事情还没有完结，就感到怒不可遏。“我去烧掉它。”莱恩跌跌撞撞地朝前冲过去，心情复杂。

“不！”贝森妮叫道，她朝莱恩跑过去，抓住了油灯把。她是不让莱恩烧房子吗？她不想看到骨人死去？骨人在她头脑里真就留下了这么深的印记——

“我去烧。”贝森妮说。

莱恩心里说不出的宽慰。

他们交换了一个意味深长的眼神，然后一起转过身，把油灯从最近的窗户里砰的一声扔了进去。

油灯砸在房子的木头墙上，油喷了出来，马上燃起熊熊火焰。他们看着火焰顺着墙劈啪地烧着，一直烧到天花板上。整座房子就像一个引火匣一样熊熊燃烧，烟柱高高升上天空，离警察赶来只是时间问题了。

“爸爸，带我离开这个地狱吧。”贝森妮转过身说。

莱恩拉起女儿的手，一起越走越远，远离那座燃烧的房子。

完

图书在版编目（CIP）数据

骨人的女儿／（美）特德·德克尔著；李馨萌译 —南京：江苏文艺出版社，2010.8

ISBN 978-7-5399-3933-9

Ⅰ.①骨… Ⅱ.①德…②李… Ⅲ.①长篇小说—美国—现代 Ⅳ.①I712.45

中国版本图书馆CIP数据核字（2010）第157553号

著作权合同登记号：图字10-2010-223

骨人的女儿

著　　者：（美）特德·德克尔
译　　者：李馨萌
责任编辑：刘　霁
特约编辑：蔡明菲
版权编辑：辛　艳
装帧设计：利　锐
出版发行：凤凰出版传媒集团
　　　　　江苏文艺出版社　http://www.jswenyi.com
集团网址：凤凰出版传媒网　http://www.ppm.cn
印　　刷：北京鹏润伟业印刷有限公司
经　　销：新华书店
开　　本：880×1230　1/32
字　　数：220千字
印　　张：11
版　　次：2011年1月第1版
印　　次：2011年1月第1次印刷
书　　号：ISBN 978-7-5399-3933-9
定　　价：28.00元